# THOMAS FUCHS

# VERSPROCHEN

Thienemann

# 1

»Du?«

»Ist Jenny da?«

»Nein.« Martin steht in der offenen Tür seiner Wohnung und schüttelt den Kopf. »Die ist einkaufen, glaube ich ...«

»Und ist vielleicht Ben da?«

»Wieso sollte er? Ist der nicht auf irgendeinem Traumschiff?«, wundert sich der schlaksige junge Mann. Seine Haare sind zerzaust und er sieht so aus, als hätte er noch vor wenigen Minuten im Bett gelegen. »Der hat doch so einen abgefahrenen Ferienjob ergattert. Wieso sollte er hier sein?«

»War nur so eine Idee.« Felicitas, genannt Fee, wechselt im Treppenhaus von einem Bein aufs andere und versucht ein Lächeln. »Darf ich reinkommen und auf Jenny warten?«

»Ich wollte eigentlich ins Kino ...« Martin zögert. Er und das Mädchen, das verschüchtert im Treppenhaus steht, kennen sich flüchtig von seiner letzten Geburtstagsparty. Jennifer hatte Fee damals eingeladen.

»Bitte, nur kurz.« Das Mädchen schiebt die Kapuze ihrer Sweatshirtjacke vom Kopf und sieht den Mitbewohner ihrer besten Freundin unsicher an. »Ich halte dich auch nicht lange auf.«

»Hey, Fee, natürlich, ist doch kein Ding.« Martins zunächst abweisender Gesichtsausdruck wechselt auf freundlich. Er öffnet die Eingangstür ganz und deutet in den Flur: »Das Kino kann warten. Komm rein. Jennifer müsste auch bald wieder da sein. Wie geht's dir?«

»Nicht so gut …«, murmelt Felicitas leise. »Ich muss mit jemandem reden.«

»Wenn du was loswerden willst, ich bin ein guter Zuhörer.« Martin lächelt. »Sagt zumindest Jennifer immer.«

»Wenn Jenny das sagt …« Fee schluckt. »Danke.«

»Na los, ich mach uns eine schöne große Latte macchiato und du erzählst in aller Ruhe.«

Fee folgt Martin in die WG-Küche. Mit einem Blick stellt sie fest, dass sich nichts verändert hat. Aber wieso sollte es auch, weist sie sich innerlich zurecht. Das ist doch immer so, wenn man weg war. Nur weil man selbst so viel Neues erlebt hat, heißt das noch lange nicht, dass sich auch anderswo etwas geändert hat. Eine Woche im Ausland, ein paar Tage in einer fremden Stadt bringen so viel neue Eindrücke und Erlebnisse, dass man kaum glauben kann, dass zu Hause einfach nur eine weitere Woche Alltag vergangen ist.

»Bei dir alles okay?«, fragt Fee, kaum dass sie auf dem Hocker an dem schmalen Küchentisch Platz genommen hat.

»Kann nicht klagen.« Martin zuckt mit den Achseln. »Semesterferien. Die Zwischenprüfung hab ich geschafft, es geht erst in drei Wochen wieder richtig los.«

Da Fee nicht weiß, was sie dazu sagen soll, schweigt sie. Und da auch Martin nichts weiter anmerkt, herrscht Stille in der kleinen Küche. Eine Stille, die lediglich nach einer Weile vom Zischen des in die heiße Milch einlaufenden Espresso unterbrochen wird. Auch nachdem sie ihre Latte-Gläser vor sich stehen haben, findet keiner der beiden den Dreh, das Schweigen zu brechen. Sie schaufeln sich Zucker in ihren Kaffee, rühren in den Gläsern und es ist Fee, die endlich flüstert: »Ich mache mir Sorgen um Ben. Ich weiß nicht, wo er ist. Er ist verschwunden. Ich habe Angst, dass er sich etwas antut. Oder Frau von Schal. Und wenn er das tut, dann bin ich daran schuld. Das klingt jetzt vermutlich für dich komisch, aber ich, also genauer Ben und ich sind in etwas reingeschlittert … So eine dieser Geschichten, von denen du denkst: So etwas könnte mir nicht passieren. Da würde ich nicht in Versuchung kommen. Dagegen wäre ich immun.«

Sie sucht den Blick des Studenten in dem ausgewaschenen dunkelblauen T-Shirt ihr gegenüber. Da dieser aber weiterhin seinen Kaffee fixiert, das sich Ineinandervermengen der beiden Schichten betrachtet, als gäbe es nichts Wichtigeres auf der Welt, und keinen Ton von sich gibt, ist es erneut Fee, die leise weiterspricht.

»Ich war es nicht und das ist eine echt bittere Erkenntnis. Ich weiß nicht, wie ich das erklären soll. Das war so wie in der Schule. Du bist überzeugt, du kannst die Vokabeln, hast gelernt so wie immer und logisch, den Text kannst du locker übersetzen. Und da du nicht drankommst, denkst du das auch weiter. So geht das von Stunde zu Stunde. Doch dann bist du irgendwann einmal an der Reihe und versaust alles, weil du die Vokabeln nicht draufhast. Vermutlich nie draufgehabt hast. Und alles war bislang nur gut gegangen, weil du eben nie drangekommen bist. Und jetzt hat es mich erwischt, ich bin drangekommen und ich habe versagt. Total vergeigt. Dabei habe ich gedacht, ich wäre fit ...« Ihre Stimme erstirbt.

Erst in diesem Moment sieht Martin seine Besucherin wieder an. Er mustert Fee aufmerksam, versucht, in ihren Augen, dem Gesicht, dem Ausdruck ihres Körpers einen Hinweis zu finden, um die Worte des sechzehnjährigen Mädchens ihm gegenüber einzuordnen. Jennifer hat ihm viel über Fee erzählt. Laut seiner Mitbewohnerin darf man ihr nur bedingt glauben. Es ist nicht so, dass Jennifer Fee ihm gegenüber als Lügnerin bezeichnet hätte, schließlich war sie ihre beste Freundin. Jennifer hat es vielmehr so beschrieben, dass sich mitunter Fees Wahrheit ändert, sich ihrer Gegenwart anpasst. Doch tue Fee dies nicht, um zu lügen. Vielmehr würde sie ihre Wahrheit eher unbewusst an die jeweiligen Umstände angleichen und dies sei von Fee nicht gewollt, sie könne offenbar einfach nicht anders. Daher dürfe man ihr deswegen nicht böse sein.

Doch Jennifer hat ihm auch gestanden, dass sie sich bei ihrer Freundin nie hundertprozentig sicher sei. Dass sie doch auch den Verdacht hätte, Fee würde das manchmal bewusst einsetzen. Sich mit Absicht so gab und diese entwaffnende Wirkung nutzte.

»Was hast du denn getan?«, fragt Martin schließlich.

»Welchen Scheiß ich fabriziert habe? Vielleicht fragst du besser, welchen Scheiß Ben gemacht hat«, bricht es aus Felicitas heraus. »Klar habe ich Mist gebaut, aber Ben noch viel mehr! Der hat nämlich angefangen. Ich musste dann einfach irgendwie reagieren. An dieser ganzen Scheiße mit Frau von Schal trägt er die Schuld.«

»Und wie hast du reagiert?«

Fee schweigt trotzig.

»Vielleicht fängst du von vorne an …«, schlägt Martin halblaut vor.

Das Mädchen ihm gegenüber nippt an ihrem Kaffee und nickt.

# 1

Ben hatte nicht allein auf dem Schiff angeheuert. Kurzfristig konnte auch ich dort noch einen Job bekommen. Ich hatte nach der zehnten Klasse die Schule beendet und wollte im Herbst auf der Erzieherinnenschule anfangen. Ben hatte sich entschieden, bis zum Abitur weiterzumachen. Okay, ich hatte im Internet gelesen, dass ein Pärchen auf einem Kreuzfahrtschiff keine reelle Überlebenschance hat. Aber wir dachten, wir sind stark genug, wir schaffen das. Auch in der Schule gab es andere Mädchen und Jungen, wir waren auf Klassenfahrten gewesen, auf ausufernden Partys, in gemeinsamen Urlauben. Was sollte da auf einem Schiff anders sein?

Doch auf einem Schiff ist alles anders, das weiß ich inzwischen.

Unser Kreuzfahrtschiff war die *MS Astor*, ein wirkliches Traumschiff. Über 200 Meter lang, 40 Meter breit, Kabinen für knapp 500 Passagiere. Eins dieser klassischen Kreuzfahrtschiffe, also nicht so ein schwimmender Partydampfer, wie sie heute überall im Fernsehen zu sehen sind. Die *MS Astor* war cool, großzügig gebaut, viel dunkles Holz, Messing ... Das Schiff hatte einfach ein besonderes Flair: die vielen Decks, die Außenbereiche, diverse Bars und Lounges – irgendwie alles so gemütlich altbacken.

Wir hatten die Anstellung über Vitamin B bekommen. Bens Vater arbeitete seit mehr als zehn Jahren auf dem Schiff. Er war Konditormeister und mit gut fünf anderen Konditoren für die täglichen Kuchen- und Tortenbüfetts verantwortlich. Da er mit dem Staff Officer seit Jahren eng befreundet war, hatte er uns die Jobs besorgen können. Wir wurden für drei Touren angeheuert. Normalerweise musste man für ein Engagement an Bord über achtzehn sein. Doch wir wurden als Honorarkraft eingestellt, direkt vom Staff Officer, nicht über die Reederei. Dafür verdienten wir auch nicht so viel wie die Regulären in der Crew, aber das war eben der Deal. Ben sollte im Zeitschriften- und Bücherladen den Verkäufer geben, ich wurde für die Kinderbetreuung engagiert.

Das lief alles total klasse an, wir sind hoch nach Kiel gefahren, dort im Hafen sind wir an Bord gegangen. Ben kannte das Schiff, er war schon einmal als Gast mitgereist. Familienangehörige können außerhalb der Saison zu echten Billigpreisen buchen.

Ich hatte etwas Schiss vor dem Job. Was wäre, wenn da Unmengen von Kindern auf mich warten würden? In den paar Tagen, bevor es losging, hatte ich mich im Internet umgesehen, nach Erfahrungsberichten gesucht. Manche der Einträge waren echt der Horror. Da hatten auf einem Schiff vier Frauen in der Karibik auf 350 Kinder aufpassen müssen, mit denen irgendwelche Shows eingeübt, Revuenummern einstudiert. Das hätte ich nie gepackt. Meine Erfahrungen mit Kindern beschränkten sich auf Babysitten und die einwöchige Zulassungshospitation für die Erzieherinnenschule.

Doch Bens Vater hatte mir am Telefon versichert, mein Job wäre easy. Auf der *MS Astor* würde es kaum Kinder geben, unser Pott wäre kein Familienkreuzer, eher etwas für die reiferen Jahrgänge. Leute, die eine Kreuzfahrt machten, weil sie eben keine nervenden Kinder um sich herum haben wollten. Man müsse nur heute neben Yogakursen, Bingo, Wassergymnastik und Malkursen auch Kinderbetreuung anbieten. Selbst wenn es kaum Kinder an Bord geben würde. Und dem war auch so, wie ich zu meiner großen Erleichterung feststellte. Bei unserer ersten Tour hoch zum Nordkap waren unter den 500 Passagieren vielleicht zwanzig Kinder. Und von diesen zwanzig kamen an guten Tagen gerade einmal vier in unsere Betreuung: drei siebenjährige brave Mädchen, die immer nur Mandalas malen und Perlenfädeln wollten, sowie Vincent, der stundenlang Bügelperlen legte. Ben hatte da wesentlich mehr zu tun. Aber warum durfte ich nicht auch einmal Glück haben.

An Bord war es echt abgefahren, so ein Kreuzfahrtschiff ist eine total eigene Welt. Von der Wäscherei bis zum Supermarkt gibt es da alles. Irgendwie fast eine schwimmende Kleinstadt. Allerdings mit wirklich harten Regeln. Einfach und klar, aber knallhart. Wer zu stark besoffen erwischt wird, der wird im nächsten Hafen ausgeschifft. In wessen Kabine irgendwas Illegales gefunden wird, wird ausgeschifft. Wer mit einer Frau was anfängt, auf die der Kapitän scharf ist, der wird ausgeschifft. Eigentlich kannst du wegen jedem Scheiß ausgeschifft werden. Ist so, im Ernst.

Bei unserer ersten Tour mussten über zwanzig Leute der Besatzung gehen. Zwanzig von 286. Und das gerade mal in vierzehn Tagen, denn so lange war die *MS Astor* auf der Nordroute unterwegs, bis sie wieder in Kiel anlegte. Daher war der erste Rat, den wir an Bord bekamen, den Ball flach zu halten. Nicht aufzufallen, niemandem mit Streifen am Hemd in den Weg zu kommen und einfach freundlich lächelnd unsere Jobs zu erledigen. Okay, sagten wir uns, das würden wir hinbekommen. Denn während meine Freundinnen sich bei irgendwelchen Fließbandjobs abquälen mussten, waren Ben und ich unterwegs zum Nordkap.

Unsere Kabinen waren grausam, ganz tief unten im Schiff. Keine Außenkabinen, einfach ein winziger Raum irgendwo mittschiffs. Und wir hatten nicht einmal eine Kabine zusammen. Ben bekam als Kabinennachbar André einquartiert, einen Zauberkünstler, der bei den allabendlichen Showveranstaltungen für die doch größtenteils etwas älteren Passagiere auftreten sollte. Ein netter Kerl, sicher um die fünfzig, aber cool. Wie so Zauberer eben sind.

Ich bekam das Bett unter Simone. Eine durch und durch dumme Tusse. Kosmetikerin, ständig um ihr Make-up besorgt und wirklich nichts im Kopf. Wenn irgendjemand das Klischee »dämliches Blondchen« perfekt erfüllte, dann sie. Lieh Simone sich meinen Laptop aus, um TV zu glotzen, dann landete sie immer bei einem Shoppingsender. Sie sah sich das nicht nur an, sie kaufte den Krempel auch. Vermutlich ging die

Hälfte ihrer Heuer für Parfüm und Pflegeprodukte drauf.

Wie die sich einnebelte! Ich hab es nur dann mit ihr zusammen in der Kabine ausgehalten, wenn ich die Lüftung auf volle Kraft gestellt habe. Das ist echt die Wahrheit. Aber sowohl Ben als auch mir war klar: Es ist ja nur für eine bestimmte Zeit und für jeden an Bord, zumindest unter den Leuten der Crew, ist die Kabine der Ort, den man nur zum Schlafen aufsucht. Mehr nicht.

Wären Ben und ich verheiratet gewesen, dann hätten wir zusammen eine Kabine belegen können. So aber konnten wir uns nur besuchen. Aber richtig besuchen ging natürlich nur, wenn man sicher war, dass der Zimmernachbar nicht auftauchen würde. Und das nervt, wenn du fragen musst, ob du mal intim werden kannst. Allgemein wird es so gehandhabt, dass man sich irgendwo nachts draußen auf dem Schiff ein verschwiegenes Plätzchen sucht. Aber das konnte sehr riskant sein. Die von der Security waren heiß darauf, Leute vom Personal beim Sex zu erwischen. Die kannten die Dienstpläne, kamen gezielt und waren so richtige Schweine. Wer seine drei *spoken warnings* hatte, für den war Schluss. Der musste im nächsten Hafen von Bord, sich auf eigene Kosten die Reise nach Hause organisieren.

Weiß auch nicht, warum ich immer wieder auf dieses Thema komme. Wenn man es ganz nüchtern betrachtet, fliegt man so leicht auch wieder nicht vom Schiff. Wenn man in einer Gastkabine erwischt wird und man nicht das Uniförmchen eines Zimmermädchens trägt, okay. Wenn man beim Klauen erwischt wird, weg. Wenn sie Dope bei dir oder in deiner Kabine finden, weg. Wenn sich jemand prügelt, beide weg. Aber das soll nicht heißen, dass die da alle voll paranoid sind. Nee, die sind easy, die von der Crew sind wirklich ein harter Haufen. Größtenteils total nett. Okay, Arschlöcher gibt es überall. Aber auf einem Schiff, da lernst du Leute kennen, die du sonst niemals treffen würdest. Leute aus allen Bereichen und aus der ganzen Welt. Das ist ein eigener Kosmos, aber das, glaube ich, habe ich bereits gesagt. Das fängt schon bei der Embarkation an. Also wenn du an Bord gehst.

Bei uns war das im Kieler Hafen. Während hoch oben die Passagiere über die breite Gangway das Schiff betraten, war für uns vom Personal eine schmale Gangway unten an die Lotsentür angelegt. Und da standen die von der Crew und musterten uns. Die meisten kannten sich. Hysterische Frauen fielen sich quiekend in die Arme, weil sie vor Jahren auf demselben Schiff zusammen fuhren, dann vom Schicksal getrennt wurden und nun endlich wieder vereint waren. Und auch bei den Kerlen lief es nicht viel anders. Nur war da eben der feste Händedruck oder Auf-den-Rücken-klopfen angesagt. Ben und ich, wir waren die Ausnahme. Bis auf seinen Vater kannte zumindest ich niemanden und zudem waren wir ja inoffiziell, direkt vom Staff Officer, eingestellt worden. Die dagegen, die über die Reederei angeheuert hatten, wussten vorher nicht einmal, auf welches Schiff der Flotte sie kommen würden. Die Reederei hat das Recht, einen nach Belieben zu versetzen, in eine andere Kabine, ja sogar auf ein anderes Schiff. Jederzeit, man ist ihr ziemlich ausgeliefert.

Was nett war: Bens Vater hat uns gleich in Empfang genommen. Ist mit uns zum Staff Officer und hat uns bei dem notwendigen Papierkram geholfen. Pass und Seetauglichkeitsbescheinigung vorzeigen, Seemannsbuch abgeben, Arbeitsvertrag unterschreiben, Zollerklärung ausfüllen, und nach etwa einer Stunde hat man dann endlich seinen »Crew-Pass«. Nun noch schnell den Koffer in die Kabine, ein Besuch in der Kleiderkammer und die Staff-Uniform abholen. Bei mir war das ein dunkelblaues Kostüm mit weißer Bluse, eine dunkelblaue Bundfaltenhose, dunkelblaue Shorts und dunkelblaue Polohemden. Alles immer mit diesem kleinen weißen Vogel als Emblem. Die von der Kleiderkammer warnten mich gleich. Der Stoff wäre ein synthetisches Mischgewebe und würde zum Fusseln neigen. Dann hieß es auch schon Antreten beim Job. Da kannten die gar nichts, am nächsten Morgen legte das Schiff ab, und bis dahin musste jeder wissen, was er zu tun hatte.

Bei mir war das ganz fix erledigt. Die regulär angestellte Kinderbetreuerin war eine echt erfahrene Frau, sie machte den Job seit über acht Jahren. Heike war nett. Knapp 35 Jahre alt, vom Typ her so die praktische Kumpelfrau, kurze blonde Haare, dunkle Strähnchen, immer gut drauf und wahnsinnig organisiert. Sie war irgendwie in dem Job hängen geblieben und hatte sogar schon auf amerikanischen Familienfrachtern gearbeitet. Und das muss die Hölle sein, wie sie sagte, denn da erwarten dann wirklich Hunderte von verwöhnten Kids, dass man sich immer lächelnd um sie kümmert. Auf der *Astor* war das anders. Sie zeigte mir, wo die Süßigkeiten waren, die Spielsachen und erklärte den Wochenplan, das war dann schon alles.

Bei Ben dauerte die Einweisung etwas länger. Das ganze System mit den Remittenden, dem Nachbestellen, der Kasse – um da durchzublicken, brauchte man etwas mehr Zeit. Dann folgte die erste Sicherheitseinweisung, eine kurze Führung über die einzelnen Decks – natürlich nicht die Passagierdecks, wo käme man denn da hin – und danach war auch schon Schicht.

Ich weiß noch genau, wie wir gegen halb zehn mit Bens Vater im *Dschungel* saßen, so hieß die Bar für die Crew. Bens Vater hat uns was über das Schiff erzählt, worauf wir achten müssen und so weiter. Er sagte auch gleich, dass er leider die Tage über nicht so viel Zeit für uns haben würde. Sein Job wäre echt arbeitsintensiv und stressig.

Es gab Dosenbier und Jägermeister, aber die meisten schütteten irgendwelche Red-Bull-Alk-Varianten in sich rein. Ich war ehrlich schockiert, was da getrunken wurde. Aber so ist das halt auf einem Schiff, echt frei hast du während der Cruise nie. Daher wird jede freie Minute zum Feiern genutzt. Ist das Schiff unterwegs, dann bleibt man in der Regel in keinem Hafen über Nacht. Spätestens vor Mitternacht geht es weiter. Hat irgendwas mit den Hafengebühren zu tun. Nur beim Embarkation-Day, also bei uns der Passagierwechsel in Kiel, läuft das Schiff erst am nächsten Morgen wieder aus. Und diese eine Nacht nutzt, wer frei ist und zwei gesunde Beine hat, um endlich einmal von Bord zu kommen. Dann geht es mit Taxis in irgendwelche Klubs mit nur einem Ziel: Party, Party, Party, endlich einmal die Sau rauslassen, weg von der Enge an Bord, keine Regeln, keine Anordnungen. Okay, so ganz stimmt das auch nicht, denn in Wahrheit sind immer alle auf der Flucht vor der Security. Aber das gehört dazu, das ist fast schon ein Spiel wie Räuber und Gendarm. Am frühen Morgen landen schließlich alle im letzten Laden, der noch geöffnet hat. Und dann sind es, zumindest wird das erzählt, mitunter die Männer und Frauen der Security, die besonders abfeiern. Spätestens mit der Sirene muss man allerdings wieder an Bord sein. So ein Schiff wartet nicht.

Ich war in den ersten Tagen an Bord total happy. Ich war zum ersten Mal auf einem Kreuzfahrtschiff, und da es mit meinen Kindern nicht so viel zu tun gab, hatte ich eigentlich größtenteils Freizeit. Man sollte sich allerdings nie beim Abhängen erwischen lassen, und es, so erklärte mir Heike, wurde auch nicht gerne gesehen, wenn sich die von der Crew im Gästebereich herumtrieben. Daher gab sie mir Vincent als Alibi an die Hand. Wenn der seine zwei Stunden Bügelperlen gelegt hatte, dann griff ich ihn mir und wir zogen zusammen los. Aufs Sonnendeck, in den Pool, hoch auf die Brücke, in den Maschinenraum, kurz, in all die Bereiche, in die man sonst als Crew Member nie reinkam. Doch er als Gastkind öffnete mir selbst die verbotenen Schiffsebenen. Mit Vincent neben mir konnte ich ins *Lidocafé* und Eistorte futtern, durch die Boutiquen auf dem Plaza-Deck schlendern und sogar die Gästeaufzüge benutzen, sonst eine Sache, die dem Personal streng verboten war. Und was das Beste dabei war: Ich bekam dafür auch noch Trinkgeld! Denn natürlich fanden die Eltern von Vincent es großartig, dass ich mich so intensiv um *ihren* Jungen kümmerte. Dass der Kleine mein Ticket war, mit dem ich auf dem Schiff Urlaub machen konnte, rafften sie nicht. Aber es war einfach nur cool. Wenn Ben und ich uns nach Schichtende auf dem kleinen Sonnendeck der Crew trafen, dann war er meistens platt, ich dagegen hatte einen erholsamen Tag hinter mir. So blöde das vielleicht auch klingen mag, aber nach ein paar Tagen an Bord konnte ich verstehen, warum Menschen so gerne Kreuzfahrten machen. Das hat schon was. Das Kind planscht im Pool, man selbst relaxt im Liegestuhl und draußen ziehen irgendwelche geilen Fjorde an einem vorbei.

Unser Schiff fuhr ausnahmsweise den Sommer über die Hurtigruten, die Route der norwegischen Postschiffe. Normalerweise schipperte die *MS Astor* durchs Mittelmeer oder die Karibik. Doch da sie im Spätsommer in die Werft sollte, wurde sie in die Nordsee verlegt. Von Kiel bis hoch ans Nordkap und zurück. Die an Bord sagten, vom Panorama her wären die Hurtigruten die schönste Kreuzfahrt der Welt. Und es waren auch wirklich hammerharte Bilder, die uns die Natur da lieferte. Fjorde, in denen man sich mit diesem an sich ja riesengroßen Kreuzfahrtschiff einfach nur winzig vorkam. Gigantische Wasserfälle, Steilhänge und Felsklippen, einfach der Wahnsinn. Am besten fand ich den Trollfjord, knapp zwei Kilometer lang, total atemberaubend. Da im Abendlicht hineinzugleiten, diese Stille, die hohen Felswände rechts und links zum Greifen nahe, das Licht – das vergisst du nie. Und natürlich die Städte. Bergen war echt abgefahren. Vincents Eltern hatten mich als Babysitterin gebucht, daher durfte ich sogar den Gäste-Landausflug mitmachen. Bergen ist Weltkulturerbe, das historische Hanseviertel Bryggen schlichtweg super, nur so total niedliche Holzhäuser, ich fand einfach alles so geil. Dank Vincent kam ich sogar nach Gamle Bergen, ein Freilichtmuseum, in dem es so aussieht wie vor ein paar hundert Jahren.

Nee, wirklich, die erste Tour war ein Traum. Alles so neu, die fantastische Natur, ein easy Job, in meiner Freizeit hatte ich Ben – es war ungelogen perfekt.

## 2

»Willst du nicht drangehen?«, unterbricht Felicitas verwundert ihren Bericht. Seit Sekunden blinkt und dudelt Martins Handy, aber der ignoriert das Läuten.

»Kein Bock!«

»Aber wenn es was Wichtiges ist?«, fragt Fee fassungslos.

Martin greift nach dem Handy, klappt das Gerät auf, sieht kurz auf das Display und sagt: »Ist es nicht.« Er schiebt das Handy in die Hosentasche seiner hellen Jeans und fragt: »Noch 'ne Latte?«

Fee schüttelt den Kopf. »Hast du ein Wasser?«

»Klar.«

Martin holt aus dem Kühlschrank eine Flasche Mineralwasser und gießt dem Mädchen mit den schulterlangen braunen Haaren ein.

»Scheint ja echt ein cooler Job gewesen zu sein. Da kann man dich nur beneiden.«

»Ja, war echt der beste Job, den ich je hatte.« Fee nickt. »Als wir oben am Nordkap ankamen und wendeten, war ich wirklich traurig. Wenn mir da jemand einen dauerhaften Vertrag angeboten hätte, den hätte ich sofort unterschrieben.«

»Und wieso bist du dann jetzt schon wieder hier? Soweit ich weiß, wolltet ihr doch die vollen sechs Wochen der Sommerferien auf eurem Schiff arbeiten.« Martin stellt eine Schale mit Pistazien auf den schmalen hohen Küchentisch. »Wieso hast du abgebrochen? Und weshalb suchst du Ben? Ist der nicht mit zurück, war was?«

Felicitas nimmt sich ein paar Pistazien und pult die Schale ab. »Ist gar nicht so leicht, das zu erklären.«

»War was mit Ben und dir?«

## 2

Ben und ich kennen uns seit der Grundschule. Früher haben wir nichts miteinander zu tun gehabt, er war eine Klasse über mir. Wir sind dann auf verschiedenen Schulen gelandet. Nur weil Bens mit meiner zu einer Einheitsschule zusammengelegt wurde und Ben wiederholen musste, kamen wir in der Achten in dieselbe Klasse. Und kurz vor Weihnachten sind wir dann ein Paar geworden. Ich glaube, ich habe mich zuerst in Ben verliebt und dann er sich in mich. Aber ist ja auch egal. Jedenfalls waren wir fest zusammen. Wir haben es langsam angehen lassen. Ben war mein erster richtiger Freund. Wir wollten eine gemeinsame Zukunft haben. Mit Ben war das drin. Er war nicht der Typ, der groß mit anderen Frauen herummachte. Keiner dieser Schwachköpfe, die möglichst viele Frauen haben mussten. Mit Ben konnte man sich ein Leben aufbauen. Er war verlässlich, jemand, der keinen Mist baute. Aber ein Langweiler war er auch nicht. Ehrlich, mit Ben zusammen war es immer lustig. Er hatte eine Art, auf fremde Leute zuzugehen – total unbefangen und irgendwie so selbstbewusst, dass es auf andere anziehend wirkte. Mit Ben zusammen auf das Schiff zu gehen, war das große Los. Innerhalb weniger Tage kannte ich alles und jeden, weil jeder sofort Ben kannte. War echt so. Als ich mit Ben den ersten Abend im *Dschungel* verbrachte, war er bereits nach wenigen Stunden mit den wichtigsten Leuten so gut wie befreundet, und die saßen alle irgendwann an unserem Tisch. Nicht wegen Bens Vater, der war da schon längst in seiner Kabine. Den haben wir sowieso kaum gesehen. Entweder arbeitete er oder er war dabei sich zu betrinken. Die kamen auf Ben zu, suchten seine Nähe. Früher hatte mich das manchmal eifersüchtig gemacht, immer der Anhang zu sein. Aber inzwischen störte es mich nicht mehr. War okay so, denn Ben und ich gehörten ja zusammen. Und wenn Ben neue Leute kennenlernte, dann hatte ich ebenfalls was davon. So war es auch auf dem Schiff. Ben knüpfte die Kontakte und ich profitierte davon.

Was die meisten Leute an Ben faszinierte, zumindest sagten sie das immer zu mir, war seine echte Freundlichkeit. Ben war einfach total uneitel, gab nie vor, mehr zu sein, als er war. Ein entwaffnend netter Kerl.

Die erste Tour hoch zum Nordkap war daher einfach nur fantastisch. Wenn ich gekonnt hätte, dann hätte ich schlichtweg die Zeit angehalten. Ja, wenn wir wie in *Titanic* gesunken wären und Ben und ich gestorben, dann hätte mich das nicht wirklich gestört. Es war perfekt. Aber leider ist das Leben kein Film. Nach dem Höhepunkt kommt nicht der Abspann, sondern es geht weiter. Und man weiß ja schon aus dem Kino, Sequels fallen meist gegenüber dem Original ab und wenn überhaupt, dann ist höchstens vielleicht die zweite

Fortsetzung wieder ein Renner. Aber dazu sollte es ja nicht mehr kommen.

Als wir nach zwölf Tagen wieder in Kiel einliefen, da hatte ich solche Überlegungen natürlich noch nicht. Da war ich einfach nur froh, dass wir am übernächsten Tag wieder ablegen würden, dass wir zwei weitere Touren hoch zum Nordkap vor uns hatten. Wie all die anderen aus der Crew scharrte ich ungeduldig mit den Hufen, dass wir endlich von Bord durften, in die wartenden Taxis hechten konnten, um an Land zu feiern.

Da ich nicht viel trinke, mir aus Bier wirklich gar nichts mache und Drogen schon immer scheiße fand, hatte ich mit dem Kontrollslalom, den die am Morgen bei unserer Rückkehr aufgebaut hatten, kein Problem. Ben auch nicht. Exzessiv saufen oder was einschmeißen ist ebenfalls nicht sein Ding. Andere aus der Crew hatten dagegen Probleme. Zwei wurden positiv beim Drogenscreening getestet, vier oder fünf hatten so viel getankt, dass sie gar nicht erst blasen mussten, und bei den restlichen fanden sie Gras in den Klamotten. Da wurde dann gar nicht lange gefackelt, die waren eine halbe Stunde später vom Schiff. Wir Normalos dagegen sind größtenteils pennen gegangen, denn um 15 Uhr war Ablegen angesagt und spätestens dann mussten die meisten wieder antreten. Ich hatte noch frei. Die Kinderbetreuung begann erst am nächsten Tag, wenn wir auf See waren.

Im Großen und Ganzen verlief der Anfang unserer zweiten Tour hinauf zum Nordkap wie gehabt. Am ersten Tag an Bord erkunden die Leute die *MS Astor*, sind begeistert vom Essen und genießen einfach das Schiff.

Normalerweise erwarten sie noch nicht viel. Doch diesmal wurden schon im Laufe des Vormittags bei uns die ersten Kinder abgegeben. Und es waren ein paar mehr. Leider nur kleine. Alle zwischen zwei und fünf Jahren. Da war schon klar, wie bei Vincent würde das nicht laufen. Besonders bei den ganz Kleinen waren die Eltern so eindeutig darauf aus, ihre Kinder einfach nur loszuwerden, dass ich diesmal wirklich zu tun haben würde.

So kam es dann auch. Bereits am zweiten Tag hatten wir die Kinder schon zum Frühstück im Kids-Club und vor sieben Uhr am Abend wurden wir sie auch nicht mehr los. Das klingt jetzt vielleicht hart und eigentlich mag ich Kinder, aber wenn man sie von frühmorgens an den ganzen Tag um sich hat, dann kann man irgendwann keine Kinder mehr sehen. Zum Glück machten die meisten von ihnen noch einen Mittagsschlaf, sodass Heike und ich da zumindest für zwei Stunden Ruhe hatten. Ansonsten war Bespielen und Windelnwechseln angesagt. Und so ging es die nächsten Tage weiter.

Frau von Schal habe ich in den ersten Tagen nicht wahrgenommen. Wie denn auch? Ich kam ja kaum raus aus meinen Kids-Clubräumen. Ben und die anderen der Crew sah ich abends in der Crew-Messe, im *Dschungel* oder morgens beim Frühstück. Von Heike und Simone, meiner toastbrotdummen Kabinenmitbewohnerin, einmal abgesehen. Manchmal brachte uns Bens Vater am späten Abend auch mal in die Officer-Messe rein. Das war dann echt groß. Denn da wurde abends, nach Schließung der diversen Restaurants für die Gäste, deren Edelfood abgeladen. Also Hummer,

Fischplatten, überbackene Jakobsmuscheln und was denen da oben sonst noch so schmeckte.

Die Verpflegung ist aber übrigens auch für die Crew echt erstklassig. Es gibt eine eigene Crew-Küche, einen Koch für die Filipinos und einen für die Europäer. Habe ich schon erwähnt, dass alle klassischen Matrosenjobs – bis auf die Wäscherei, die machen auf allen Schiffen der Welt die Chinesen – von Filipinos erledigt werden? Und, na ja, die machen auch all die anderen normalen Matrosenjobs. Soweit ich das mitbekommen habe, sind die Filipinos inzwischen das Seefahrervolk schlechthin. Und die wollen, außer abends einen trinken, nur eins: arbeiten und Geld verdienen. Das geht so weit, dass sie sogar für Geld anderen Crew Membern die Kabine putzen. Echt wahr, da gibt es Leute in der Crew, die sich für 50 Euro im Monat einen Filipino leisten, der ihnen ihre winzige Mannschaftskabine aufräumt und putzt. Ist doch pervers, oder?

Simone und ich haben das natürlich nicht gemacht. Ich kann selbst gut für Ordnung sorgen, und wenn Simone wegen des Chaos in ihrem Schrank Stress bekommt, dann ist das ihr Problem. Bei meinem kleinen Gehalt werde ich mir keine Putze leisten. Ich habe Putzen und Ordnunghalten von meiner Mutter gelernt. So weit kommt es noch, dass ich für so was zahle. Ich habe auch im *Dschungel*, oder wenn der zollfreie Einkauf angeboten wurde, mein Geld zusammengehalten. So bin ich erzogen, Geld verdient man, legt es beiseite und wirft es nicht gleich wieder zum Fenster hinaus, um sich zu amüsieren. Ist doch Schwachsinn, erst dafür zu arbeiten und es dann gleich nach Feierabend wieder auszugeben. Nee, das kann ich nicht, was ich verdiene, spare ich. Lieber kaufe ich mir später irgendwann gute Klamotten oder Stiefel, da hat man dann lange etwas davon.

Ben und ich sind, was das betrifft, glücklicherweise auf einer Linie. Auch er ist eher konservativ gestrickt. Mag vielleicht daran liegen, dass er quasi mit seiner Mutter allein aufgewachsen ist. Sein Vater ist ja meistens auf dem Schiff. Und was Geld betrifft, ist Bens Mutter echt rigide. Bei denen gibt es eine Essenskasse, und wenn die leer ist, dann essen sie die nächsten Tage eben Nudeln mit Tomatenmark. Bens Mutter würde nie auf die Idee kommen, in ein Restaurant zu gehen. Wieso auch? Zu Hause schmeckt es besser und ist billiger. Was sie abzwacken kann, legt sie für Bens Ausbildung an. Ich glaube, sie hat drei Sparverträge und sogar eine Ausbildungsversicherung, damit ihr Junge in jedem Fall studieren kann.

Dass André, Bens Kabinenmitbewohner, einen Filipino engagiert hatte, war für Ben daher echt ein Problem. Und er hat seinen Anteil nur deshalb gezahlt, weil sein Vater ihm dazu geraten hat. Genauer gesagt, übernahm Bens Vater den Anteil. Er erklärte, das wäre an Bord so üblich. Man wohne zusammen und stehe zusammen. So voll der heroische Männerkram. Aber Männer teilen sich ja auch den Rasierschaum und die Zahnpasta, wie ich gelernt habe. Simone und ich waren da anders, ganz klar wurde bei uns alles getrennt, von Tampons einmal abgesehen. Ich glaube, Simone hätte mich erschlagen, wenn ich mich an ihren Schminksachen bedient hätte. Hätte ich aber sowieso nie gemacht, ich finde Make-up eines der überflüssigsten Dinge der Welt. Erfunden von Geschäftsleuten, um uns Frauen das Geld abzunehmen. Aber nicht mit mir. Ich bin eher der Naturtyp.

Wie gesagt, Frau von Schal habe ich erst relativ spät kennengelernt. Da hatte Ben sicher drei Tage Vorsprung. Aber er hatte auch die bessere Ausgangsposition. Während ich mit den Kindern beschäftigt war, stand er ja hinter der Kasse im Buch- und Zeitschriftenshop oben im Plaza-Deck, so eine Art Mall im Schiff. Der Zeitschriftenladen war nicht wirklich groß. Vielleicht knapp fünfzig Quadratmeter. Der eigentliche Besitzer, ein Konzessionär, hatte sich Urlaub genommen, da sein Sohn inzwischen eingeschult worden war. Und daher musste er, wenn er mit der Familie verreisen wollte, nun eben in den Ferienzeiten fahren. Durch seinen Job in dem Zeitschriftenshop war Ben irgendwie etwas Besseres als wir anderen an Bord. Denn sein Chef betrieb den Laden auf eigene Rechnung, hatte nur die Räumlichkeiten von der Reederei gemietet und daher gehörte Ben nicht direkt zur Crew. Musste keine Uniform tragen und so. Die Konzessionäre haben einen Sonderstatus an Bord. Die sind wie Diplomaten, die normalen Regeln der Reederei gelten für sie nicht. Und für Ben daher auch nicht.

Bens Job war nicht ohne, in den ersten Tagen war er abends echt platt. Jeden Morgen der gleiche Mist, wie er abends im *Dschungel* erzählte: »Die sind so bescheuert!« Ben schüttelte verwundert den Kopf, als ob er über seine eigenen Worte staunen würde. »Jeden Morgen das gleiche Spiel. Noch ehe ich die Glastüren geöffnet habe, stehen sie schon davor. Immer dieselben

Rentner. Und kaum habe ich den Laden auf, da schieben sie sich schon untereinander drängelnd rein und rüber zur Zeitschriftenwand. Und dann jeden Morgen die gleiche Frage: *Wo ist die neue* Bild? Und jeden Morgen antworte ich dann: *Die* Bild *wartet im Hafen auf uns. Garantiert, sobald wir angelegt haben, kommt sie. Unser Lieferant bringt sie, sobald wir festgemacht haben, direkt zu mir hoch. Versprochen. Und bis dahin nehmen Sie doch mit der Bordzeitung vorlieb. Die ist kostenlos und garantiert aktuell, die haben unsere Leute extra heute Nacht für Sie drucken lassen.* Und dann ziehen sie murrend mit dem Bordblatt ab.«

»Raffen die das nicht?«, fragte ich irritiert. »Das ist doch klar. Woher soll die denn kommen, wenn wir die Nacht über auf See waren.«

»Weiß der Henker, was die denken.« Ben setzte sein Die-Welt-ist-so-bescheuert-Lächeln auf. »Vermutlich denken die, extra für sie liefern irgendwelche Schnellboote nachts auf der Nordsee aus, oder dass wir per Hubschrauber mit ihrer Zeitung versorgt werden.«

»Und kommen die dann später wieder?«

»Klar.« Ben nickte und trank einen Schluck von seinem Bier. Ich musste mich erst daran gewöhnen, ihn hier jeden Abend Bier trinken zu sehen. Das kannte ich so nicht von ihm. In den letzten Monaten war es bei uns so gewesen, dass er entweder bei mir oder ich bei ihm geschlafen hatte. Unsere Eltern hatten nichts dagegen, wieso auch? Mit Bens Mutter verstand ich mich ohnehin super. Wir liebten beide Ben und dachten auch sonst recht ähnlich. Da ich es nicht haben konnte, wenn Ben nach Bier stank – da konnte ich echt nicht einschlafen –, hatte Ben natürlich darauf verzichtet. Wenn er mit seinen Kumpels unterwegs war, trank er auch mal was, aber dann schliefen wir ja nicht nebeneinander. Da wir hier an Bord in getrennten Kabinen nächtigten, konnte ich aber schlecht was sagen. Doch komisch war das schon, denn die Getränke im *Dschungel* waren zwar billig, aber wenn man jeden Abend was trinkt, kommt da schon einiges zusammen.

»Selbstverständlich laufen die wieder auf.« Ben sah mich gereizt an. »Die stehen neben mir, wenn ich die Schnüre vom Paket aufschneide. Und sind richtig stolz, wenn sie mit der ersten rausgehen. Dann gibt es aber noch die vom Typ Jäger. Die kommen mit dicker Brust nach dem Landgang an, schwenken ihre Zeitung wie eine Trophäe in der Luft und erzählen mir großtuerisch, an welchem Kiosk sie die geschossen haben. Als ob da etwas anderes drinstehen würde als in den Zeitungen, die bei mir ausliegen.«

»Aber die kaufen doch nicht alle nur die *Bild*, oder?«, fragte ich.

»Nein, natürlich nicht. Auch normale Tageszeitungen. Montags *Focus* und *Spiegel*«, erklärte Ben. »Und da wir am Sonntag erst um kurz vor zwölf ablegen, kommen die noch am gleichen Tag an Bord und die Leute können sie ganz entspannt wie gewohnt am Montag bei mir kaufen. Genauso ist es mit der *Zeit* und dem *Stern* am Donnerstag, oder der *Gala*, der *Bunten*, beide ebenso gerne gelesen.«

»Kauft denn auch irgendjemand Bücher?«, wollte ich wissen.

»Taschenbücher, die ganze Bestsellerliste hoch und

runter. Dabei kann ich, wie eine normale Buchhandlung, über Nacht jedes lieferbare Buch besorgen. Wir hängen ganz normal über Computer im Bestellsystem. Aber das hatte ich bislang noch nicht einmal benutzt. Einmal da war ich ganz knapp davor. Da wollte ein Passagier ein Buch über Reklamationen haben. So einen Ratgeber nach dem Motto: Worauf muss ich achten, wenn ich nach der Reise den Veranstalter verklagen möchte und Geld zurückhaben will. Ich hab dann auch so einen Titel gefunden, doch er wollte den unbedingt sofort haben, bestellen zum nächsten Tag war ihm zu langfristig.« »Diesen Typ Mensch kenne ich!«, mischte sich Joseph ein, der sich soeben ungefragt zu uns gesetzt hatte. »Vermutlich hat er später versucht, Geld zurückzubekommen, weil das Buch nicht vorrätig war.«

Joseph war aus Tübingen. Eigentlich ein netter Kerl. Aber jetzt, wo ich Ben gerne mal für mich allein gehabt hätte, irgendwie störend. Joseph war Gallery. So hieß zum einen die Schiffsküche achtern auf Deck 3, die den *Flying Dutchman*, das größte Restaurant auf der *MS Astor*, versorgte, zugleich aber das Team, das eben dort arbeitete. Soviel ich mitbekommen hatte, die wildeste Truppe an Bord. Und das bestätigte auch jeder, mit dem man über sie sprach. Die coolsten und derbsten Partys gingen immer von der Küchen-Crew aus, die feierten bis zum Dienstbeginn und gingen dann dennoch an die Herde. Joseph sah ständig so aus, als hätte er tagelang nicht geschlafen. Was vermutlich auch der Wahrheit entsprach. Aber er war nett. Wir hatten an einem Abend in seiner Kabine Party gemacht. Total schrill, er hatte das Motto ausgegeben: Bad-Taste. Als Ben und ich bei ihm einliefen, sind wir gleich wieder umgedreht, um uns umzuziehen. Die waren da alle eine Mischung aus nackt, *Rocky-Horror-Picture-Show* und *Village People*. Ben hat sich dann eine meiner Strumpfhosen angezogen, Simone hat ihn geschminkt und von Marlies, einer Cabin Stewardess, haben wir ein Schürzchen bekommen. Darüber dann Bens Motorradlederjacke und er sah echt heiß aus. Ich hab mir einfach Bens Badehose über meinen Slip gezogen, zwei Äpfel und eine Banane vorne reingetan und eine Schwimmweste drüber. Sah auch gut aus.

So was wie dieses Fest bei Joseph hatte ich noch nie erlebt. Die haben die Kabine komplett verwüstet. Mit Wasserschlacht, Bier übergießen und einem echt perversen *Abba*-Karaoke. Das Bettzeug wurde zerfetzt, sämtliche Bilder von den Wänden gerissen, die Regale und der Schrank zerlegt – die Kabine war hinterher Schrott. Komischerweise hat sich die Security nicht blicken lassen. Vermutlich weil Joseph schon so lange dazugehört und in der Küche quasi unersetzlich ist. Bens Vater sagte uns, ein gewisses Ventil würde der Kapitän den Leuten auch gönnen.

Von Frau von Schal hörte ich das erste Mal drei Tage nach unserem zweiten Auslaufen, es war der Dienstag, bevor wir in Molde festmachten. Da erzählte Ben ganz aufgeregt abends im *Dschungel:* »Heute habe ich mein erstes Buch bestellt. Das war cool!«

Es gab in der Messe für die Crew das Highlight: Burger und Pommes. Aber natürlich konnte man sich auch wie ich an der ausgezeichneten Salatbar bedienen.

»Echt, was denn?«, fragte ich. »Wieder ein Reklamationsführer?«

»Nein.« Ben kaute. »Ein richtiges Buch. Kurt Tucholsky: *Schloss Gripsholm*. Ein Buch von 1931! Die Frau wollte sogar unbedingt, dass ich ihr eine ganz spezielle teurere gebundene Ausgabe bestelle. Dabei ist das Buch auch in der Schiffsbibliothek. Aber sie sagte, dass sie zu Büchern ein besonderes Verhältnis habe. Und dann meinte sie noch, dass sie normalerweise nie ohne dieses Buch verreise.«

»Wieso das?«, wollte ich wissen.

»Hab ich sie auch gefragt«, sagte Ben. »Und da hat sie erklärt: *Mein verstorbener Mann kannte Kurt Tucholsky gut. Er und Kurt waren damals in den Zwanzigern Nachbarn. Und mein Mann behauptete immer, er sei das Vorbild für das Karlchen in dem Buch gewesen. Wenn ich mein* Gripsholm *bei mir habe, ist das ein wenig so, als wenn ich meinen Hans bei mir hätte.* Sie wollte noch wissen, ob ich das Buch kennen würde. Als ich das verneinte, da sagte sie: *Eine der schönsten unbeschwerten Liebesgeschichten, die es gibt. Sehr zu bedauern, dass ihr jungen Leute derartige Geschichten nicht mehr lest.*«

»Diese Leier kenne ich!«, motzte Joseph. »Selbst in der Vergangenheit hängen geblieben, nicht einmal einen Geldautomaten bedienen können, Internet für neumodisches Teufelszeug halten, aber uns was erzählen wollen. Früher war alles besser, kultivierter und so weiter und so weiter. Diesen Typus findest du oft auf Kreuzfahrtschiffen. Unter den Kerlen sind das die, die spätabends irgendwann mit Zigarre und Whisky oben auf dem Promenadendeck sitzen, über die Vergangenheit sinnieren und nicht raffen, dass sie ein einziges Klischee sind.«

»Weiß nicht, irgendwie ist Frau von Schal anders.« Ben betrachtete unschlüssig seinen leeren Teller. »Bin ich satt oder hole ich mir noch einen?«

»Ich bring dir einen mit!« Joseph erhob sich. »Was gibt es Besseres als einen Burger? Zwei Burger!«

An diesem Abend landeten Ben und ich endlich mal wieder oben auf dem Elferdeck. Der romantischste Punkt auf der *MS Astor*. Genau genommen ist das Elferdeck gar kein Deck, da oben stehen nur die Radarmasten, aber es muss ja nicht jeder mitbekommen, dass man da raufgeht und was man da macht. Ich hatte den Tipp von Heike bekommen. *Wenn du einen Kerl nicht nur für dich haben, sondern ihn auch total verzaubern willst, dann schlepp ihn dort rauf. Die Höhe, der Ausblick – da wird garantiert aus jeder schnellen Nummer eine unvergessliche romantische Erinnerung.* Und so war es auch. Was für Leonardo und Kate der Bug war, war für mich und Ben inzwischen das Elferdeck.

# 3

»Sekunde!« Martin unterbricht Felicitas' Ausführungen genervt. »Was willst du mir eigentlich erzählen?«

»Na, was passiert ist! Von Frau von Schal«, wundert sich Fee.

»Aber bislang ist doch noch gar nichts passiert!« Martin schiebt genervt mit den Händen die Pistazienschalen zusammen und entsorgt sie in den Mülleimer. »Und wer ist diese ominöse Frau Schal? Alles, was du bisher von dir gegeben hast, ist ein halbwegs interessanter Erfahrungsbericht, wie das so ist auf einem Kreuzfahrtschiff. Aber wann geht endlich deine Geschichte los? Was ist dein Problem, warum bist du hier? Wann erzählst du endlich von der Scheiße, die du, vielmehr, die Ben gebaut hat? Habt ihr der Frau was angetan? Bist du deswegen hier? Hat Ben die beklaut, oder was? Ich hab gesagt, ich bin ein guter Zuhörer, aber Leute, die mir ein Ohr abschwätzen, kann ich gar nicht ab! Kommt da noch was?«

Felicitas schweigt gekränkt und für einen Moment strafft sich ihr Körper, sieht es so aus, als wolle sie aufspringen und gehen. Doch dann sackt sie wieder müde in sich zusammen und flüstert: »Tut mir leid.«

»Du brauchst dich nicht zu entschuldigen, aber jetzt erzähl endlich, was du loswerden willst. Sonst gehe ich doch lieber ins Kino. Okay?«

Felicitas nickt.

»Ich nehme an, es hat was mit dieser Frau Schal zu tun ...«

»Frau von Schal«, verbessert ihn Fee. »Das war ihr immer wichtig. Obwohl sie, wie sie sagte, aus Österreich stammt und dort ihre Familie den Titel nicht mehr führen darf. Die Österreicher haben nach dem Krieg alle Adelstitel abgeschafft.«

»Ach ...«, ist Martins knapper Kommentar.

»Ja, gut ...« Felicitas überlegt. »Frau von Schal ...«

# 3

Frau von Schal war Ben gleich von Anfang an aufgefallen. Wie er mir später erzählte, lag dies daran, dass sie sich bereits am ersten Tag *Lettre* bei ihm im Laden gekauft hatte, eine monatlich erscheinende europäische Kulturzeitschrift, für die sich sonst noch nie jemand interessiert hatte. Frau von Schal hatte auch schon bei ihrem ersten Einkauf das Gespräch mit Ben gesucht, ihn so richtig eingewickelt.

Wie könnte man Frau von Schal beschreiben? Sie ist nicht sonderlich groß, Typ gepflegte ältere Dame. Ich schätze mal, sie ist so Mitte siebzig. Die schwarzgrauen Haare hatte sie ganz klassisch als Pagenkopf frisiert, aber perfekt, da saß jedes Haar. Sie benutzte kein Make-up, nur etwas weinroten Lippenstift, aber dezent, trug meist ein dunkles Kostüm, dazu ein gelbes Seidentuch und noch etwas Silberschmuck, einen Ring, ein paar Armreifen, eine weiße Perlenkette und dann natürlich die Brosche. Ein Schmetterling aus Silber. Frau von Schal war extrem freundlich, ja geradezu bescheiden. Ben und sie waren sich irgendwie ähnlich. Als alter Mann wäre er vermutlich der gleiche Typ.

Frau von Schal erzählte ihm bei ihrem ersten Auftauchen in seinem Laden, dass sie jedes Jahr mehrfach auf Kreuzfahrten gehe. Immer ein anderes Schiff, immer eine andere Route, das Leben sei zu kurz, um sich mit Wiederholungen zu begnügen. Früher wäre sie viel mit ihrem Mann gereist, Konzerte in New York, Oper in Mailand, Entspannung auf Capri oder Einkaufen in Hongkong. Nach dem Tode ihres Gatten hätte sie aus gesundheitlichen Gründen etwas pausiert, doch dann sei ihr die Villa am Genfer See zu langweilig geworden und sie habe wieder in die Welt hinausgemusst. Doch da sie vom Herzen her leider nie mehr so hundertprozentig fit geworden sei, habe sie schließlich die Kreuzfahrtschiffe für sich entdeckt. *Zu ihrem großen Glück und täglicher Freude,* wie sie Ben strahlend anvertraute. *Was gibt es für einen Menschen im Winter seines Lebens Beglückenderes, als die Schönheit der Welt von einem Schiffsbalkon aus zu betrachten? Kreuzfahrten sind für Menschen wie mich gemacht. Die Welt zieht an einem vorbei, nette Menschen sorgen sich um einen. Gesegnet und dankbar sei, wer sich dies im Alter leisten kann.*

Ben hatte lächeln müssen. Die Art, wie die ältere Dame vor ihm stand, mit welcher, wie er empfand, Demut sie dies mit leiser Stimme erzählte, rührte ihn. Und dass sie ihm noch ein großzügiges Trinkgeld gab, sorgte zusätzlich dafür, dass er sich freute, als sie am Nachmittag erneut seinen Laden betrat.

*Sie haben doch sicher zu tun, oder?*

Das hatte Ben nicht, es war der erste Seetag für die Gäste. Da war nie viel los. Die *Astor* hatte Kiel am Vortag verlassen und würde erst am nächsten Tag in Fiore wieder einen Hafen anlaufen. Die Leute erkundeten das Schiff, strömten von einem Restaurant ins nächste und nutzten die Vollverpflegung gnadenlos aus. Im Laufe der Woche änderte sich das zumeist; wenn der Hosenbund zu kneifen anfing, waren keine vier Mahlzeiten am Tag mehr angesagt. Frau von Schal dagegen interessierte sich offenbar weder fürs Schiff noch für die Restaurants. *Kennt man ein Schiff, kennt man alle, und ich habe gelernt, mehr als einmal am Tag kann der Mensch nicht wirklich Hunger haben. Und meinen hebe ich mir für den Abend auf.*

Während ich also mit meinen Kindern beschäftigt war, saß Ben mit dieser Frau in seinem Laden und sprach über Bücher. Ben ist ja echt belesen, seine Mutter hat immer Wert darauf gelegt. Bei denen gibt es keinen Fernseher, abends wird gelesen und Ben hat sich das im Laufe der Zeit irgendwie antrainiert. Der liest echt gerne. Kann manchmal richtig nervend sein, wenn er mich auch dazu bekehren will, mir irgendwelche Bücher hinlegt, die ich unbedingt lesen soll, weil sie so geil wären. Ich sehe mir ein tolles Buch lieber im Kino an. Oder Hörbücher, die kann ich auch ganz gut haben. Mit Ben zusammen im Bett kuscheln und dann noch die Stimme von Rufus Beck oder Heike Makatsch, das hat was. Für Ben sind Bücher jedenfalls echt wichtig und er redet auch gern darüber. Frau von Schal erzählte ihm, dass ihr verstorbener Mann ein recht erfolgreicher Schriftsteller in den 50ern und 60ern war. Sein Name war H. G. Bergmann. Er hatte damals ein paar Bestseller geschrieben. Aber ich hatte von ihm noch nie gehört, kannte keinen seiner Titel. War ja auch lange vor unserer Zeit.

Jedenfalls wäre dieser nette Mann bedauerlicherweise schon lange tot. Ihr bliebe leider nichts mehr übrig, als sein literarisches Erbe zu verwalten und dafür zu sorgen, dass er nicht in Vergessenheit gerate. Mit einem Lächeln gestand sie, wie Ben es später beschrieb: *Und ich lebe davon. Man kann sogar sagen, ich lebe davon recht gut. Wofür ich meinem Hans dankbar bin. In Deutschland gilt der Urheberschutz noch 70 Jahre nach dem Tode. Zu meinem Segen beziehe ich inzwischen die Tantiemen. Ich könnte mir theoretisch noch über 50 Jahre Zeit lassen mit Sterben. Wäre ja schade, wenn das Geld an den Staat fallen würde. Unglücklicherweise hab ich keinen Erben.* Und schon am nächsten Tag wurde sie noch konkreter.

*Ich bin ja leider allein. Zwar haben die vom Literaturarchiv Marburg versprochen, den Nachlass meines Mannes nach meinem Tode zu übernehmen, doch so ganz wohl ist mir dabei nicht. Ich hätte da lieber jemanden, dem ich vertraue. Es geht doch um viel Geld ... Ich kann dann ja nicht mehr aufpassen, wenn Hans und ich eines Tages wieder zusammen sind.*

Ich glaube, schon da hat es bei Ben »klick« gemacht. Vielleicht aber auch bereits am Tag davor. Mir gegenüber hat er erst am dritten Tag, an dem Abend, bevor wir in Trondheim einlaufen sollten, von diesem unglaublichen Angebot erzählt. Und das muss einen doch argwöhnisch stimmen. Ich meine, wenn er nicht ein schlechtes Gewissen gehabt hätte, dann hätte er mir das doch schon am gleichen Abend sagen können: Du, Fee, heute ist mir echt was Unglaubliches passiert. Ich hab da von einer alten Frau ein total cooles Angebot bekommen. Die sucht jemanden, der das Erbe ihres toten

Mannes übernimmt. Eine Art Nachlassverwalter, wobei es um richtig viel Geld geht. Wer sich um die Bücher kümmert, bekommt die Kohle. Und wir reden von einem Bestsellerautor. Was denkst du, soll ich versuchen den Job zu bekommen, dann hätten wir ausgesorgt? Könnten uns eine Wohnung mieten, vielleicht sogar kaufen, und wir hätten eine sorgenfreie Zukunft. Alles, was ich tun muss, ist, in der nächsten Zeit zu der Frau besonders nett sein. Sie mag mich, sie sagt, ich erinnere sie an ihren Neffen, der leider vor Jahren tragisch mit dem Motorrad verunglückt ist. Ein Motorrad, das sie ihm gekauft hatte.

All das hatte er mir nicht erzählt, sondern für sich behalten. Alles, was er mir gegenüber in den ersten Tagen über Frau von Schal erwähnte, war Geplänkel. Dass sie so belesen wäre, man sich mit ihr so super unterhalten könne. Und dass er sich wirklich in den letzten Tagen gefreut hätte, wenn sie zu ihm kam. Er hat mir komischerweise nicht erzählt, dass er ihr inzwischen über seinen Vater eine andere Kabine organisiert hatte. Denn in ihrer bekam sie Kopfschmerzen. Zudem hatte sie nicht gewusst, dass die Junior-Suite, die sie gebucht hatte, auf dem Apollo-Deck hinter den Rettungsbooten lag, daher kaum Ausblick hatte. Ihre neue Kabine war nun ein Deck höher. Eine Penthouse-Suite mit privatem Balkon! Ungefähr doppelt so teuer! Sein Vater konnte das drehen, da die Kabine nicht belegt war. Ben weiß genau, wie man die richtigen Knöpfe drückt. Genauso wenig hat er mir gleich erzählt, dass er sich in der Gallery für sie eingesetzt hat. Denn Frau von Schal hat ja eine Histaminintoleranz. Das ist so eine Art Allergie, eine Unverträglichkeit gegen alles, was alt ist. Gereifter Käse, Konserven, Salami, geräucherter Schinken und solche Dinge. Ben hat in der Küche dafür gesorgt, dass sie gesondert bekocht wird. Das habe ich später von Joseph erfahren.

All das hatte Ben mir verschwiegen. Doch damit nicht genug: Wenn man es genau nimmt, dann hat er mich überhaupt erst richtig informiert, nachdem ich ihn darauf angesprochen hatte. Denn ich hatte ihn und Frau von Schal am Nachmittag gesehen. Erst *nachdem* ich das erwähnte, hat er mir alles erzählt.

Ich war mit Maja und Luise unterwegs zur Brücke gewesen. Die beiden waren vier, und nachdem ich ihnen lange genug erzählt hatte, wie toll es auf der Brücke sei, hatte ich sie so weit, dass sie unbedingt einen Ausflug dorthin machen wollten, und ich endlich mal wieder aus meinem Kids-Club rauskam.

Auf dem Vista-Deck hab ich sie dann gesehen. Ich hatte mich schon gewundert, warum der Zeitungsladen geschlossen war und ein Schild mit *Kurze Mittagspause* hinter der Glastür hing. Ben und Frau von Schal saßen zusammen an einem der kleinen runden Glastische direkt an den Fenstern. Ich wusste ja nicht, dass es sich um Frau von Schal handelte. Eine alte Frau im Sessel mit Blick auf die Küste und daneben mein Freund. Er goss ihr Tee ein und sie zeigte ihm irgendetwas in einem Buch. Selbst da habe ich noch nichts gerafft, ich dachte, okay, ist ein Service am Kunden oder so. Wenn Ben seinen Laden dichtmacht, dann wird er schon seine Gründe haben.

Um das noch einmal ganz klar festzuhalten: Erst als ich ihn auf diese Situation ansprach, packte er aus, was da zwischen ihm und dieser alten Frau lief, was für ein unglaubliches Angebot sie ihm bereits gemacht hatte. Was ich dann zu hören bekam, machte mich echt fertig, ich ließ mir jedoch nichts anmerken.

Ben und ich sind hinüber an die Computer für die Crew. Da gibt es ein paar fest installierte Laptops, die per Flatrate online sind. Ein Service der Reederei. Ebenso wie WLAN in den Kabinen. Auf diese Art und Weise ist es allen möglich, per Mail in Kontakt mit der Heimat zu bleiben. Er hat mir im WWW ein paar der Bücher dieses Bergmann gezeigt. Das bekannteste Buch, wie er mir sagte, war *Der Goldjunge*, irgend so eine Nachkriegsgeschichte über einen Heimkehrer. Klang total langweilig, hatte jedoch bei Google über 250 000 Ergebnisseiten. Massenhaft Kritiken, aktuell 86 Neuauflagen, Taschenbuch, gebundene Ausgabe, sogar einen Film von der Geschichte gab es.

Auch was den Mann selbst anging, hatte Ben sich inzwischen informiert. Viele Frauen, Sportwagen, Fotos von ihm auf irgendwelchen Jachten, der Mann hatte Stil. Ben war richtig euphorisch.

»Sie mag mich wirklich. Und sie ist heute auch ganz konkret geworden. Sie hat mich zu sich an den Genfer See eingeladen. Ich soll mir mal ansehen, worauf ich mich da einlassen würde. *Denn es sei dort recht langweilig, sehr ruhig. Und es wäre ja schon wichtig, dass jemand vor Ort wäre, wenn sie so ihre Reisen unternimmt.*«

»Und du willst das echt machen?«, fragte ich langsam. Ich war gelinde gesagt schockiert. Noch mehr schockiert aber darüber, dass Ben meine Reaktion und meine Gefühle einfach überging, offenbar gar nicht wahrnahm.

»Klar, mir das zumindest mal ansehen!«, rief Ben. Mittlerweile saßen wir wieder im *Dschungel* und ausnahmsweise hatte ich mir diesmal eine Weißweinschorle bestellt. »Fee, jetzt sei doch mal ehrlich. Ich wollte dir vorher nichts sagen, wo das alles noch so unkonkret war. Aber über das Stadium sind wir jetzt hinweg. Frau von Schal hat inzwischen ganz klare Pläne. Ich soll eine Biografie über ihren Mann schreiben. Verlage gäbe es einige, die sie schön länger deswegen bedrängen würden. Ist doch cool, ich schreibe ein Buch!«

»Wieso, bitte, glaubst du, dass du ein Buch schreiben kannst?«

»Na hör mal!« Ben lachte. »In Deutsch war ich immer gut. Und das wird auch nicht so schwer. Sie will mir helfen, mir von ihrem Mann erzählen, ich werde Aufnahmen machen. Wir haben heute schon angefangen. Willst du mal reinhören?« Er zog sein iPhone aus der Tasche und scrollte durchs Menü. »Hier, eine erste halbe Stunde aus Bergmanns Leben. Echt der Hammer! Über die Zeit im Zweiten Weltkrieg. Er war damals in so einem Verschwörerkreis gegen Hitler. Nannte sich Holmia, der lateinische Name für Stockholm.«

»Nee danke, keinen Bock.« Ich merkte, wie ich innerlich immer saurer wurde. »Und wie soll das alles gehen? Willst du die Schule abbrechen und in die Schweiz, oder was?«

»Weiß noch nicht. Vielleicht. Frau von Schal würde aber auch warten, bis ich mein Abitur gemacht habe.

Dann könnte ich in Genf Germanistik studieren, das wäre für den Nachlass-Job nicht schlecht. Eine Alternative wäre, in Genf weiter zur Schule zu gehen.«

»Und ich?«, rutschte es mir heftiger raus, als ich es gewollte hatte.

»Du?« Ben sah mich an, als ob er jetzt erst kapieren würde, dass wir doch ein Paar waren, dass da, wo er hingehen würde, auch für mich ein Platz sein musste. So war das bei Paaren, die planten zusammen.

Ben nickte. »In Genf gibt es sicher auch die Möglichkeit, sich zur Erzieherin ausbilden zu lassen.«

»Ach ja?«

»Also, wenn du noch willst. Finanziell hätten wir das nicht mehr nötig.«

Da war endlich zumindest mal ein *Wir* in seinen Worten.

»Kommt das nicht alles etwas überraschend?«

»Nein. Also ja, aber ist doch okay ...« Ben schüttelte den Kopf. »Das ist einfach so eine dieser Gelegenheiten im Leben. Die kommen entweder oder sie kommen nicht. Aber wenn sie kommen, dann muss man zuschlagen.«

»Ich meine, wie soll das alles ablaufen ...«

»Wir haben doch mal *About a Boy* gesehen, diesen Film nach dem Buch von Nick Hornby. Da spielt Hugh Grant einen Mann, dessen Vater einen Weihnachtsklassiker komponiert hat. Und jedes Mal, wenn irgendein Sender den Song spielt, dann kassiert er. So wäre das auch bei mir. Villa am Genfer See, jedes Frühjahr eine fette Verlagsabrechnung und eben den Nachlass hüten. Nicht viel Arbeit ...« Ben rutschte zu mir herüber und legte den Arm um mich. »Frau von Schal sagt, im Durchschnitt kämen ein paar Anfragen im Jahr von irgendwelchen Studenten, die über ihren Mann arbeiten, da muss man einen Blick drauf haben. Vor vielen Jahren hätten die von einer Illustrierten ihren Mann mal in die Ecke der Vaterlandsverräter rücken wollen. Da hätte man eben eine Unterlassungsklage erwirken müssen. Um solche Sachen müsste ich mich kümmern.«

»Aber das ist doch keine Perspektive!«, erwiderte ich. »Was wollen wir denn am Genfer See? Da kennen wir doch niemanden.«

»Und weiter?«, beschied mir mein Freund. »Dann lernen wir eben neue Leute kennen. Fee, das ist die Eintrittskarte in eine andere Welt.«

Damit war die Katze aus dem Sack. Und ich wusste, wie das in seinem Kopf weitergehen würde. Ich war in seinen neuen Plänen offenbar nicht vorgesehen.

# 4

»Aber ihr wart doch ein Paar!«, unterbricht Martin Felicitas. »Wieso glaubst du, dass Ben sich wegen diesem Job von dir trennen würde?«

»Sein Verhalten war ja der Beweis dafür.« Fee sieht auf ihre Finger, die einander drücken und kneten. »Ich weiß, wie das läuft. Da trifft er in Genf auf einer Party eine dieser Society-Frauen, total gepflegt, erfahren und eben mit diesem besonderen Glamour, und dann bin ich Vergangenheit. Das kennt man doch.«

»Also, ich kenne das nicht«, widerspricht Martin. »Und ich glaube auch, Ben ist nicht so. Ganz sicher. Der hängt total an dir. Das hat man damals bei meinem Fest gesehen.«

»Meinst du?«

»Meine ich.« Martin gießt sich und Fee erneut die Wassergläser voll. »Ben ist so ganz der treue Typ. Ich bin mir sicher, der würde nicht ohne dich nach Genf gehen. Garantiert. Irgendwas in die Richtung hat er doch auch Jenny gemailt.«

»Was hat er Jenny gemailt?« Fee schreckt auf.

»Was genau, weiß ich nicht. Aber dass es sein könnte, dass er nicht an die Schule zurückkommt. Dass er mit dir in die Schweiz gehen will. Dass sich da was aufgetan hat.«

»Ich wusste gar nicht, dass Ben mit Jenny gemailt hat.«

»Kann auch Facebook gewesen ein …«, räumt Martin ein.

»Ben ist doch nicht bei Facebook.«

»Klar ist er das.«

»Das glaube ich nicht.«

Martin klappt sein Netbook auf und loggt sich unter seinem Namen ein. Sekunden später präsentiert er Fee Bens Facebook-Seite.

»Da ist ja sogar ein Schiffslog von ihm«, murmelt sie erschüttert.

»Klar, warum auch nicht. Ist doch mit seinem iPhone kein Ding.«

»Und warum weiß ich das nicht?«

»Keine Ahnung.« Martin schaltet erneut die Espressomaschine ein. »Auch noch einen?«

»Danke.«

»Danke nein oder danke ja?«

»Danke nein«, murmelt Felicitas. »Dass Jenny bei Facebook ist, wusste ich ja … aber …«

»Jetzt erzähl, wie es weiterging. Das ist doch nicht alles!«

»Nein. Ist es nicht.«

# 4

Nachdem ich nun Bescheid wusste, überlegte ich natürlich, was ich machen sollte. Einfach so darauf vertrauen, dass Ben mich weiterhin lieben und in sein neues Leben mitnehmen würde, das konnte ich nicht. So bin ich nicht gestrickt, ich kann nicht dasitzen und warten, dass andere bestimmen, was passiert. Und noch weniger, dass mein Freund anfängt, über mein Leben zu entscheiden.

Ich schlug Ben also vor, dass ich Frau von Schal gerne kennenlernen würde. Und da sagte er doch tatsächlich: Nein. Er kam mit dem Argument, dass die alte Dame dann womöglich irritiert sein könnte.

»Ehrlich, tut mir leid, aber ich hab echt vergessen, ihr zu erzählen, dass ich mit dir zusammen bin. Sie fragte irgendwann, ob ich gebunden wäre, und ...« Ben lächelte mich entschuldigend an. »Da habe ich Nein gesagt, weil ich das falsch verstanden habe ... ob ich irgendwo fest gebunden wäre ... also Wohnung, Arbeit und so. Ob es etwas gäbe, was mich hindern könne, in die Schweiz zu kommen, den Job zu übernehmen.«

Ich musste schlucken.

»Dass sie in dem Moment verstanden hat, dass ich

solo wäre, wusste ich nicht. Und ihr jetzt damit zu kommen, dass wir zu zweit in ihre Villa einziehen würden, halte ich für unklug.«

»Ach ja?«, brachte ich mühsam beherrscht hervor.

»Ist doch logisch. Dann fühlt sie sich bedrängt ...« Ben beugte sich vor. »Aber wenn ich erst einmal da bin und du später nachkommst, dann wäre das was anderes. Ist doch so, es geht um den Anfang, den Einstieg. Der Rest regelt sich.«

»Dann ist das also für dich alles schon entschieden?«, brach es aus mir raus. »Und ich? Vielleicht fragst du mich auch mal? Ich hab nämlich bereits für uns eine Wohnung klargemacht. Im Nachbarhaus deiner Mutter, da wird eine total süße, billige kleine Dreizimmerwohnung frei. Und da das Haus derselben Genossenschaft gehört wie eures, hat deine Mutter mit denen gesprochen und alles organisiert. Wir haben die Wohnung. Was glaubst du, warum ich hier bin, warum ich den Job angenommen habe und die ganze Zeit so spare. Damit wir unsere Wohnung einrichten und Möbel, eine Küche kaufen können.«

»Wie?«, gab Ben zurück. Er hatte dieses Dreieck auf der Stirn, das er immer bekam, wenn ihm etwas nicht passte.

»Ja, eine richtige eigene Wohnung, mit Balkon!« Ich griff nach seiner Hand. »Du kannst dir später ein Arbeitszimmer einrichten, wegen der Uni, und wir wären endlich ungestört ...«

Mit jedem Wort, das ich sagte, spürte ich, wie mir Ben mehr und mehr entglitt. Vielleicht wäre es besser gewesen, das mit der Wohnung nicht in genau diesem Moment zu erwähnen. Aber es musste raus. Wenn Ben mir erklärte, dass er Pläne hatte, dann musste ich ihm doch zeigen, dass ich mir für uns ebenfalls eine Zukunft vorgenommen hatte. Er stand wortlos auf, stolperte zur Bar und kam anstatt mit Bier mit einem dieser an Bord unter der Crew üblichen Getränke zurück. Jägermeister-Red-Bull, ein absoluter Plattmacher.

»Wieso denn das?«, fragte ich irritiert.

»Muss ich dich etwa schon fragen, was ich trinke, oder was? Erlaubst du mir jetzt nur noch Wasser?«

»Wieso sollte ich dir was erlauben?«, gab ich einigermaßen spitz zurück. »Bin ich deine Mama, oder was? Ist doch dein Schädel, der morgen brummt.«

»Genau. Es ist mein Schädel!« Ben setzte das Glas an und kippte den Drink in sich rein. »So wie es auch mein Leben ist. Und Fee, wir sind nicht verheiratet.«

»Das weiß ich.«

»Gut.« Ben stand auf und ging hinüber zu der Gruppe um Hanjo, einem Kellner aus Kiel, der mit ein paar Leuten vom Service am Tischkicker stand. Mich ließ er einfach sitzen. Ich kam mir so dämlich vor, dass ich nur noch gehen wollte. Ich bin runter in meine Minikabine, hab mich auf mein schmales Scheißbett geworfen und losgeheult. Das im *Dschungel* war unser erster richtiger Streit gewesen. Wie konnte Ben mich einfach so abservieren?

Aber ich bin ja nicht aus Zucker und wer meint, es mit mir aufnehmen zu wollen, der sollte sich wundern. Wenn Ben nun glaubte, er wäre plötzlich der Chef in unserer Beziehung, dann war jetzt der Zeitpunkt, ihm klarzumachen, wer hier die Entscheidungen traf. Es war ja nicht so, dass ich mir das nicht alles genau überlegt hatte. Ich wusste schon, warum ich mit Ben zusammen war, ich hatte alle Weichen für unsere Zukunft gestellt. Wenn Ben sein Abitur in der Tasche haben würde, wäre ich mit meiner Ausbildung fertig. Dann würde ich Geld verdienen und er könnte studieren. Wenn er mit dem Studium fertig wäre, würde er an eine Schule kommen, irgendwann verbeamtet werden. Diese Phase würde ich dann nutzen, um entweder eine Zusatzausbildung in meinem Job zu machen, etwas wie Integration oder ADS-Kinder, oder eben schwanger werden. Kinder zu bekommen, war für mich wichtig. Ben wusste das.

Ich saß auf meinem Bett und überlegte, ärgerte mich über mich selbst, dass ich oben in der Kneipe so unbeherrscht reagiert hatte. Doch nach einer halben Stunde hatte ich alles wieder im Griff. Es war ja auch im Grunde ganz einfach, ich durfte nur keinen Fehler machen. Das Letzte, was ich jetzt bringen würde, war, Ben zu stressen. Ben war für mich im Laufe der Zeit wie ein offenes Buch geworden. Ich konnte ihn richtiggehend lesen, wusste, wie er tickt, welchen Knopf man drücken durfte und was man besser nicht machte. Auf keinen Fall durfte ich ihn nun unter Druck setzen. Druck erzeugt immer Gegendruck. Ich durfte nicht zu einem Problem werden, ich musste eine Lösung sein. Ich bin eine Lösung, sagte ich mir wieder und wieder. Dann stand ich auf, zog meine Borduniform aus und suchte mir das T-Shirt aus meinen Sachen, das mir Ben im Winter geschenkt hatte.

*Heul doch!*, war groß vorne aufgedruckt. Ich war mir

ganz sicher, wie Ben reagieren würde, wenn ich mit dem Teil im *Dschungel* aufkreuzen würde, ich kannte ihn doch.

Und so war es dann auch. Als ich, ebenfalls mit einem Red-Bull-Gesöff in der Hand, neben ihn an den Kicker trat, ihm zuprostete und einfach nur sagte: »Okay, dann eben Genf!«, sah er mich erst nur fragend an, las den Spruch auf meiner Brust, und dann breitete sich dieses großartige Grinsen in seinem Gesicht aus. Er drehe sich zu mir um und umarmte mich. Daran, wie erleichtert sein »Dann eben Genf!« klang, merkte ich, dass die Situation gerade auch für ihn scheiße gewesen war. Dass auch er nicht wirklich Streit mit mir wollte, dass es uns weiterhin gab und er mich wirklich liebte.

Ben und Frau von Schal hatten ja keine Ahnung, mit wem sie sich da anlegten. So leicht ließ ich mir von keinem meinen Lebensplan zerstören. Genf war darin definitiv nicht vorgesehen.

Es wurde ein langer Abend, die von der Gallery ließen wieder einmal spontan eine Party vom Stapel. Aber echt heftig. Doch da einige der unteren Offizieren mit dabei waren, durfte es so abgehen. Am Ende war die halbe Mannschaftsmesse verwüstet.

Ben war voll dabei. Er war so wild, wie ich ihn noch nie zuvor erlebt hatte. Da flogen Gläser, Tische wurden zerlegt und ich weiß wirklich nicht, wie die anderen den Abend überlebt haben, ich bin jedenfalls kurz nach drei in die Koje. Ich musste einfach durchhalten, denn Ben blieb so lange auf. Und vorher wollte ich nicht ins Bett. Wie ich am nächsten Morgen erfuhr, hatten die

Männer in Andrés und Bens Kabine weitergemacht. Die sahen am nächsten Morgen alle echt fürchterlich aus.

Ich hatte Glück. Als ich aufwachte, hatte die *Astor* schon in Trondheim festgemacht. Heike hatte mir noch am Vortag mitgeteilt, dass wir einen Lauen haben würden, wie sie sagte. Trondheim hieß Stadtrundfahrt, Altstadtbummel, Kathedrale, Volksmuseum – und das war für Familien ein Pflichtprogramm. Es war kein einziges Kind für den Tag in der Betreuung angemeldet und niemand hatte einen Babysitter für den Landgang gebucht.

Ben sah übel aus. Zudem hatte er Stress, konnte aus dem Laden nicht raus. Sein Vater war noch am Morgen in Bens Kabine aufgetaucht und hatte ihn ziemlich zusammengestaucht. Offenbar hatten sich Passagiere beschwert, dass Ben am Vortag den Laden immer mal wieder zugemacht hatte. Diese Beschwerde war direkt an den Konzessionär weitergeleitet worden, der wiederum Bens Pa alarmiert hatte. Ben war zwar sozusagen sein eigener Chef, aber wenn der Staff Officer den eigentlichen Ladenbesitzer am Strand anklingelte und ihm sagte, dass der Laden zu sei, dann bekam selbst jemand mit einem Status wie Ben Schwierigkeiten. Auch wenn man quasi selbstständig war.

Ich kannte Bens Vater nicht sehr gut, er war ja fast nie da und wenn, dann eher so auf Urlaub. Aber offenbar konnte der Mann auch anders, wie Ben zerknirscht und verkatert erzählte. Bens Worten nach hatte sein Chef ihm gedroht, ihn auszuschiffen, wenn er noch einmal so einen Mist bauen würde. Die Gäste würden erwarten, dass er freundlich hinter dem Verkaufstresen steht und nicht mit irgendwelchen Leuten in der Ecke herumsitzt und plaudert.

*Ab jetzt bleibt der Laden offen, egal was passiert. Landgang ist heute gestrichen! Ob Ben das verstanden habe?* Klar, Ben war ja nicht blöd und hatte daher Frau von Schal, die schon vor mir in seinem Laden erschienen war, sagen müssen, dass er heute keine Zeit für sie hätte. Frau von Schal war ganz geknickt, denn sie hatten über die Kathedrale geredet. Ben hatte ihr am Vortag versprochen, dass er sie am Nachmittag, wenn er wie sonst auch immer am Hafentag den Laden geschlossen hätte, dorthin begleiten würde. Am organisierten Ausflug hatte Frau von Schal kein Interesse. Wenn, dann würde sie so etwas immer lieber alleine machen. Nur würde sie ihren Knien nicht mehr so recht trauen.

»Ist natürlich echt Mist, dass ich ihr nun sagen musste, es geht nicht. Ich kann hier heute nicht weg. Hoffentlich nimmt sie mir das nicht übel. Aber ich denke nicht. Sie hatte Verständnis und meinte sogar, es würde für mich sprechen, dass ich diesen Job hier so ernst nehme. Wir haben uns aber für den Abend verabredet. Ich muss mit meinem Interview weiterkommen. Das ist mir gestern aufgegangen. Letztlich habe ich nur die Tage hier an Bord, um die Sache klarzumachen. Ist doch so, oder?« Ben ordnete die Tageszeitungen vor sich und faltete die obersten zusammen, damit der Kunde sie leichter greifen konnte. »Überleg doch mal. Wir haben für sechs Wochen, die gesamten drei Hurtigruten, unterschrieben. Die erste Tour ist vorbei und nach der jetzt haben wir noch eine komplette dritte Cruise vor uns.

Ich kann frühestens vierzehn Tage, nachdem Frau von Schal von Bord ist, zu ihr nach Genf fahren. Und vielleicht hat sie es sich dann schon anders überlegt, oder es meldet sich ihr zweiter entfernter Neffe.«

»Welcher entfernte Neffe?«, fragte ich überrascht.

»Es gibt da zwei Neffen, mit denen sie über ein paar Ecken verwandt ist. Der eine ist der, der mit dem Motorrad verunglückt ist, und dann gibt es noch einen zweiten. Den sie nicht sonderlich mag, da er so verschlagen sei, wie sie sagt. Aber der besucht sie neuerdings immer überraschend und versucht, sich bei ihr einzuschleimen. Sie sagte sogar, der Kerl würde sie richtig bedrängen und sie hätte fast schon Angst vor ihm. Klar, der weiß auch, um was es geht.«

»Findest du nicht, du gehst das jetzt etwas zu …« Ich fand kein passendes Wort, wie ich seine Überlegungen nennen sollte, ohne ihn zu kränken.

»Wieso?« Ben sah mich müde an. »Ich bleibe dran, darum geht es doch. Dranbleiben und keinen Fehler machen. Fee, jetzt mal ehrlich! Wie waren uns da doch einig. Das ist die Chance für uns! Wenn das klappt, dann müssen wir uns nie wieder Gedanken machen. Verstehst du nicht? Genf ist doch nur vorübergehend.« Er senkte die Stimme und sah sich unsicher um, als ob irgendwen interessieren würde, worüber wir sprachen. »Ich will da auch nicht auf Dauer bleiben. Wenn Frau von Schal eines Tages wieder mit ihrem Hans vereint ist, dann hindert uns doch niemand, die Villa da unten am See zu verkaufen und woanders hinzugehen. Felicitas, das ist ganz wichtig, du musst da jetzt langfristig und strategisch denken!«

Ich nickte und sagte: »Sicher hast du recht. Du bist da viel näher dran und klar, es ist ja für uns …«

»Genau.« Ben schien erleichtert.

»Okay, dann werde ich jetzt mal in meinen Kids-Club gehen und dort aufräumen …«

»Mach das, wir sehen uns später, kann heute etwas länger dauern, Ablegen ist ja erst gegen sieben Uhr und wie ich diese Idioten kenne, kommen die dann anschließend noch alle vorbei und wollen ihre Tageszeitung.«

Anstatt in die Kinderräume bin ich hoch aufs Sonnendeck für die Crew, hab mir einen großen Milchkaffee geholt und mich in einen der Liegestühle geworfen. Ich musste nachdenken.

Je länger ich das tat, umso mehr wurde ich mit meiner Situation unzufrieden. Das passte mir alles nicht. Wie gesagt, ich war niemand, der andere machen ließ und darauf hoffte, dass sie das Richtige taten. Das ging mir gegen den Strich. Wie konnte Ben ernsthaft glauben, ich würde ihn in dreieinhalb Wochen alleine nach Genf fahren lassen? Außerdem, wenn man dieses Ding wirklich durchziehen wollte, dann war es tatsächlich so, wie Ben gesagt hatte. Dann durfte man den Fisch doch keinesfalls für vierzehn Tage wieder von der Angel lassen, dann musste man ihn gleich rausziehen. Aber das war typisch Ben, so war er eben. Weil er seinem Vater und seinem Chef keinen Stress machen wollte, würde er treudoof auch noch die zwei Wochen wie abgesprochen im Laden bleiben und der Verwandte von Frau von Schal hatte ausreichend Zeit, die Sache für sich klarzumachen. Ohne den Kerl jetzt zu verdächtigen – womöglich war er ja sogar bereit, ihr etwas anzutun. Immerhin ging es hier um richtig viel Geld! Da ließen Menschen schon mal ihre Bedenken fallen. Wenn der Frau etwas zustoßen würde, dann hätte Ben nichts in der Hand. Dann zählte nur das Verwandtschaftsding. Ich hatte mal was im Fernsehen gesehen. Da wollte ein Kerl seinem Freund alles vermachen. Die waren ein Paar, hatten sich im Urlaub gerade frisch kennengelernt. Aber bevor sie etwas schriftlich geregelt hatten, war der Typ gestorben. Und dann hatte alles seine Cousine geerbt. Die ihn verachtet hatte, die ihn überall schlechtgemacht hatte, weil er schwul war.

Ich entschied, dass es nichts schaden würde, wenn ich auch ein bisschen aktiv werden würde. Im Grunde hatte Ben ja recht. Es ging um unsere Zukunft.

Ich fand Frau von Schal nach einer halben Stunde oben auf auf dem Vista-Deck. Sie stand dort ganz zufrieden an der Reling und sah hinunter auf den Verladeverkehr.

»Kann ich Ihnen irgendwie helfen? Sie sehen so ... na ja, irgendwie so aus, als könnten Sie Hilfe gebrauchen«, sprach ich sie freundlich an.

»Bitte?« Frau von Schal sah mich überrascht an.

»Entschuldigen Sie, ich wollte Sie nicht stören. Aber ich wunderte mich, warum Sie sich Trondheim nur von hier oben anschauen. Es soll eine wirklich schöne Stadt sein. Besonders die Kathedrale, die sollte man unbedingt gesehen haben.«

»Gehören Sie zur Crew?«

»Ja, natürlich!« Ich improvisierte. »Normalerweise bin ich für die Kinderbetreuung zuständig. Aber die sind heute alle mit ihren Eltern unterwegs. Dennoch habe ich Dienst. Und da hat mein Vorgesetzter, der Staff Officer, gesagt, ich soll mich sonst wie nützlich machen. Es ist an Bord nicht gerne gesehen, wenn wir vom Personal nichts tun. Und wie ich Sie so da stehen sah, dachte ich …«

»Verstehe!« Sie lächelte. »Sie sind auf der Suche nach einem Alibi. Jemand, den Sie begleiten könnten.«

»Sie haben mich durchschaut!« Ich zog alle Register, setzte mein Klein-Mädchen-Gesicht auf und sagte: »Ich hab schon beim letzten Anlegen hier an Bord bleiben müssen. Alle anderen hatten Landgang, ich nicht. Und Trondheim soll wirklich sehr schön sein.«

»Das habe ich auch gehört.« Die zierliche alte Dame löste ihre Hände von der Schiffsbrüstung und begann, mit der rechten Hand an ihrer cremefarbenen Perlenkette herumzufingern. »Und Sie haben ein gutes Menschengespür, mein Fräulein.« Noch nie zuvor hatte mich jemand *Fräulein* genannt. »Ich hatte wirklich vorgehabt, an Land zu gehen, ich wollte mir die Kathedrale ansehen. Aber mein Begleiter ist leider verhindert und allein traue ich mich nicht. Meine Knie …«

»Wie wäre es, wenn ich Sie begleite … dann könnten wir doch zusammen!«, schlug ich erfreut vor. »Ich zahle uns auch das Taxi …«

»Ach was, das übernehme selbstverständlich ich.«

»Kommt gar nicht infrage, wenn ich Sie begleiten darf, dann tue nicht ich Ihnen einen Gefallen, sondern Sie mir. Wie Sie sagen … Sie sind mein Alibi.«

»Wie heißen Sie?« Frau von Schal sah mich mit einem spitzbübischen Lächeln auf den Lippen fragend an.

»Felicitas Kleiber.«

»Felicitas, wie passend!«

»Wie meinen Sie das?«, fragte ich verwundert.

»Wenn mich meine Lateinkenntnisse nicht im Stich lassen, bedeutet Felicitas doch ›das Glück‹ oder ›Glückseligkeit‹. Und wenn ich dank Ihnen nun doch die Kathedrale sehen darf, dann trifft das ja wohl zu.«

»Noch sind wir nicht da!«, scherzte ich. »Ich kann nämlich kein Wort Norwegisch, nicht dass uns der Taxifahrer nachher sonst wohin bringt.«

»Das schaffen wir schon.«

Eine halbe Stunde später, es war inzwischen zehn nach zwölf, saßen wir dann wirklich im Taxi. Wie der Großteil der Crew hatte ich nun auch ganz offiziell frei, was ich Frau von Schal aber nicht sagte. Wenn das Schiff fast den ganzen Tag im Hafen liegt, haben die meisten der Besatzung von 12 bis 16 Uhr frei. Ganz regulär. Manche essen noch in der Crew-Messe, andere ziehen direkt los, Einkäufe erledigen, bummeln, irgendwo an den Strand, um ein paar Stunden Ruhe zu haben. Viele nutzten aber auch die Zeit, um Schlaf zu tanken.

Die Kathedrale von Trondheim war wirklich ein Erlebnis. Ich war zwar mit meinen Eltern manchmal in der Kirche gewesen, aber dann eher wegen des Gottesdienstes. Mir eine Kirche einfach so anzusehen, das hatte ich noch nie zuvor gemacht. Von der Besichtigung des Kölner Domes bei einer Klassenfahrt einmal abgesehen. Die Kathedrale von Trondheim war riesig, die Höhe des reich verzierten Innenraums einfach gigantisch. Wie mir Frau von Schal erklärte, ist es die größte Kathedrale Skandinaviens und war früher die Krönungskirche der norwegischen Könige.

Es war ein wirklich schöner Nachmittag und ich verstand nun auch, warum Ben so von der Frau angetan war. Diese alte Dame war tatsächlich überaus reizend. Sie war total sympathisch. Freundlich, auf eine angenehme Art und Weise zurückhaltend und bescheiden, einfach eine reizende ältere Dame. Dass sie *Fräulein* zu mir sagte, konnte ich ihr nicht ausreden, sie fand, in ihrem Alter dürfe sie das und ich wäre doch nicht verheiratet, oder?

»Natürlich nicht. Dazu bin ich noch zu jung«, antwortete ich ihr. Wir standen unter der großen Fensterrose der Westfassade. Ein Traum in Rot, Blau und Gelb. Ich hatte noch nie etwas Vergleichbares gesehen, aber Frau von Schal behauptete, die Fenster in Reims wären um Klassen schöner.

»Hmm, dann haben Sie vermutlich den Richtigen noch nicht gefunden.«

»Doch, ich denke schon. Aber wir wollen uns beide noch nicht so fest binden. Außerdem, ich bin doch noch nicht einmal achtzehn ...«

»Nicht?«, fragte sie überrascht. »Wie alt sind Sie denn?«

»Sechzehn«, sagte ich knapp. Ich wurde meistens für älter gehalten, hätte vermutlich auch keinerlei Probleme gehabt, in irgendwelche Klubs zu kommen. Ben und ich standen aber nicht so auf diese Szene.

»Du bist sechzehn?«, staunte Frau von Schal, während wir die Kathedrale verließen. »Ich fasse es nicht. Wie gut, dass du das gesagt hast, ich wollte dich gerade als Dankeschön für deine Begleitung auf ein Glas Wein einladen. Aber hier in Skandinavien hätte ich damit sicherlich eine Straftat begangen.«

»Ich trinke eigentlich so gut wie nie Alkohol.«

»Kluges Kind.« Frau von Schal strahlte. »Dann aber auf einen anständigen Tee, oder? Die Norweger sind berühmt für ihren Tee, angeblich sollen die hier den besten der Welt kochen …«

»Wirklich?«, wunderte ich mich.

»Natürlich! Könnten diese Augen lügen?« Frau von Schal sah mich so unverschämt übertrieben ehrlich an, dass ich wusste, sie wollte mich etwas veräppeln.

»Aber klar …« Was sie konnte, konnte ich schon lange. »Der berühmte norwegische Tee, Sie meinen sicher den Eistee!«

»Oha, ich sehe, da habe ich mir einen aufgeweckten Geist als Begleitung ausgesucht.« Frau von Schals Augen begannen zu funkeln. »Das könnte direkt noch ein angenehmer Nachmittag werden. Denn, ehrlich gesagt, die Kathedrale war nicht so berauschend. Etwas protzig, wenn ich das so sagen darf.«

»Ich fand sie nicht schlecht!«

»Nur weil dir der Vergleich fehlt, mein junges Fräulein.« Frau von Schal hakte sich bei mir ein und zog mich hinüber zur Altstadt, die direkt vor uns lag. »Wollen doch mal sehen, was Trondheim so zu bieten hat, nicht wahr? Vielleicht ein kleines Andenken an diesen herrlichen Tag, den ich ohne deine Güte nie so erleben könnte. Aber …« Sie blieb abrupt stehen und hielt sich die linke Hand vor den Mund. »Was rede ich denn da. Du junges Ding hast doch sicher Besseres zu tun, als dich mit so einer alten Schachtel abzugeben, wie ich es bin. Los, du willst doch sicher zu deinen Kollegen!«

»Nein, wirklich nicht!«, antwortete ich und meinte in diesem Augenblick jedes Wort ernst. »Ich bin gerne mit Ihnen hier. Ich kann mir nicht vorstellen, mit wem ich augenblicklich lieber zusammen wäre.«

»Hui, du hast es aber faustdick hinter deinen jungen Ohren.« Zu meiner Verblüffung pfiff die alte Dame plötzlich. »Vor dir muss man sich ja echt in Acht nehmen!«

»Ach was. Ich bin ganz harmlos!«

»Das sagen sie alle, das sagen sie wirklich alle.«

Es wurde ein schöner Nachmittag, sie schleppte mich in irgendwelche Boutiquen, in Andenkenläden und schließlich fanden wir in einem kleinen Trödelladen eine schöne Teekanne mit zwei passenden Tassen. Blau mit kleinen weißen Punkten, total hübsch. Frau von Schal bestand darauf, sie mir zu schenken. Zum Schluss landeten wir in einem Café in Sichtweite des Schiffes.

»Wie gefällt Ihnen das Schiff?«, fragte ich sie, da sie schweigend durch die hohe Glasscheibe die *MS Astor* betrachtete.

»Ein schönes Schiff. Passend.«

»Passend?«

»Nun, ich denke, dies wird meine letzte Kreuzfahrt werden«, sagte sie melancholisch. »Und die *Astor* ist ein gutes Schiff, um Abschied zu nehmen.«

»Wieso Abschied …?«, fragte ich leise.

»Kindchen …« Frau von Schal lächelte verlegen. »Ich will dein junges Köpfchen nicht mit meinen Problemen beschweren. Du hast dein ganzes Leben noch vor dir.«

»Jetzt machen Sie mir direkt Angst …«, murmelte ich.

»Das wollte ich nicht.« Sie legte ihre runzelige schmale Hand auf meine. Ich spürte ein schwaches Zittern in ihren Fingern. »Aber sagen wir es einfach so: Ich bin alt, ich habe nicht mehr so viel Zeit.«

Damit hatte ich nicht gerechnet. Davon hatte Ben mir nichts erzählt. Verstand ich Frau von Schal richtig?

»Wollen Sie damit sagen, Sie …?« Ich konnte den Satz nicht zu Ende sprechen. Dazu taten die Worte zu weh. Ich wollte das nicht. Diese entzückende alte Dame durfte nicht sterben.

»Nun ja … die Ärzte geben mir noch ein halbes Jahr.« Sie sah wieder hinüber zur *Astor*. »Und ich spüre das auch. Mein Körper sagt mir das. Irgendwie entweicht die Luft aus mir.«

»Das ist … das ist …«, stammelte ich. »Das ist ja fürchterlich.«

»Ist es nicht!« Frau von Schal sah wieder mich an. »Das gehört zum Leben. Und ich hatte ein großartiges Leben. Wirklich. Mein Ehemann ist zu früh gegangen, das nehme ich dem lieben Gott übel. Aber insgesamt war mein Leben einfach sehr erfüllt. Und nun noch einmal das Nordkap sehen und dann abtreten …«

Ich hatte Tränen in den Augen, hätte aufspringen und schreien mögen. »Aber kann man denn wirklich gar nichts mehr machen?«

»Mein Herz ist kaputt.« Diese bewundernswerte Frau schaffte es, in ihren Blick eine Wärme zu legen, dass es mich fast zerrissen hätte. »Für eine Operation bin ich zu alt, wozu sich also noch schinden.«

»Das ist schrecklich.«

»Ist es nicht. Ich habe allen Grund, dankbar zu sein«, widersprach sie mir. »Auch dir, dass du mir diesen Tag geschenkt hast. Dank dir habe ich in diesem Leben nun doch noch die Kathedrale von Trondheim gesehen. Obwohl ...« Sie drückte meine Hand, die noch immer unter ihrer auf dem Tisch lag. »So toll war sie ja wie gesagt gar nicht.«

»Na dann«, schniefte ich.

»So, Kindchen, und jetzt reden wir von etwas anderem.« Sie löste ihren Griff und lachte. »Erzähl mir von deinem Freund. Wie ist er so, wie sind die jungen Männer heute? Wie läuft das heutzutage mit dem Sex?«

»Aber Frau von Schal«, antwortete ich gespielt pikiert. Doch dankbar nahm ich den Themenwechsel auf, erzählte etwas von Ben, aber natürlich ohne zu erwähnen, dass es der Ben war, den sie kannte. Ich sprach immer nur von »meinem Freund«. Und richtig viel verriet ich ihr nicht. Eher so allgemein, wie das bei meinen Freundinnen wäre. Was hätte ich denn auch machen sollen. Hätte ich gesagt, dass es der Ben aus dem Zeitschriftenladen war, dann hätte ich ihn ja als Lügner hingestellt. Immerhin hatte er der Frau doch erzählt, dass er solo sei. Hätte ich sagen sollen: *Sie kennen meinen Ben, es ist der, den Sie zu Ihrem Erben machen wollen. Allerdings weiß er noch gar nicht, dass Sie so krank sind.*

Nein, das wollte ich nicht. In dieser Zeit in dem Café, da wollte ich einfach nur diese wunderbare alte Frau glücklich machen. Ihr ein paar schöne Stunden bereiten. Wenn ich gekonnt hätte, dann hätte ich mehr getan. Aber das ging ja leider nicht.

Als die Schiffssirene das erste Mal ertönte, sind wir wieder an Bord gegangen. Ich brachte Frau von Schal bis zu ihrer Kabine, und obwohl es uns von der Crew strengstens untersagt war, die Gästekabinen zu betreten, folgte ich ihr hinein.

Ihre Suite war der Hammer. Groß, hell, mit Flachbildschirm, gigantischem Bett, in der Ecke eine Sitzgruppe aus Leder. Der Balkon war sicher über sechs Quadratmeter groß, durch die knapp anderthalb Meter hohe Glasscheibe hatte man einen total ungehinderten Ausblick. Selbst das Badezimmer war größer als meine Kabine, die ich mir noch mit Simone teilen musste. Eine riesige Badewanne, goldene Hähne, zwei Megawaschbecken – Wahnsinn, was Frau von Schal dort an Kosmetik-Krempel herumstehen hatte. Mehr als bei Simone! Und nur die edelsten Namen, voll der teure Kram.

»Sie sehen gar nicht so aus, als bräuchten Sie all das ...«, sagte ich.

»Kindchen ...« Sie lächelte. »In meinem Alter braucht man das gerade, um so auszusehen, als ob man es nicht brauchen würde. Tja, das hier ist mein Reich. Ich hatte auf anderen Schiffen schon größere Kabinen, aber es reicht. Ich mag es so überschaubar, ich fühle mich hier sehr wohl.«

Und ich freute mich mit ihr und drückte im Herzen Ben, dass er es geschafft hatte, ihr diese schöne Kabine zu besorgen.

Auf dem Weg vom Sky-Deck hinab eilte ich auf einen Sprung bei Ben vorbei. Sagte ihm, dass ich unbedingt mit ihm reden müsse und ihn nach Ladenschluss dringendst in meiner Kabine erwartete. Es wäre wichtig, irrsinnig wichtig, und er müsse auf jeden Fall kommen, bevor er Frau von Schal treffen würde. Der Arme war voll im Stress und nickte nur. Massenhaft Leute, die Lesestoff kaufen wollten, umringten ihn.

Er kam um kurz nach acht Uhr. Ich stürzte ihm entgegen, umarmte ihn und dann brach es nur so aus mir heraus. Dass ich Frau von Schal kennengelernt hätte, dass sie so nett wäre und dass sie mir etwas erzählt hätte, das ich ihm sagen müsse. »Ben, sie ist schwer krank und wird in etwa einem halben Jahr sterben. Ist das nicht schrecklich! Und ich entschuldige mich für alles, was ich gesagt habe. Ben, du musst nach Genf. Jemand muss auf sie aufpassen. Sie ist so wunderbar, es ist so gemein, dass sie sterben muss.«

»Hat sie das gesagt?« Ben wurde ganz bleich. »Das hat sie dir erzählt?«

»Ihr Herz ist kaputt ...«, flüsterte ich, »eine Operation nicht möglich.«

In diesem Moment, in dem wir da so eng umklammert in meiner Kabine standen, fühlte ich mich für eine kurze Zeit wie in einem Film. Und vielleicht würde ja noch alles gut werden wie im Film. Vielleicht konnte man sie doch retten.

# 5

»Sekunde mal.« Martin hält es nicht mehr auf seinem Stuhl aus. »Das trieft ja entsetzlich. Du willst mir also allen Ernstes erzählen, dass weder du noch Ben daran dachten, dass ihr nun ja schon so bald an das Erbe kommen würdet.«

»Natürlich nicht!«, empört sich Fee. »Zu keinem Moment. Ehrlich nicht! Das wäre ja … widerlich gewesen. Nein echt, Martin, dieser Gedanke ist mir wirklich nicht gekommen. Und Ben garantiert auch nicht. Dann hätte er doch irgendwas in der Richtung gesagt.«

»So, na wenn du meinst.« Martin sieht auf die Uhr. »Ich muss mal kurz meine Mails checken, bin gleich wieder da!«

Er verlässt die Küche und verschwindet durch den Flur in seinem Zimmer. Wenig später kommt er zurück. »Alles okay. Wir haben also Zeit.«

Fee sitzt fast regungslos auf ihrem Stuhl, hat die Arme schützend vor der Brust verschränkt, und als sie ihren Mund öffnet, da klingen ihre Worte so, als würde sie sich selbst kaum glauben können. »Das hört sich jetzt komisch an. Und wenn du denkst, ich lüge, dann ist mir das egal, denn ich weiß, ich sage die Wahrheit.

Damals, an diesem Abend, da haben Ben und ich wirklich nicht solche Gedanken gehabt. Da haben wir nur darüber gesprochen, was wir tun können, damit sie eine noch schönere Zeit hier an Bord hat. Wie waren beide wild entschlossen, dafür zu sorgen, dass es ihr gut gehen würde.«

»Wenn du das so sagst, dann glaube ich dir natürlich. Warum sollte ich das auch nicht?«, antwortet Martin.

»Genau, warum solltest du das nicht tun ...« Fee sieht Martin an, aber dem kommt es fast so vor, als würde sie durch ihn hindurchsehen. Und er ist sich nicht sicher, ob ihre Worte ihm gelten, als sie ihren Bericht wieder aufnimmt.

# 5

Später am Abend, als auch Ben endlich in den *Dschungel* kam, war unsere Stimmung merkwürdigerweise eine ganz andere. Ich kann nicht sagen, was Ben so verändert hatte, aber er war aus mir völlig unverständlichen Gründen sauer auf mich. Und das ärgerte mich, denn ich war zu diesem Zeitpunkt total zufrieden mit mir gewesen. Mehr noch, ich war regelrecht stolz auf mich. Dass ich mich wieder ins Spiel gebracht hatte, dass ich eine so wichtige Information beschafft hatte. Dass Frau von Schal mich nun kannte und mochte, war doch genial!

»Es tut mir ja leid, ich hätte dich vielleicht vorher fragen können …«, versuchte ich, Ben zu beruhigen. »Aber da war keine Zeit. Ich … es hat sich einfach ergeben. Hat sie was gesagt?«

»Nein«, war Bens Antwort. »Nur, dass sie mit einer jungen Frau vom Service an Land war. Und dass das Fräulein sehr nett gewesen wäre und sie sich zusammen die Kathedrale angesehen hätten.«

»Na, also. Mehr war ja auch nicht.« Ich nippte an meiner Cola. »Die suchten jemand als Begleitung für sie und da war ich zufällig in der Nähe.« Ich zögerte einen Augenblick, dann log ich weiter: »Hätte ich Nein sagen sollen, als der Staff Officer mich fragte, ob ich Zeit hätte, Frau von Schal zur Kathedrale zu begleiten? Das war als ein ganz kurzer Job gedacht. Dass sie anschließend bummeln wollte und mir im Café ihre halbe Lebensgeschichte erzählt hat, war nicht geplant.«

»Dennoch finde ich es eigenartig ...«, beharrte Ben.

»Hey, jetzt hab dich doch mal nicht so«, versuchte ich abzulenken. Ich hasste mich dafür, dass ich ihn angelogen hatte. Doch ich konnte Ben einfach nicht gestehen, dass ich auf Frau von Schal zugegangen war. »Ist schließlich auch irgendwo lustig, oder? Wir wissen von ihr, sie aber nicht von uns, das ist eben unser kleines Geheimnis.«

»Und wenn es rauskommt?«

»Dann ändert sich gar nichts. Dann war das halt ein Zufall. Logisch, sie wird es irgendwann erfahren, denn zumindest ich möchte diese nette Dame nicht ewig belügen. Da käme ich mir beschissen vor, ehrlich. Ich sag dir, wenn wir ihr das eines Tages erzählen, dann wird sie lachen und sich freuen, garantiert. Sie mag dich, nun hat sie auch mich kennengelernt, ich meine, worüber sollte sie böse sein? Sie kriegt zwei zum Preis von einem.«

»Und was heißt das konkret?« Ben sah mich abschätzend an.

»Gar nichts. Alles bleibt so, wie es war.« Ich überlegte, wie ich das am unverfänglichsten formulieren konnte. »Du bist für sie da und sorgst dafür, dass alles wie geplant weiterläuft.«

»Und du?«

»Was soll schon mit mir sein? Ich mache meinen Job mit den Kindern und fertig.« Von mir würde Ben heute keine Vorlage für einen Streit bekommen. »Und wenn ich sie auf dem Schiff sehe, dann freue ich mich und frage, ob ich ihr irgendwie helfen kann. Ganz normal, so wie das alle machen würden. Sie ist eben ein Passagier!«

»Verstehe.«

»Aber Ben, worüber wir wirklich reden müssen«, wechselte ich das Thema, »du kannst unmöglich die vierzehn Tage warten. Du musst am Ende dieser Cruise in Kiel mit ihr von Bord. Die Frau braucht Hilfe! Du musst da dranbleiben.«

»Aber das gibt Stress! Mein Chef ist jetzt schon sauer«, stöhnte Ben. »Wenn ich den Laden noch einmal einfach so zumache, dann brauche ich gar nicht mehr darüber nachzudenken, ob ich auch die letzte Tour noch an Bord bleibe. Dann werde ich gefeuert!«

»Ben, es geht um unsere Zukunft! Aber nicht nur. Frau von Schal braucht uns. Sie hat nicht mehr viel Zeit, willst du sie da wirklich alleine lassen? Nein, wenn du ernsthaft ihr Erbe antreten willst, dann darfst du sie jetzt nicht hängen lassen. Du musst dich um sie kümmern. Alles andere wäre eine Sauerei.«

Das saß, daraufhin schwieg Ben.

»Aber ich kann doch nicht einfach nächste Woche von Bord gehen«, murmelte er nach einem kurzen Moment des Überlegens. »Wie steht denn dann mein Vater da, sein Kumpel wird tierisch sauer werden.«

»Und?«, gab ich knapp zurück. »Das kann dir dann ja egal sein. Ben …« Ich rückte neben ihn und begann ihn am Hals zu küssen, und dabei flüsterte ich: »Du könntest auch das Schiff verpassen ... wegen irgendwelchem Mist von Bord fliegen ... aus Versehen einen blöden Fehler machen.«

»Fee, du ... du weißt schon, dass du irgendwie anders bist ...«

»Bin ich nicht. Ich bin nach wie vor deine Felicitas. Aber wenn wir dieses Ding mit Genf durchziehen wollen, dann richtig.«

Natürlich war ich anders, aber das würde ich ihm nicht auf die Nase binden. Ich hatte mich entschieden. Für die alte Dame und für die Villa in Genf. So bin ich nun mal. Ich finde heraus, was richtig ist, und dann sorge ich dafür, dass es zur Realität wird. So war das mit Ben, mit dem Job auf der *MS Astor*, der Wohnung und nun eben auch mit Frau von Schal. Entweder – oder, rein oder raus, ja oder nein.

»Okay!«, erklärte Ben nach einem kurzen Moment. »Wir ziehen das gemeinsam durch.«

Ben und ich waren uns an diesem Abend so nah wie schon lange nicht mehr und wir wollten ihn krönen mit einer Auszeit oben auf dem Elferdeck. Doch kaum waren wir oben, erwischte uns Pete von der Security. Ben und ich bekamen unsere erste *spoken warning*. Das war von mir nicht eingeplant.

Über den nächsten Tag lässt sich nicht so viel berichten. Am Morgen lag das Schiff in Rørvik, einem kleinen Fischereihafen, aber nach dem Tag in Trondheim nahmen kaum Passagiere das Angebot eines weiteren Landgangs wahr. Was für Heike und mich bedeutete, wir hatten echt Stress. Dass unser Schiff am Nachmittag bereits wieder auf See war, habe ich nur dadurch mitbekommen, dass irgendwann die Kinder abgeholt wurden. Ist so, wenn die Eltern ein paar Stunden gepflegte Langeweile am Pool oder der Bar hinter sich haben, sind ihre Kleinen wieder angesagt. Um fünf Uhr hatte ich Feierabend. Ich habe zwei große Cappuccino organisiert und bin zu Ben in den Laden. Der freute sich, mich zu sehen.

»Und was hast du nun vor?«, fragte er.

Ich zuckte mit den Schultern. »Weiß nicht. Vielleicht ein bisschen aufs Crew-Deck. Obwohl, so toll ist die Küste bis zum nächsten Anlegen ja nicht.«

Unser nächster Hafen war Bodø, in der Nacht würden wir den nördlichen Polarkreis passieren. Ich mochte die Gegend oben ums Nordkap und die steilen Fjorde im Süden. Die Mittelstrecke fand ich etwas langweilig. Aber ich freute mich auf die hellen Nächte, die nun wieder kommen würden. Zwar war Mittsommer schon vorbei, aber so hoch oben im Norden kam es einem dennoch vor, als würde die Sonne nie untergehen.

»Vielleicht leg ich mich auch einfach früh hin. Ich bin müde von gestern, was heißt, gestern – heute … Und Heike sagt, morgen wären die Kinder erfahrungsgemäß scheiße drauf. Dass es jetzt nachts nicht mehr richtig dunkel wird, stresst die.«

Ben nippte an seinem Pappbecher. »Und was hast du sonst noch vor? Du solltest dich irgendwie heute noch mit Frau von Schal treffen.«

Ich sah ihn besorgt an. »War sie schon hier?«

Ben nickte.

»Wie geht es ihr?«, fragte ich.

»Sie sagte, sie wäre müde …«

»Ben, du musst dir heute unbedingt noch Zeit für sie nehmen«, setzte ich an. »Ich meine, was soll die sonst von dir denken? Erst freundlich und dann plötzlich hast du keine Zeit mehr.«

»Aber wenn ich doch wirklich keine Zeit habe!«, verteidigte sich Ben. »Glaubst du, mir gefällt das, hier so festzusitzen? Ich weiß doch selbst, mir rennt die Zeit davon! Ich kann sie ja schließlich nicht einfach so fragen, ob wir das jetzt nicht mal alles verträglich regeln wollen … wie käme das denn rüber? Ich hab es bei unserer letzten Begegnung nicht mal geschafft, das Thema überhaupt anzusprechen. Dazu braucht es eben Zeit und die habe ich nicht!«

»Aber was können wir machen?«, überlegte ich. »Du hast natürlich recht. Nachher lernt sie jemand anderen kennen …«

»Das darf nicht passieren.« Ben stockte. Er sah auf den Pappbecher in seiner Hand, als würde er innerlich ringen, dann hatte er sich offensichtlich entschieden.

»Und wenn du …?«, schlug er vor.

»Ich?«, fragte ich überrascht. »Aber hältst du das für klug?«

»Besser als jemand total Fremdes.«

»Ich weiß nicht, ich bin müde …«, zögerte ich.

»Bitte, ich kann dann doch dazukommen. Nach Ladenschluss.« Ben sah wieder auf seinen Cappuccino. »Und dann kennen wir uns einfach so, wie sich die von der Crew eben kennen.«

»Ich weiß nicht.« Ich schüttelte den Kopf. »Ich

glaube nicht, dass ich so was kann. Ich kann die nicht erneut belügen, ich ... ich will ihr nicht noch einmal etwas vorspielen müssen. Dazu ist Frau von Schal einfach zu nett.«

»Was genau hast du ihr über deinen Freund erzählt?«

»Dass er der Richtige ist.«

»Und weiter?«, drängte Ben.

»Weiß nicht. Dass ich ihn mag, dass wir nicht verheiratet sind und dass er hier auf dem Schiff ist.«

»Okay ...« Ben hatte plötzlich ein Funkeln in den Augen, das ich nicht an ihm kannte. »Ich hab mir heute etwas überlegt ... War nicht so viel los ... Und wenn du wirklich nur das erzählt hast, könnte es klappen. Du sagst einfach, dass du sie angelogen hast.«

»Angelogen?«

»Na ja, nicht direkt angelogen, sondern alles etwas geschönt«, verbesserte sich Ben. »Dass du gar keinen Freund hast, sondern verliebt bist. Dich hier an Bord in einen netten jungen Mann verliebt hast und ...«

»... der heißt Ben und arbeitet hier ...«, übernahm ich.

»Genau. Dann hätten wir alle Probleme gelöst und wir könnten von nun an zusammen sein. Also hier zusammenkommen. Ich hätte nicht vor Frau von Schal gelogen, sondern ich wusste vielleicht, dass du dich in mich verliebt hast, aber hätte das noch nicht so ernst genommen. Also nicht so ernst, als dass ich Frau von Schal davon hätte erzählen müssen«, verbesserte er sich eilig. »Und wenn wir das so durchziehen, dann haben wir alles im Sack. Wir wären quasi frisch verliebt!«

»Hey!« Ich sah Ben verblüfft an. Dass er so raffiniert denken konnte, hatte ich gar nicht gewusst. Ich war ehrlich beeindruckt.

»Ich weiß nicht, wie *du* Frau von Schal erlebt hast, auf *mich* wirkt sie sehr, sehr romantisch«, legte er nach. Ich nickte.

»Und ich habe dir doch von diesem Buch erzählt, das ich ihr bestellen musste.«

Ich nickte erneut.

»Das ist eine total romantische Liebesgeschichte. Ich habe da etwas im Internet recherchiert.« Ben sah sich unvermittelt um. Aber da war niemand, wir waren allein im Laden. »Und ich denke, das solltest du lesen. Das klingt jetzt etwas kompliziert, aber wie wäre es, wenn du über das Buch mit ihr in Kontakt treten würdest? Das würde ihr sicher gefallen. Wenn du jemand wärst, dem das Buch auch viel bedeutet.«

»Findest du nicht, das geht jetzt etwas zu weit?«, warf ich ihm vor.

»Wieso, hast du nicht selbst gesagt, du willst alles tun, damit es ihr gut geht?« Ben wurde rot. »Für Frau von Schal ist dieses Buch total wichtig, hab ich dir doch erzählt. Und sie würde sich sicher freuen, wenn sie jetzt einen jungen Menschen kennenlernen würde, für den das Buch auch eine besondere Bedeutung hätte. Ich schlage dir doch nichts Linkes vor, das ist alles ehrlich. Nur manchmal muss man, um seine ehrlichen Ziele zu erreichen, Umwege gehen. Und so ist es doch bei uns! Wir wollen beide, dass diese nette alte Dame eine schöne Zeit hier an Bord hat, und auch, dass sie überhaupt ihre letzten Monate genießen kann. Also, ich zumindest kann sagen, ich möchte mich in erster Linie um sie kümmern.«

»Ich doch auch!«, beeilte ich mich zu versichern.

»Eben. Und wir sind uns ja auch einig, dass es ihr besser gehen würde, wenn wir uns um sie kümmern, als wenn das ihr mieser Neffe oder irgendeine bezahlte Pflegekraft erledigen würde«, argumentierte Ben weiter. »Uns bedeutet sie etwas.«

»Wie du sagst ...«, stimmte ich ihm zu.

»Also wäre meine Idee doch doppelt gut. Sie mag dich, sie mag mich. Und ehrlich, wenn *Schloss Gripsholm* ihr Lieblingsbuch ist, dann steht sie auf verliebte junge Leute, garantiert.«

»Na ja, sie hat schon danach gefragt.«

»Nach was?«

»Wie das bei uns jungen Leuten heute so ist. Sogar, wie das mit dem Sex ist!«

»Ich wusste es!«, triumphierte Ben. »Denn soll ich dir was sagen, *Gripsholm* gilt als ein frivoles Buch, da sollen Bettszenen drin sein, die in der damaligen Zeit fast schon als pornografisch galten.«

In meinem Kopf ging ich derweil mein gestriges Gespräch mit Frau von Schal durch. Und mir wurde klar, dass es wirklich klappen könnte. Rein theoretisch müsste es möglich sein, dass ich Bens und meine Beziehung auf eine Verliebtheit meinerseits reduzierte.

»Aber dann nicht über das Buch!«, teilte ich Ben meinen Entschluss mit. »Das kann ich nicht, da würde ich mich wie eine Hochstaplerin fühlen. Wenn, dann anders ...«

»Wie anders?«

»Nun, ich, also ... ich könnte unglücklich sein, weil, weil du keine Zeit für mich hast. Und du würdest auch nicht meine Zeichen verstehen, die ich dir geben würde. Dauernd müsstest du im Laden sein!«

»Genial!« Ben sah mich bewundernd an. »Frauen sind da einfach viel raffinierter. Du drehst das damit ja sogar noch um!«

»Lass uns noch einmal in aller Ruhe darüber schlafen ...«

»Nein.« Ben stand auf und ergriff meine Hände. »Wir machen das jetzt. Los, sag mir, dass wir es so machen. Bitte.«

»Lass mich!«, wehrte ich ihn ab. »Ich mag das nicht ...«

»Felicitas, wenn ich dir, wenn *wir* dir etwas bedeuten, dann sag jetzt Ja«, drängte er. »Wir haben keine Alternative!«

»Es gibt immer eine Alternative!«, antwortete ich ihm. Doch dann wurde unser Gespräch beendet, da zwei höhere Offiziere hinzukamen und sich mit Zeitschriften eindecken wollten. Ich nutzte die Gelegenheit, um mich zu verdrücken. Egal von welcher Seite ich anschließend in meiner Kabine die Problematik betrachtete, eine bessere Lösung als den Plan von Ben fand ich nicht.

# 6

»Dann ging das also alles von Ben aus?«, fragt Martin irritiert. »Das war nicht deine Idee?«

Felicitas schüttelt den Kopf. »Nein! Wieso denn? Wie kommst du darauf …?«

Martin zuckt mit den Schultern. »Nur so. Und Fee, wenn ich da jetzt mal was anmerken darf. Offen gestanden, so ganz kann ich das alles nicht nachvollziehen. Das geht mir zu schnell. Ich meine, ihr habt, wenn ich das richtig verstanden habe, innerhalb von nur zwei Tagen euer Leben komplett neu ausgerichtet. Willst du mir das echt so verkaufen?«

»So stimmt das nicht …«, widerspricht Fee und zeichnet mit dem kleinen Löffel rund um ihre geleerte Kaffeetasse Muster auf den Küchentisch. »Ben kannte die Frau schon eine Woche, und bei mir … Also für jemand, der noch nie auf einem Schiff war, ist das womöglich schwer zu versehen. An Bord ist ein eigener Mikrokosmos. Dinge passieren, weil sie passieren, und man reagiert. Dein Kollege fliegt, okay – ist er weg, kommt ein neuer. Der Staff Officer sagt, du machst ab jetzt diesen Job, dann macht man den Job. Man lebt in der Schwebe, fremdbestimmt. Klar, irgendwann muss man sich entscheiden, muss man vom Schiff runter und wieder in die Realität zurück. Sich überlegen, was man will, Job, Karriere, Kinder. Aber manche schieben das raus, verlängern ihren Job, hängen ein halbes Jahr nach dem anderen dran: ›Oh, das Schiff fährt in die Karibik, da war ich noch nicht, ach, das nehme ich noch mit. Nordkap, klingt auch interessant … auf der *Alexander III* ist ein Job als Steward frei …‹«

»Klingt nach einer Ausrede.«

»Ist es auch.« Fee lächelt. »Wenn Ben und mir diese Geschichte hier passiert wäre, dann wäre das unmöglich so gelaufen. Dann hätten wir das niemals versucht. Hier hätten wir anders gedacht, normaler. Aber da auf dem Schiff bist du in einer Ausnahmesituation.«

»Ich weiß nicht …« Martin steht auf und holt aus dem Schrank neben der Balkontür eine Tafel weißer Schokolade. »Magst du?«

Fee schüttelt den Kopf.

»Ist dir das noch nie so gegangen?«, versucht sie ihn zu überzeugen, während er die Riegel gierig wegknackt. »So Tage im Leben, an denen man wie von einem Tsunami überrollt wird? Keine Vorankündigung. Und danach ist nichts mehr wie zuvor.«

»Klar kenne ich das.« Martin sieht an dem Mädchen gegenüber vorbei nach draußen. »War bei meinem Vater so. Plötzlich war er weg. Ohne jede Vorwarnung, am Mittwoch um 14 Uhr 30. Ich weiß noch genau, wie das war. Mein Handy klingelte und meine Ma sagte: *Deinem Vater ist was passiert!* Wie sie das nur sagte, da wusste ich bereits alles. Und dann war er weg.«

»Ja, so ist das im Leben. Es kommt immer anders, als

man denkt. Eine Tür geht zu, eine andere geht auf, geht man eben da durch.« Fee beginnt abwesend an ihren Fingernägeln der rechten Hand herumzukauen, merkt dann, was sie macht, und schiebt ihre Hand ertappt unter den Tisch.

»Und wie hat Frau von Schal reagiert?«, fragt Martin.

»Gut, überraschend gut.«

Ben hatte mir gesagt, Frau von Schal würde mit Vorliebe oben im Wintergarten zu Abend essen. Die Küche war à la carte, zudem war es ruhiger, da es nur eine Tischzeit gab. Im großen Speisesaal oder dem Restaurant dagegen wurden an einem Abend zwei Gästegruppen abgefüttert. Eine um sieben, die zweite um neun Uhr.

»Frau von Schal, was machen Sie denn hier so ganz allein?«, sprach ich sie an, nachdem ich sie an einem der Tische ganz hinten gefunden hatte. Einsam und traurig sah sie aus den Panoramafenstern hinaus auf die Sieben Schwestern, an denen wir vorbeiglitten. Sieben Berggipfel auf einer lang gezogenen Insel, im milden Abendlicht ein traumhafter Anblick. Frau von Schal saß mit einem Glas Sekt oder Champagner in der Hand einfach da und starrte hinaus.

»Fräulein Felicitas!« Sie zuckte wie ertappt zusammen und ihre Falten im Gesicht verzogen sich zu einem Lächeln. »Meine Glückseligkeit, wie schön, dich zu sehen! Magst du dich zu mir setzen?«

»Das darf ich leider nicht!«, sagte ich. »Uns von der Crew ist es untersagt, mit den Gästen privat Umgang zu haben. Ich bin nur auf der Suche nach meiner Kollegin. Sie sagte mir, sie ...«

»Papperlapapp!«, unterbrach sie mich, richtete sich auf und winkte den Steward herbei. Es war Linus, ein netter Kerl, der früher in Berlin in einem großen Hotel gearbeitet hatte. Ich kannte ihn flüchtig von der Party in Josephs Kabine.

»Frau von Schal haben einen Wunsch?« Linus beugte sich leicht vor. »Darf ich mit der Vorspeise anfangen?«

»Keinesfalls.« Die alte Dame schüttelte den Kopf. »Ich habe eine Bitte. Können Sie bitte mit Ihrem Vorgesetzten abklären, dass mir diese nette junge Dame von Ihrem Personal etwas Gesellschaft leisten darf? Sie hat Dienstende ...?« Ich nickte.

»Spricht etwas dagegen?«

Linus sah mich fragend an, ich lächelte.

»Ich werde nachfragen.«

Wenige Minuten später war er zurück, ich stand noch immer neben dem kleinen runden Tisch, obwohl mich Frau von Schal schon zweimal aufgefordert hatte, mich endlich zu setzen.

»Wenn Sie dies möchten, aber selbstverständlich ...«

Nun erst setzte ich mich.

»Wenn Sie dem jungen Fräulein bitte auf meine Rechnung etwas zu trinken bringen würden. Sie wissen ja, Penthouse-Suite.«

»Sehr wohl.« Linus sah mich fragend an.

»Eine Apfelschorle«, bat ich. Er nickte und wenig später hatte ich das gewünschte Getränk in der Hand und Frau von Schal prostete mir zu.

»Auf das Leben und die Liebe!«, rief sie und gab mir damit genau die Vorlage, die ich gebraucht hatte.

»Tja, die Liebe …«, seufzte ich.

»Was denn, das klingt ja gar nicht gut.« Sie beugte sich vor. »Kummer mit dem Freund?«

»Wie man es nimmt«, wich ich aus. »Also, schon und wieder nicht, weil … nun ja, so richtig ist er ja nicht mein Freund.«

»Wie denn das?«, fragte sie neugierig und zugleich etwas amüsiert.

»Ich hab Sie ein bisschen angeschwindelt … na ja, nicht direkt geschwindelt«, druckste ich herum. »Eher übertrieben. Es ist nicht so, dass er und ich zusammen sind, ich bin eher in ihn verliebt.«

»Das ist allerdings doch etwas anderes …«

»Als Sie sich erkundigten, ob ich einen Freund habe, da sagte ich Ja, weil ich ihn so gerne als Freund hätte. War das schlimm?«, fragte ich beschämt.

»Natürlich nicht.«

»Ich bin hier halt etwas allein«, sprach ich stockend weiter. »Vielleicht ist so ein Schiff für eine Sechzehnjährige doch keine wirklich gute Idee. Ich kenne niemanden, die sind alle älter. Den Job mit den Kindern hat mir ein Bekannter vermittelt. Und das gestern war mit Ihnen so schön.«

»Das ging mir auch so.«

»Ehrlich. Und ich habe mich halt verliebt, weiß auch nicht wieso. Ist mir noch nie passiert.«

»So ist nun mal die Liebe.« Frau von Schal rückte ein wenig näher. »Aber sagtest du nicht etwas davon, dass er der Richtige wäre?«

»Ist er auch!«, rutschte es mir in einem etwas trotzigen Ton heraus. »Ich bin sicher, er wäre der Richtige.«

»Und was meint er?«

»Das weiß ich nicht …«, wich ich aus.

»Ja, hast du ihm denn noch nichts gesagt?«, fragte sie verwundert.

Ich schüttelte den Kopf. »Nein. Das habe ich mich nicht getraut. Ich kenne ihn ja auch erst seit etwas über zwei Wochen.«

»Dann solltest du es ihm einfach sagen.«

»Lieber nicht.« Ich schüttelte erneut den Kopf. »Ich weiß inzwischen, er empfindet für mich nicht das, was ich für ihn empfinde.«

»Ach ja?«

»Ja.« Ich zögerte. »Er hat plötzlich keine Zeit mehr für mich. Muss andauernd arbeiten. Selbst dann, wenn er doch eigentlich frei hat.«

»Was macht er denn hier an Bord?«

»Er führt den Zeitungsladen.«

»Ben?«

»Ja, Ben, wieso?« Ich tat überrascht. »Kennen Sie ihn?«

»Allerdings tue ich das. Ein netter junger Mann.«

»Finde ich auch«, seufzte ich. »Ein total netter Kerl. Mir ist er gleich am ersten Tag aufgefallen. In der Crew-Messe. Er hat so ein tolles Lachen. Und seine Hände.«

»Ich weiß, was du meinst.« Frau von Schal nickte. »Mich hat er auch gleich mit seinem Charme eingewickelt. Ich wollte einfach nur eine Zeitung kaufen, bin dann mit ihm ins Gespräch gekommen und wir konnten einfach nicht mehr aufhören zu reden.«

»So geht es mir ebenfalls.«

»Also, wenn ich dir einen Rat geben darf, der Junge könnte wirklich der Richtige sein.«

Ich schwieg und antwortete erst nach einer Weile. »Aber offenbar mag er mich nicht einmal halb so sehr wie ich ihn.«

»Woher willst du das wissen?«

»Weil, weil er plötzlich keine Zeit mehr für mich hat«, beschwerte ich mich. Ich war von mir selbst begeistert. Das lief alles so leicht, was ich sagte, fühlte sich so echt an, war ja auch echt. Ich liebte Ben wirklich. Und Zeit hatte er auch keine für mich.

»Aber, mein junges Fräulein, jetzt denk mal nach! Der Junge muss doch arbeiten!«

»Trotzdem.«

»Ach, Felicitas …«, seufzte die alte Dame. »Männer sind nicht so einfach. Mitunter muss man da etwas nachhelfen …«

»Was würden Sie denn vorschlagen?«, fragte ich kleinlaut.

»Also ich denke nicht, dass ich alte Schachtel dir da Ratschläge geben kann.«

»Soll ich ihn erneut ansprechen, ihm sagen, was ich empfinde …«

»Lieber nicht.« Sie richtete sich in ihrem Stuhl auf. »Da können Männer manchmal ganz eigenartig reagieren. Was würde ich machen … Mich nett anziehen, etwas rausputzen und ihn, nun wie sagt man heute dazu … ihn scharfmachen.«

»Das kann ich nicht!«, behauptete ich. »Das kann ich wirklich nicht.«

»Das kann man aber lernen!«, widersprach sie. »Das sollte jede Frau können.«

»Da würde ich mich genieren, ehrlich!« Ich wurde, glaube ich, tatsächlich ein bisschen rot. »Das kann ich mir nicht einmal vorstellen.«

»Dann solltest du genau jetzt damit anfangen.« Frau von Schal beugte sich vor. »Ein kluger Inder hat mal gesagt, man muss den Tiger vor der Jagd in Gedanken töten, der Rest ist dann nur noch Formalität!«

»Komischer Vergleich«, antwortete ich.

»Nur auf den ersten Blick, liebe Felicitas. Nur auf den ersten Blick.« Sie winkte dem Kellner und orderte ein weiteres Glas von ihrem Getränk. »Ich glaube, ich sollte dir mal etwas über Männer erzählen. Männer wollen keine Probleme, Männer wollen Lösungen. Nichts macht einen Mann glücklicher, als wenn er denkt, er hätte alles im Griff, einen Plan. Was aber nicht heißen soll, er dürfe denken, dass du seine Hilfe brauchen würdest. Dass du ihn darum bitten sollst. Das nicht. Nein, keinesfalls. Eine Frau, die unglücklich in einen Mann verliebt ist, ihn anhimmelt, um seine Liebe bettelt, ist für ihn ein Albtraum! Eine Frau dagegen, die ihm unterschwellig zeigt, bei mir könntest du dein Glück finden, die Tür steht für dich offen ... Das ist ein Traum. So abgedroschen es klingen mag, Männer wollen erobern. Und wir müssen ihnen klarmachen, was sie erobern wollen. Sonst entscheiden sie sich immer falsch. Dein Ben ist da nicht anders, er ist ein Mann. Sorge dafür, dass er selbst zu der Überzeugung kommt, das zu wollen, was du insgeheim willst, und du hast einen Mann, der dir für immer treu bleibt.«

»Frau von Schal, Sie überraschen mich.« Ich sah sie verwundert an, denn zum Teil wollte ich ihr recht geben, wusste genau, was sie mir vermitteln wollte. Und dennoch fand ich es schrecklich, dies derart direkt und brutal von einer so netten alten Dame zu hören.

»Meinen Hans habe ich auf dieser Art eingefangen. Ich war seine Sekretärin, habe über Jahre seine Bücher für ihn abgetippt, während er mit seinen Weibern herumgemacht hat. Ich habe fürchterlich gelitten.« Frau von Schal sah nachdenklich aus dem Panoramafenster aufs Meer. »Im Laufe der Jahre konnte ich ihn schließlich davon überzeugen, dass es ihm mit mir viel besser gehen würde. Als ich ihn endlich an diesem Punkt hatte, hat er mir einen Antrag gemacht. Wir waren dann lange sehr, sehr glücklich.«

Ich sah ebenfalls aus dem Fenster in das weiche Abendlicht des Nordens. Dachte an Ben, an die Wohnung, den Mietvertrag, den Bens Mutter bereits unterschrieben hatte, an die Villa in Genf und wie das lief zwischen Ben und mir, und konnte ihr nichts entgegensetzen.

»Aber ist das romantisch?«, fragte ich schließlich leise.

»Ja, denn es liegt in deinen Händen. Wenn du willst, kann es unfassbar romantisch sein. Der Himmel auf Erden!«

So saßen wir dann sicherlich eine Viertelstunde da und schwiegen miteinander. Ich wusste nicht, worüber sie nachdachte, ich wusste nicht einmal genau, worüber ich nachdachte.

»Ich muss jetzt gehen ...«, setzte ich schließlich an.

Sie nickte. »Aber glaube mir, mein junges Fräulein. Es funktioniert nur so. Alles andere ist kitschige Schundliteratur. Du musst wissen, was du willst, nur dann wirst du es auch bekommen.«

»Ich will Ben. Ich will mit ihm zusammen sein und mit ihm so glücklich alt werden, wie Sie es mit Ihrem Mann hatten.«

»Dann sorge dafür, dass dies auch sein Traum wird.«

»Danke!«

Ich stand auf und ging langsam hinüber zu den Aufzügen. Eigentlich wollte ich gleich zu Ben, doch dann bin ich erst einmal runter in meine Kabine. Ich habe mich geduscht und umgezogen. Irgendwie war mir nach dem kurzen weißen Leinenkleid. Es war eins meiner Lieblingsstücke, weswegen ich es sonst kaum anzog. Das ist bei mir so, Dinge die ich wirklich mag, die will ich mir erhalten, benutze sie daher so selten wie möglich.

Ich fand Ben auf dem Sonnendeck der Crew. Er stand mit zwei Frauen vom Service an der Reling und sie lachten miteinander. Ich stellte mich etwas entfernt ebenfalls an die Metallbrüstung und wartete.

Aus dem Augenwinkel sah ich, dass Ben mich bemerkte, und nach wenigen Sekunden hatte er sich von den beiden Schönheiten gelöst und kam zu mir herüber.

»Und, wie lief es?«

»Sie mag dich.«

»Hast du ihr von uns erzählt?«

»Habe ich.«

»Und?«

»Ich glaube, der Gedanke gefällt ihr, dass du und ich ein Paar werden könnten«, sagte ich mit einem leicht koketten Unterton. Mir war irgendwie danach, Ben etwas zu reizen.

»Wie, sag doch, wie hast du es ihr gesagt ...«, bettelte er.

»Also, ich habe ihr gesagt, dass ich in dich verliebt bin, dass du aber so abweisend bist.«

»Und?«

»Und dann hat sie mir Tipps gegeben, wie ich dein Herz erobern kann. Wie ich das Herz eines jeden Mannes erobern kann«, sagte ich bedeutungsvoll.

»Ernsthaft?« Ben war von einer Sekunde auf die andere merkwürdig besorgt, was mich wunderte. Dachte er etwa, es gäbe da so etwas wie ein geheimes Frauenwissen über Männer?

»Klar, und ich habe gut zugehört und werde alles genau so machen, wie sie es mir geflüstert hat. Denn schließlich will ich ja mit dir zusammenkommen.« Ich schmiegte mich an ihn. »Ben, es war so cool. Es ist alles genau so gelaufen, wie du es gesagt hast.«

»Abgefahren ...« Ben wurde unruhig. »Dann wäre jetzt der nächste Schritt, dass wir zusammenkommen ... Also, das klingt jetzt vielleicht ebenfalls etwas abgefahren – aber wäre es nicht klug, wenn Frau von Schal uns eventuell zusammenbringen könnte?«

»Weiß nicht«, antwortete ich nach einer kurzen Pause, obwohl dies auch mein Plan gewesen war. »Wird das nicht etwas dicke?«

»Wieso nicht?« Ben drückte mich. »Dann wäre es doch noch natürlicher, wenn du und ich zusammen nach Genf gehen würden. Dann hätte sie das selbst so herbeigeführt.«

»Ben, Ben …«, murmelte ich voller Bewunderung. »Du bist echt ganz schön skrupellos.«

»Ach was, ich will einfach nur unbedingt dieses Ding mit dir zusammen genießen.« Er begann meinen Hals zu knutschen. »Das ist alles so geil!«

»Sekunde mal.« Ich schob ihn etwas von mir weg. »Dafür haben wir später ausreichend Zeit. Jetzt solltest erst einmal du zu ihr hochgehen. Sie ist garantiert noch oben im Wintergarten. Als ich von ihr weg bin, da hatte sie noch nicht einmal mit der Vorspeise begonnen. Los, jetzt bist du dran. Ich bin ja so gespannt, ob sie dir von mir erzählt.«

»Stimmt, das könnte interessant werden.« Ben löste sich von mir. »Wie sehe ich aus?«

»Ich könnte mich glatt in dich verlieben!«, lachte ich, drehte mich von ihm weg und sah hinaus aufs Wasser. Die Sonne stand noch immer über dem Horizont, die Welt rund um das Schiff war in einen göttlichen Goldton eingetaucht, alles war auf eine merkwürdige Art und Weise perfekt. Und tief in mir drin verspürte ich eine Heiterkeit, eine Leichtigkeit, wie ich sie noch nie gefühlt hatte, und war einfach nur glücklich.

Nach knapp einer Stunde war Ben wieder zurück. Ich saß noch immer auf der kleinen Sonnenterrasse am Heck und ließ die Küste an mir vorbeiziehen. Ich hatte mir von der Bar einen alkoholfreien Cocktail besorgt, es mir auf einer der breiten Teakholzliegen bequem gemacht und genoss den Abend. Um diese Jahreszeit so hoch im Norden zu sein, war großartig. Dieses Licht, diese Wärme, alles war so lebendig. Ungewollt stellte sich ein merkwürdiges Gefühl der Intensität ein. Alles wirkte viel größer, heller, schöner. Es gab einfach keinen Grund, in die Kabine runterzugehen, hier oben war auch abends noch Tag, war Licht, war Leben.

»Und wie war es?«, begrüßte ich Ben.

»Weiß nicht«, murmelte er geknickt. »Ich hol mir was zu trinken und dann erzähl ich dir alles.«

Er kam mit einer Cola in der Hand zurück, zog sich eine Liege heran und setzte sich.

»Und?«, fragte ich etwas besorgt, denn Bens Gesichtsausdruck ließ nicht unbedingt Gutes erwarten.

»Alles grundsätzlich kein Problem«, begann Ben. »Da brauchst du dir keinen Kopf zu machen. Alles okay. Nur, es ging ihr nicht so gut.«

»Wie, nicht gut?«

»Sie sagte, sie hätte den Sekt nicht vertragen, oder die Muscheln. Als ich kam, saß sie ganz blass an ihrem Tisch.«

»Ehrlich?« Ich richtete mich auf und beugte mich zu ihm hinüber. »Ihr Herz?«

»Dachte ich auch, aber sie sagte, sie hätte eher Magenprobleme.«

»Hast du von ihrem Herz …«, wollte ich alarmiert wissen.

»Natürlich nicht, davon weiß ich doch offiziell gar nichts …«, gab Ben gereizt zurück. »Ich bin nicht blöd. Aber das liegt doch auf der Hand. Ich bin dann etwas bei ihr geblieben und habe sie anschließend hoch zu ihrer Kabine gebracht.«

»Hat sie von mir gesprochen?«, fragte ich.

Ben schüttelte den Kopf. »Wir haben nur über Hans gesprochen. Sie war ganz eigenartig sentimental drauf. Ich weiß nicht, was mit ihr los war. Sie war irgendwie anders.«

»Ob es daran lag, dass ich ihr von uns erzählt habe?«

»Das denke ich nicht.« Ben zögerte. »Sie wirkte auf mich eher müde. Etwas überfordert und ehrlich gesagt ...«

»Ja?«

»Ach, ich weiß nicht.«

»Was denn nun?«

»Ist nicht so wichtig.«

»Los, du wolltest doch was sagen!«

»Wie gesagt, nicht wichtig.«

»Ist es doch!«

»Okay ...« Ben seufzte. »Ich mache mir Sorgen um sie. Vielleicht geht es ihr doch schon schlechter, als wir denken.«

»Meinst du?« Irgendwie hatte ich das Gefühl, dass Ben nicht das sagte, was er wirklich meinte. Aber weiter bedrängen wollte ich ihn auch nicht.

»Ich muss versuchen, egal wie, in den nächsten Tagen mehr Zeit für sie zu haben. Dieser Mist-Laden! Ich komme da im Augenblick einfach nicht raus!«

»Echt doof.«

»Ja, was machen wir denn, wenn sie nicht mehr zu mir kommt ...«

»Wie meinst du das?«, fragte ich langsam.

»Lass es ihr nur morgen oder die nächsten Tage nicht gut gehen. Wenn sie in ihrer Kabine bleibt, einfach nicht mehr bei mir vorbeikommt? Was mache ich dann? Ich kann dann doch nicht zu ihr gehen. Bei ihr klopfen und ...«

»Das könnte echt ein Problem werden«, pflichtete ich ihm bei. »Das wäre alles zu direkt, dann muss sie ja irgendwann denken, du wolltest was von ihr.«

»Das nervt mich!«, brach es aus Ben heraus. »Ich finde das total zum Kotzen. Sie ist auf mich zugekommen, sie hat mir das doch alles angeboten, und dennoch bin nun plötzlich ich derjenige, der dasteht wie ein ...«

Erbschleicher, dachte ich, sagte jedoch: »Bittsteller!«

»Genau!«

Wir sahen einen Moment schweigend aufs Meer hinaus, dann murmelte Ben müde: »Irgendwie läuft das scheiße. Vielleicht ist was wir uns überlegt haben ja doch keine so tolle Idee.«

»Blödsinn«, widersprach ich energisch. »Sie ist unsere Chance.«

»Aber nicht so!«, sagte er genervt. »Ich will mich dabei gut fühlen. Verdammt! Wir wollen doch nichts Mieses. Sie hat mir das angeboten, sie ist auf mich zugekommen, wieso fühle ich mich jetzt so scheiße!«

»Tja, das frage ich mich auch.«

»Und wenn ich die nächsten Tage einfach mal ganz ehrlich mit ihr spreche?« Bens Augen suchten meine. »Wäre doch vielleicht richtig. Oder? Einfach reinen Tisch machen. Ihr sagen, dass ich ihr Angebot annehmen möchte. Aber nur, wenn sie es noch will, wenn sie noch denkt, dass ich der Richtige bin.«

»Aber du darfst ihr nichts von uns erzählen.«

»Hatte ich auch nicht vor.«

# 7

»Wenn man das jetzt mal ganz nüchtern als Außenstehender betrachtet, dann hättest du doch mit der Entwicklung zufrieden sein können.« Martin sieht Fee abschätzend an.

»Wieso?« Das Mädchen in dem Schlabberpullover reagiert überrascht. »Wieso, bitte, sollte ich damit zufrieden sein?«

»Du wolltest nicht, dass Ben nach Genf geht. Du hattest doch diese kleine Wohnung für euch angemietet.« Martin hält ihrem Blick stand, sucht in ihren Augen nach einem Anzeichen von Unwahrheit, einer verräterischen Reaktion. »Das klingt alles so nobel, aber das, sorry, ja, das nehme ich dir nicht ab!«

»Verstehe ich dich richtig …« Fees Stimme wird schneidend. »Du unterstellst mir, dass ich das alles bewusst so herbeigeführt habe? Dass ich dir hier was vorlüge und dass dies alles von mir Absicht war? Dass ich das Ding zwischen Frau von Schal und Ben gezielt torpediert habe?«

»So hart das jetzt für dich klingen mag. Ja!«

»Ist das auf deinem Mist gewachsen oder stammt das von Jenny?«

»Wieso Jenny?« Martin weicht aus.

»Weil ich mich frage, wie du darauf kommst. Ob Ben Jenny so etwas erzählt hat. Und sie diese Scheiße dann dir weitergetratscht hat.«

»Falls es dich beruhigt, das hat sie nicht. Und was Ben ihr gemailt hat, weiß ich doch nicht. Ich hab mich das gerade gefragt. Du erzählst kaum etwas über deine Motive. So, als ob dir plötzlich alles egal geworden wäre. Du mal eben einfach so deinen bisherigen Lebensplan hättest fallen lassen.« Martin verschränkt die Arme vor der Brust. »Es gibt da einen Spruch, den hat mein Vater früher immer gebracht. ›Wenn du die Wölfe nicht besiegen kannst, musst du mit ihnen heulen. Nur lauter.‹«

Fee überlegt eine Weile, dann sagt sie: »Und was hat das mit mir zu tun?«

»Vielleicht mehr, als du denkst.«

»Kannst du bitte endlich konkret werden und nicht so rumsülzen. Sonst gehe ich!«

»Ich will dich nicht aufhalten«, antwortet Martin gereizt.

»Ich würde dich nur gerne verstehen«, lenkt Fee ein.

»Gut, okay …« Martin legt seine Hände auf den Küchentisch, die Finger ineinander verschränkt, und sagt: »Ohne das jetzt bewerten zu wollen: Aber hast du nicht womöglich doch gedacht, hey, wenn ich mich da einklinke, anfange, Ben zu puschen, ihn mit Genf zu bedrängen … um so das Gegenteil zu erreichen …«

»So denke ich nicht.« Fee versucht ein Lächeln. »Dazu bin ich zu blöd. Ehrlich. Alles, was ich wollte, war doch, nicht im Abseits zu stehen. Wenn Ben das machen wollte, dann hatte ich ein Recht, miteinbezogen zu werden. Er und ich waren doch ein Paar.«

»Klingt logisch.«

»Und um das ganz klar zu sagen«, betont sie energisch: »Es ist wahr, dass ich das erst nicht gewollt habe. Aber ich bin doch nicht bescheuert! Hey, Martin, das war das Angebot meines Lebens! Lehnt jemand den Lottogewinn ab, nur weil er gerade seine Wunschlehrstelle bekommen hat?«

»Nein.«

»Siehst du.« Fee zögert. »Dein Verdacht ist total unlogisch.«

»Mag sein.« Martin zuckt mit den Schultern. »Aber was, wenn Ben auch solche Überlegungen hatte.«

»Kann ich noch einen Kaffee haben?«

»Klar.«

# 7

Am nächsten Morgen war ich schlecht drauf. In der Nacht hatte sich die Wetterlage verändert, es war unvermittelt kalt geworden, wir fuhren durch Nebel und im Bord-TV sagten sie, dass dies leider die nächsten Tage so bleiben würde. Irgendein Tief wäre herübergezogen und Sonja, die Moderatorin des Bord-TVs, riet dazu, die wärmeren Sachen rauszusuchen. Es könne noch kühler werden. Außerdem wies sie darauf hin, dass unser Schiff in der Nacht den nördlichen Polarkreis passiert habe. Und lud alle zur Polarkreistaufe in die Pazifik-Lounge ein.

Wie gut. Nun wusste ich genau, wo ich heute keinesfalls auftauchen würde. Bei unserer ersten Fahrt hatte ich das noch nichts ahnend über mich ergehen lassen müssen. Ich hatte keine Chance. Bens Vater hatte Ben und mich am Abend in den *Dschungel* gelotst und uns dort dann verraten. Während die Passagiere vormittags bei ihrer Taufe lediglich eine Kelle Wasser vom Kapitän übergeschüttet bekamen und vielleicht noch einen Eiswürfel in den Nacken, ging es bei der Crew etwas rauer zu. Als ich am Ende aus dem Pool wieder raus war, hatten Ben und ich uns versprochen, dass wir diesen Mist nicht noch einmal mitmachen würden. Den rohen Fisch schmeckte ich noch Tage später im Mund, ich glaube, ich werde nie wieder Sushi essen können.

Im Laufe des Vormittags würden wir in Bodø anlegen. Wenn ich Glück hatte, würden viele Familien den Ausflug ins Luftfahrtmuseum buchen. Bodø war im Zweiten Weltkrieg von Hitlers Luftwaffe total zerbombt und später komplett neu aufgebaut worden. Ehrlich gesagt, von allen Orten unserer Reise fand ich Bodø am langweiligsten. Aber das wussten ja die Passagiere nicht, und so konnte ich hoffen, dass Heike und ich womöglich mal nicht so viel zu tun haben würden.

Und so war es auch. Es wurden gerade mal acht Kinder gebracht. Aber der Knaller geschah gegen Mittag, als der Schiffsarzt überraschend in unseren Kids-Club kam und uns mitteilte, dass der Betrieb für zwei Tage wegen Scharlach geschlossen werden müsse. Drei Kinder seien bereits erkrankt und daher würde vorsichtshalber für die kommenden Tage der Laden dichtgemacht und vollständig desinfiziert werden. Man kann sich vorstellen, dass die Eltern von dieser Idee wenig angetan waren. Das gab richtiggehend Krach. Doch der Doc war da knallhart. Das wäre seine Kompetenz und er hätte nach Rücksprache mit der Reederei so entschieden. Die Einwände der Eltern ließ er nicht gelten, und so mussten sie alle antanzen, ihre lieben Kleinen abholen und sie für die nächsten zwei Tage selbst betreuen.

Als Heike und ich allein waren, sagte sie: »Nimm es einfach als ein Geschenk. Ist natürlich völlig daneben, was der alte Arsch da durchzieht. Normalerweise werden die erkrankten Kinder mit Antibiotika behandelt und dürfen nach zwei Tagen wieder in die Einrichtung. Aber hier ist er der Chef und wenn er das so will ...«

»Dann haben wir jetzt frei?«

»Das denkst aber auch nur du!« Heike schüttelte den Kopf. »Die finden sicher einen anderen Job für uns. Garantiert. Wenn der Staff Officer eines gar nicht mag, dann sind das Leute, die freihaben.«

»Und was machen wir bis dahin?«

»Was wohl, die freie Zeit genießen.«

Ich bin hoch zu Ben in den Laden und hab ihm die Neuigkeiten berichtet. Er war direkt etwas neidisch.

»Scheint so, als hättest du den wesentlich besseren Job«, grummelte er. »Bei mir sind heute mal wieder alle total gaga.«

»War Frau von Schal schon da?«, fragte ich.

»Nein.«

»Ob ich mal nach ihr sehen soll?«

»Weiß ich doch nicht.« Ben ließ mich einfach stehen und ging auf einen älteren Herrn zu, der vor dem Regal mit den Zeitschriften stand. »Kann ich Ihnen helfen? Gestern sind neue gekommen ...«

Aber da war ich schon wütend aus dem Laden gerannt. Was sollte denn das nun plötzlich, fragte ich mich. Ben hatte doch kein Recht, auf mich sauer zu sein, nur weil er so viel arbeiten musste.

Ich entdeckte Frau von Schal oben in der Piano-Bar. Sie saß direkt schräg vor dem Flügel, hatte eine Tasse Tee vor sich stehen und las.

»Guten Tag, Frau von Schal«, begrüßte ich sie. Und

ich wollte schon sagen: »Geht es Ihnen wieder besser?«, schaffte es aber gerade noch, meine Worte in ein »Geht es Ihnen gut?« umzuändern.

»Wunderbar, meine Liebe. Und selbst?«

»Gut, wirklich.« Ich beugte mich vor und flüsterte: »Der Kids-Club ist wegen Scharlach für zwei Tage geschlossen worden. Und jetzt genieße ich die unerwartete Freizeit, bis der Mannschaftsoffizier mir eine andere Arbeit zuteilt.«

»Wie schön.«

»Ja, finde ich auch.«

»Setz dich doch«, forderte sie mich auf. »Soll ich dir auch einen Tee bestellen?«

»Lieber nicht.« Ich schüttelte den Kopf. »Sie lesen doch.«

»Das Buch kenne ich.«

»Dennoch glaube ich, das würde nicht so gerne gesehen, wenn ich hier so einfach bei Ihnen sitze. Sie wissen doch …«

»Wird das wirklich so streng gehandhabt?«

Ich nickte. »Leider. Wir von der Crew dürfen noch nicht einmal dieselbe Gangway wie Sie benutzen. Wir haben andere Aufzüge, Treppenhäuser. Aber ich will nicht klagen, ich darf mich wenigstens im Passagierbereich aufhalten. Bei der letzten Cruise hatte ich Glück, da war wenig los gewesen, und eine Familie hatte angefragt, ob ich mich nicht quasi als Einzelbetreuung um ihren Jungen kümmern könne. Da, wie gesagt, sonst nicht viel zu tun war, wurde es erlaubt. Das war lässig. Es war sogar okay, wenn ich mit dem Jungen Eis essen gegangen bin.«

»Schade, dass ich dich nicht auch buchen kann«, scherzte Frau von Schal.

Und ohne über meine Worte nachgedacht zu haben, sagte ich ganz spontan: »Wieso nicht? Für hilfsbedürftige Personen werden natürlich Betreuer vom Personal abgestellt.« Ich war über meinen Vorschlag in dem Moment, in dem ich ihn aussprach, selbst erschrocken. Daher schob ich eilig nach: »Aber Sie sind ja zum Glück nicht hilfsbedürftig. Das wollte ich damit auch nicht andeuten …«

»Nun ja, so richtig gut geht es mir aber auch nicht«, antwortete Frau von Schal und beobachtete mich, während sie sprach, genau. »Der Wetterumschwung macht meinem Herzen schon ganz gehörig zu schaffen. Ich bin augenblicklich sehr schwach. Und es wäre sicher nicht im Interesse der Reederei, wenn ich hier an Bord in meiner Kabine allein umkippen würde.«

»Das kann ich nicht entscheiden«, wich ich aus. »Wie gesagt, ich bin momentan sozusagen frei … Und Sie wissen, ich bin gerne mit Ihnen zusammen.«

»Weißt du was, mein junges Fräulein!« Frau von Schal stemmte sich aus ihrem Clubsessel hoch. »Ich denke, ich werde mal ein Wörtchen mit dem Chief Steward sprechen, oder nein, mein Hans sagte immer, wenn du was willst, dann musst du oben ansetzen. Entscheidungen werden immer von oben nach unten getroffen. Wo kann man dich in, sagen wir, einer Stunde finden?«

»Ich wollte im Mannschaftsraum ein paar E-Mails schreiben.«

»Gut.«

Frau von Schal musste wirklich ganz oben angesetzt haben, denn nicht einmal eine halbe Stunde später stand der Cruise Director neben mir und teilte mir mit, dass ich vorübergehend eine neue Aufgabe hätte. Ich war aufgestiegen zur Gesellschafterin. Und man würde mich oben an der Rezeption erwarten.

Ben staunte nicht schlecht, als ich ihm das auf dem Weg zur Rezeption kurz berichtete.
»Wie hast du das denn gedreht?«, fragte er.
»Ich?« Ich sah ihn irritiert an. »Daran habe ich gar nichts gedreht. Das war Frau von Schals Idee. Ich habe echt keine Ahnung, wie sie das gemacht hat.« Da Ben mich so eigenartig ansah, beeilte ich mich, ihm zu versichern, dass ich das so toll auch nicht fand. »Ich habe, ehrlich gesagt, keine Lust, nun ihre Dienerin zu sein. Ich meine, sie kann jetzt sozusagen über mich bestimmen. Wer bin ich denn?«
»Du musst das anders sehen«, hielt Ben dagegen. »Auf die Art bist du an ihr dran. Und nicht nur das. Wer auch immer sonst an sie ranwill, muss nun erst einmal an dir vorbei.«
»Und was ist mit uns?«, wechselte ich das Thema. »Sind wir, was uns angeht, inzwischen etwas weitergekommen?«
»Ja!«, entschied Ben. »Ich denke, du und ich, wir könnten uns gestern Abend noch getroffen haben. Und das wäre schön gewesen. So ein richtig romantischer Abend. Wir sind uns nähergekommen.«
»Wie nähergekommen?«, fragte ich gespannt.
»Sehr viel näher.«

»Waren wir im Bett?«, fragte ich unverblümt.

»Fee!«, entrüstete sich Ben. »Doch nicht beim ersten Date.«

»Wieso nicht?«, antwortete ich mit gespielter Coolness. »Wenn mir jemand gefällt, dann will ich auch beim ersten Date schon Sex. Wäre doch zu schade um jede verpasste Nacht.«

»So eine bist du also!«

»Merkst du das erst jetzt!« Ich gab ihm einen langen Kuss und sah dann zu, dass ich hinüber zur Information kam und mich beim Rezeptionisten meldete. Und wenig später kam dann auch Frau von Schal. Zu meiner Überraschung schob sie eine dieser rollenden Gehhilfen vor sich her und sah sehr elend aus, wie ich fand.

Im Spiegel links der Rezeption konnte ich sehen, dass Ben mich und sie beobachtete. Er stand vorne neben der Eingangstür seines Ladens. Dann plötzlich war er verschwunden.

Der Mann hinter dem Informationsschalter machte mir mit wenigen Worten klar, was meine neue Aufgabe wäre, und damit war auch schon alles geregelt.

»So, nun geht es zuerst einmal hoch in meine Suite.« Frau von Schal arbeitete sich mit ihrem Rollator langsam hinüber zu den Aufzügen. Ihre Penthouse-Suite lag im Sky-Deck. Ich folgte ihr und konnte dann staunend beobachten, wie sie, kaum dass wir in der echt weitläufigen Kabine waren, ihr Rollteil in die Ecke schob, sich streckte und sich mir dann in völlig anderer Körperhaltung präsentierte.

»Das hätten wir. Ein Rollator macht immer wieder

Eindruck, mein junges Fräulein«, sagte sie mit einer Stimme, die nun weder matt noch erschöpft klang. »Was wollen wir denn nun zusammen unternehmen?«

»Jetzt überraschen Sie mich aber doch ...«

»Ach Kindchen, man muss immer wissen, welche Knöpfe man drücken muss. Dann kann man alles im Leben erreichen.«

»Aber das ist gelogen«, wandte ich ein. »So was darf man doch nicht machen! Sie haben den Leuten hier vorgespielt, es ginge Ihnen nicht so gut ...«

## 8

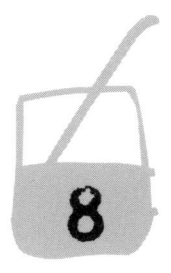

»Jetzt starr mich nicht so an, das war genau so, wirklich.« Felicitas hat angesichts Martins spöttischen Gesichtsausdrucks ihre Schilderung unterbrochen. »Echt. Sie hat das so gesagt.«

»Mag ja sein, aber dann hast du niemals so geantwortet.«

»Doch. Ich fand das echt nicht gut«, beeilt sich Felicitas zu versichern. »So darf man Menschen nicht manipulieren. Ich meine, sie musste denen nicht wirklich vorspielen, dass es ihr schlecht ging. Sie hätte auch einfach so fragen können!«

»Vergiss es.«

»Ehrlich!« Fee rutscht mit den Händen auf dem Tisch hin und her.

»Ach wirklich. Das ist lächerlich.« Martin hält es nicht mehr auf seinem Stuhl, er baut sich neben dem Kühlschrank auf. »Du versuchst mir zu erzählen, dass du einer Frau moralisch kommst, die du und dein Freund von vorne bis hinten anlügt und manipuliert? Ich traue dir viel zu, aber das nicht.«

»Was traust du mir zu?«, nutzt Fee die Vorlage, um abzulenken.

»Viel.«

»Was heißt viel?«

»Mehr als du denkst. Jenny hat mir einiges erzählt.«

»Ach was!«

»Ja.« Martin setzt sich wieder. Dann lehnt er sich auf seinem Stuhl zurück, verschränkt die Arme im Nacken und fragt unvermittelt: »Wann hast du sie so weit gehabt?«

»Wie, wozu, wie weit gehabt ...« Fee wird blass um die Nase.

»Ist doch klar. Dein ganzes Einwickeln hatte doch nur ein Ziel.«

»Und welches?«

»Wie gesagt, wann hattest du sie so weit? Wann hat sie *dir* den Job in Genf angeboten?«

Felicitas schweigt.

»Na komm, sag schon«, höhnt Martin. »Wie lange hast du gebraucht, bis du sie so weit hattest?«

»Das ist eine Lüge«, murmelt Fee.

»Dann hat sie dir den Job also nicht angeboten?«

Das Mädchen reagiert nicht.

»Wann?«

»Erst viel später ...«, flüstert sie.

»Damit wäre das jedenfalls geklärt.« Martin hat ein feines gemeines Lächeln auf den Lippen. »Verarsch mich nicht. Wie war das an diesem Tag wirklich?«

## 8

»Was wollen wir denn nun zusammen unternehmen?«, fragte Frau von Schal, nachdem sie ihren Rollator verstaut hatte.

»Jetzt überraschen Sie mich aber doch ...«

»Ach Kindchen, man muss immer wissen, welche Knöpfe man drücken muss. Dann kann man alles im Leben erreichen.«

»Von Ihnen kann ich ja echt noch eine Menge lernen!«, sagte ich beeindruckt. »Das war eine coole Performance, die Sie da an der Rezeption durchgezogen haben.«

»So ganz gelogen war es ja nicht. Es geht mir wirklich nicht so richtig gut, aber Übertreibung macht anschaulich. Und wie man so schön sagt: In der Liebe und im Spiel ist jeder Trick erlaubt«, amüsierte sie sich. »Und was heißt das anderes, als dass im Leben alle Tricks erlaubt sind. Denn was ist das Leben schon anderes als Liebe und Spiel?«

»Wie gesagt, von Ihnen kann ich noch viel lernen.«

»Meinst du?« Sie sah mich an und lächelte einen Moment ganz eigenartig. Aber dann war der Moment auch schon wieder vorbei und sie sagte: »Wir werden sehen.

So, und nun, liebe Fee, was können wir zusammen anstellen?«

»Für den Landgang ist es etwas zu spät. Und Bodø lohnt sich auch nicht.« Ich überlegte. »Mögen Sie Dampfbad oder Wellness?«

»Mein Herz!«, erinnerte sie mich. »Das darf ich leider wirklich nicht mehr. Ich würde ungern die Zeit, die ich noch habe, riskieren.«

»Bingo oder so etwas wäre auch nicht ganz das Passende, denke ich.«

»Eher weniger«, nickte Frau von Schal. »Aber weißt du was … Wir könnten zusammen etwas spielen!«

»Spielen?«, fragte ich entgeistert.

»Nicht wie du denkst.« Frau von Schal lächelte. »Magst du Schach, Dame, Mühle …?«

»Weiß ich nicht«, antwortete ich. »Hab ich noch nie gespielt.«

»Ich fasse es nicht …« Die alte Dame schüttelte ungläubig den Kopf. »Backgammon?«

»Irgendwann einmal im Urlaub.«

»Dann, meine Liebe, denke ich, es ist an der Zeit, es zu lernen.«

Wenig später saßen wir oben auf dem Brückendeck in zwei fetten Rattansesseln und zwischen uns, auf dem kleinen Beistelltisch, lag das Backgammonbrett. Frau von Schal erklärte mir noch einmal die einzelnen Spielzüge, wie ich die Augenzahlen auf den beiden Würfeln umsetzen konnte, und los ging es. Es war wirklich lange her, dass ich zum letzten Mal Backgammon gespielt hatte, aber ich kam schnell wieder rein. Was mir jedoch, ehrlich gesagt, wenig half, denn mein Gegenüber war unschlagbar.

»Manche sagen ja, es wäre wegen der Würfel ein Glücksspiel«, sagte sie mit diesem feinen Lächeln um die Mundwinkel, das ich inzwischen so gut kannte und doch nicht einzuordnen wusste. »Aber das stimmt nicht. Ein guter Spieler kann auch mit schlechten Würfen sein Spiel machen. Wenn wir den Verdopplungswürfel nutzen, noch einmal mehr.«

»Wie geht das?«, fragte ich.

»Das wirst du auch noch lernen.«

Nach etwa einer Stunde hatte sie keine Lust mehr. Sie bat mich um einen kleinen Spaziergang, nach vorne zum Bug, denn das Ablegemanöver hatte begonnen. Die *MS Astor* nahm von Bodø aus Kurs auf die Lofoten und von dort aus würde es am Abend in meinen Lieblingsfjord gehen. Den Trollfjord.

Als wir aus dem Hafen hinausglitten, standen sie und ich an der Reling und sahen schweigend aufs Wasser. Das Meer war ungemütlich geworden, die Berghänge hinter und vor uns wolkenverhangen und es fröstelte mich irgendwann.

»Wie geht es dir und Ben?«, fragte Frau von Schal unvermittelt.

»Na ja …« Ich zögerte. Mit Ben war abgesprochen, dass wir uns deutlich nähergekommen waren, zumindest hatte ich das so verstanden. Deshalb musste ich dabei bleiben, denn was wäre sonst, wenn sie Ben darauf ansprechen würde.

»Also …« Ich spürte, dass ich rot wurde. Was ich zu Ben so locker gesagt hatte, machte mir nun dieser netten älteren Dame gegenüber unerwartete Schwierigkeiten.

»Nun, also …«, druckste ich herum. »Er weiß es.«

»Erzähl!« Sie rückte etwas näher an mich ran. »Was ist geschehen …«

»Ich … Ben und ich waren auf dem Personaldeck«, begann ich. »Gestern Abend, nachdem auch Ben Schluss hatte. Ich hatte mich, wie Sie es mir geraten haben, etwas schick gemacht. So wie jetzt auch habe ich mich an die Reling gestellt und gewartet. Er stand etwas entfernt, mit zwei von den Zimmermädchen. Ich habe ein paar Mal zu ihm hinübergesehen, er irgendwann auch zu mir. Nach einiger Zeit kam er einfach auf mich zu. Hat mich angesprochen, mich gefragt, wie es mir geht, ob es mir an Bord immer noch so gut gefällt. Und er hat mir erzählt, dass er es bedauert, dass er augenblicklich so viel im Laden sein muss. Und dass er viel lieber mit mir hier draußen wäre.«

»Gut …«, sagte sie lauernd.

»Ich hab gesagt, dass ich es hier mit ihm auch schöner fände. Und wie sehr ich mich freue, dass er auch an Bord ist. Da hat er gelacht und gesagt, das ginge ihm genauso.«

»Klingt gut.«

»Dann hat er mich gefragt, ob ich schon mal auf dem Radar-Deck gewesen wäre.«

»Was ist das?«, fragte die ältere Dame neben mir.

»Der höchste Punkt der *MS Astor*. Auch Elferdeck genannt. Kein Deck im eigentlichen Sinn. Eher eine kleine Plattform ganz oben. Auf dem die Radarmaste sitzen. Eigentlich darf dort niemand hin.«

»Klingt romantisch.«

»Ist es auch«, sagte ich mit einem heiseren Krächzen in der Stimme.

»Jetzt sag mir nicht, dass ihr …«, fragte sie überrascht.

»Doch, wir haben«, nickte ich kleinlaut.

»Meine Herren, ihr legt da aber ein ganz schönes Tempo vor«, staunte sie.

»Ist das schlimm?«, fragte ich.

»Nein, überhaupt nicht. Man sollte die romantischen Gelegenheiten ergreifen, wenn sie sich einem bieten. So viele hat man nicht im Leben.«

»Es war schön. Ben ist echt ein total Lieber.«

»Aber du hast verhütet!«

Ich nickte verschämt.

»Gutes Mädchen.« Frau von Schal sah mich zufrieden an. »Und was denkst du nun?«

»Wie …«

»Na, wie geht es nun weiter mit euch?«

»Das weiß ich nicht.« Ich sah hinaus aufs Meer. »Aber ich denke, wir haben eine Zukunft.«

»Hast du mit ihm seitdem wieder gesprochen?«

Ich schüttelte den Kopf.

»Komm, wir besuchen mal deinen Ben!« Frau von Schal wartete meine Antwort gar nicht erst ab, sondern ging zielstrebig zu den Aufzügen.

»Ich weiß nicht …«, rief ich, während ich ihr nacheilte.

»Jetzt heißt es dranbleiben!«, antwortete sie. »Vertrau mir, mit Kerlen wie Ben kenne ich mich aus.«

Mit einem etwas mulmigen Gefühl im Magen betrat

ich hinter ihr den Lift. Zwar hatte der Cruise Director mir ganz deutlich erklärt, im Rahmen meiner Aufgabe als Gesellschafterin dürfe ich mich frei im Passagierbereich bewegen, doch war dem wirklich so? Und wussten das die anderen der Crew? Ich hatte keine Lust auf irgendwelche Schwierigkeiten.

Auf dem Plaza-Deck angekommen folgte ich der älteren Dame in den Zeitschriftenladen. Ben war mit einem Kunden beschäftigt, doch war klar, dass er uns bemerkt hatte. Hinter Frau von Schal stehend versuchte ich, ihm mit Nicken und Augenzwinkern klarzumachen, dass ich ihr, wie abgesprochen, von uns erzählt hatte.

Nachdem er die Zeitungen des Mannes abkassiert hatte, kam er auf uns zu.

»Ben!« Ich schob mich an Frau von Schal vorbei. »Stell dir mal vor! Der Kids-Club ist wegen Scharlach geschlossen und mein neuer Job ist nun Gesellschafterin. Von Frau von Schal. Ich hab dir doch von ihr erzählt. Das ist die nette Dame, mit der ich in Trondheim unterwegs war. Ist das nicht cool?«

»Echt?« Ben war so überzeugend überrascht, dass ich es ihm selbst abgenommen hätte, wenn ich nicht genau gewusst hätte, dass es gespielt war. »So ein Zufall. Na ja, ein Schiff ist klein ... Fee, Frau von Schal und ich kennen uns gut.«

»Das weiß ich inzwischen auch!«, lachte ich und fühlte mich wie auf einer Bühne. Mir war so, als würde ich wie damals in der vierten Klasse im Schulmusical eine Rolle spielen. Doch anders als damals gab es hier kein Drehbuch, hatte ich zwar meine Rolle, musste aber improvisieren. »Frau von Schal hat mir inzwischen erzählt, dass sie dich kennt.«

»Wahnsinn«, freute sich Ben.

»Echt der Wahnsinn«, flüsterte ich.

»Ben, du hast ja nie erwähnt, was für ein Charmeur du bist.« Frau von Schal ging Ben direkt an. »Ich habe wirklich nicht gewusst, mit was für einem Herzensbrecher ich mich da eingelassen habe.«

»Ach, Sie übertreiben«, versuchte Ben auszuweichen. »Ich bin ganz und gar kein Herzensbrecher, wie Sie sagen.«

»Das Herz dieser jungen Dame hast du jedenfalls eindeutig erobert«, erwiderte sie.

»Wie schön …«, antwortete er leise und sah nur mich an.

»Ja, wie schön«, gab ich zurück.

»Offenbar haben sich da ja zwei gefunden …« Frau von Schal hatte wieder dieses dezente Lächeln um die Mundwinkel. »Wie ist das, Ben, bis wann musst du heute arbeiten?«

»Bis gegen acht, vielleicht halb neun.«

»Und wann fahren wir in den Trollfjord ein, von dem mir Felicitas so vorgeschwärmt hat?«

»Gegen zehn!« Ben überlegte. »Wir machen noch kurz in Svolvær auf den Lofoten fest, dann geht es rein in den Raftsund und dort beginnt der Abstecher in den Trollfjord. Stand heute in der Bordzeitung. Es gibt eine kleine Feier oben auf dem Sonnendeck. Spezielle Troll-Cocktails werden gereicht.«

»Dann erwarte ich euch beide heute gegen neun bei mir in der Kabine.« Sie sah erst mich und dann Ben an.

»Ich werde für uns ein kleines Abendessen organisieren und dann werden wir von meinem Balkon aus diesen Reisehöhepunkt zusammen genießen. Betrachtet euch als eingeladen! Keine Widerrede!« Dann drehte sie sich um und ging.

Ben und ich standen verdattert da, wir sahen ihr nach, und erst als sie im Aufzug verschwunden war, sagte Ben: »Das wird langsam haarig.«

»Wieso? Ich darf ganz offiziell, sie ist mein Job und du bist Konzessionär«, erwiderte ich. »Dir kann niemand was.«

»Das meine ich nicht.«

»Was meinst du dann?«

»Du hast ihr von uns erzählt?«

Ich nickte. »Ich habe ihr gesagt, wir wären gestern auf dem Elferdeck gewesen und wir hätten es gebracht.«

»Und was hat sie gesagt?«

»Sie wollte wissen, ob ich verhütet habe.«

»Ich wusste es!« Ben strahlte mich stolz an. »Genau so habe ich sie eingeschätzt. Die ist total locker drauf, die findet das cool, dass sie nun auch noch eine Liebesromanze obendrauf bekommt. Die ist so tough!«

»Mag sein.«

»Das hast du super hinbekommen!« Ben umarmte mich.

»Danke für das Kompliment.«

»Ich garantiere dir, das wird alles perfekt laufen. Heute Abend spreche ich sie auf Hans an. Erzähle das quasi dir, vor ihr. Und dann muss sie ja irgendwie reagieren.«

»Wenn du das sagst.«

Ich bin hinunter in meine Kabine. Es gab da doch einiges, was mir Kopfzerbrechen bereitete. Würde Frau von Schal wirklich so reagieren, wie Ben es vorhersagte? Oder würde dadurch alles ganz anders kommen?

# 9

»Ja, von dem Abendessen habe ich gehört.« Martin zieht sein Handy aus der Hosentasche, klappt es auf, drückt Sekunden später ein paar Tasten und verstaut es wieder.

»Wie gehört?«, fragt das Mädchen ihm gegenüber.

»Das ominöse Abendessen im Trollfjord.« Martin geht auf ihre Frage nicht ein. »Der Abend, an dem Ben gemerkt hat, was du für ein mieses Spiel spielst.«

»Wer sagt das?« entrüstet sich Fee. »Wer behauptet diese Unverschämtheit?«

»Das weiß ich von Ben. Also nicht direkt, aber von Jenny.«

»Dieses Aas.«

»Wieso?« Martin beugt sich vor. »Tut es weh, weil es wahr ist, oder weil es nicht geklappt hat?«

»Du hast keine Ahnung!«

»Da täuschst du dich aber.« Martin sieht das Mädchen ihm gegenüber hart an. »Jenny wird bald kommen, sie hat mir gerade eine SMS geschickt. Dann kannst du von ihr aus erster Hand hören, was Ben über dich denkt.«

»Wo ist Ben?«

»Frag Jenny.«

»Martin, ich hasse dich.«

»Auch eine ehrliche Gesprächsgrundlage, oder nicht? Erzähl weiter.«

Fee schweigt.

»Los, ich will auch deine Version hören ...«

# 9

Kurz nach dem Ablegen in Svolvær, einer wunderschönen kleinen Stadt, die sich entlang der zerklüfteten Küste erstreckt, änderte sich unvermittelt das Wetter. Die Wolken rissen auf, die Sonne kam heraus, es wurde schlagartig wieder warm, und so hoch, wie wir inzwischen im Norden waren – den nördlichen Polarkreis hatten wir bereits passiert –, versprach es ein traumhafter Abend zu werden. Ich hatte das schon bei unserer ersten Cruise erlebt. Die Sonne steht Stunde um Stunde über dem Horizont und geht einfach nicht unter, taucht alles in ein goldfarbenes Spätnachmittagslicht und ja, ich freute mich tierisch auf den Abend. Wir würden oben auf dem Sky-Deck sitzen, essen, reden und vielleicht würde Ben ja wirklich an diesem Abend alles klarmachen. In zwei Tagen würden wir am Nordkap sein, ab da ging es zurück, arbeitete die Zeit gegen uns. Noch aber lagen mehr Tage vor als hinter uns, noch gab es keinen Grund, panisch zu werden.

Um kurz nach sieben bin ich zu Ben in den Laden. Versuchte, mit ihm einen groben Plan für den Abend abzusprechen, aber Ben sagte immer wieder nur: »Das wird sich alles klären. Glaub mir, das wird ein Selbstläufer.«

Also bin ich wieder runter in meine Kabine, war etwas im Internet, doch inzwischen konnte ich es in dem Loch kaum noch aushalten. Mich nervte diese Enge, dass wir kein Fenster hatten und das Gesurre des Ventilators. Direkt über meinem Bett war das Lüftungsgitter, und irgendetwas dahinter klapperte ganz fürchterlich.

Um mich abzulenken, ging ich hinten ans Heck. Ich stand sicher eine halbe Stunde lang einfach nur da und habe aufs Wasser gesehen. Ich hätte das nicht gedacht, aber das Meer macht mit den Menschen etwas Unglaubliches. Nach einiger Zeit wird der Kopf leer, wenn man auf die Wellen starrt. Die Formen verschmelzen, die Gedanken werden zu Wogen, die davonrollen und sich in der Ferne verlieren. Wer sagt, er sieht aufs Wasser und denkt nach, der lügt. Das Meer packt die Gedanken, schwemmt sie weg und lässt im Kopf eine eigenartige Gleichgültigkeit und Leere zurück.

Als wir in den Raftsund einbogen, bin ich runter in meine Kabine, um mich frisch zu machen, und dann beeilte ich mich, zu Ben zu kommen. Ich wollte ihn abholen und mit ihm gemeinsam zu Frau von Schal. Zu meiner Verwunderung fand ich ihn weder im Laden noch in seiner Kabine. Daher ging ich schließlich um kurz vor neun allein zur Suite von Frau von Schal.

Ben war bereits da, was mich doch etwas verwunderte. Denn ich hatte gedacht, wir würden zusammen erscheinen. Er trug sein bestes Hemd, das ich ihm letzte Weihnachten geschenkt hatte, darüber eine Strickweste. Keine Ahnung, woher er die hatte, sie war ihm zu groß und er sah damit irgendwie anders aus.

Überhaupt kam mir der Ben, der dort draußen auf dem Balkon in einem der Sessel saß und Oliven futterte, ganz fremd vor. Er wirkte so alt, so seriös. Aber okay, beruhigte ich mich, offenbar wollte er Frau von Schal heute beeindrucken und es ging ja wirklich um viel. Da konnte man sich durchaus mal schick machen. Hatte ich ja auch gemacht.

Draußen auf dem Balkon standen auf dem Tisch drei Gläser, ein Eiskübel mit einer Flasche Sekt und auf einem kleinen Beiwagen waren diverse Vorspeisen aufgereiht. Oliven, Fischhappen, Krabbencocktail und Tomaten mit Mozzarella.

Ben stand auf und begrüßte mich mit einer Umarmung und einem Kuss auf die Wange. »Du siehst toll aus!«

»Danke, du auch!«

»Setz dich doch und du, Ben, kannst schon mal die Flasche öffnen und einschenken. Fee, wir fahren ja auf einem deutschen Schiff, daher gelten die strengen norwegischen Gesetze, was Alkohol angeht, hier nicht.« Frau von Schal dirigierte mich in den Sitz gegenüber von Ben. Sie selbst setzte sich in den Sessel zwischen uns.

»Schön, dass ihr gekommen seid«, begann sie und strahlte Ben und mich an. »Danke, dass ihr einer alten Frau diesen Abend schenkt. Obwohl ihr vermutlich lieber mit euren Kollegen unten in eurer eigenen kleinen Welt hier an Bord zusammen sein würdet.«

»Ehrlich gesagt, Frau von Schal«, Ben beugte sich

vor, »ich bin nur hier, weil Ihre Kabine den besten Ausblick hat. Nicht umsonst heißt es ja Sky-Deck hier oben, und heißt Sky nicht Himmel?«

»Sehr charmant, junger Mann.« Frau von Schal schüttelte gespielt beleidigt den Kopf. »Und hättest du nicht diese netten Blumen mitgebracht, dann würde ich dich vermutlich nun auffordern zu gehen.«

»Bitte nicht!«, war Bens Antwort. Dabei hatte er einen Blick und einen Tonfall drauf, als würde er in einem schwülstigen Sonntagabendfilm mitspielen. Der Strauß Rosen auf dem Tisch in der Suite war mir zwar aufgefallen, doch hatte ich nicht vermutet, dass er von Ben war. Meine Güte, der legte ja heute ordentlich vor.

»Ich werde es mir überlegen.« Nun wandte die ältere Dame ihren Blick mir zu. »Und, meine Liebe, wir beide wissen ja den wahren Grund, warum dieser nette junge Mann hier ist, nicht wahr?«

Ich schwieg.

»Bedient euch!«, forderte sie uns auf, griff nach ihrem inzwischen von Ben eingeschenkten Glas und sagte auffordernd: »Auf einen schönen Abend!«

Wir stießen an, Ben und ich murmelten: »Auf einen schönen Abend!« Frau von Schal zog den Servierwagen heran und begann, für jeden von uns einen kleinen Teller zusammenzustellen. Sie fragte dabei nicht, wer was mochte, sie verteilte einfach. »Macht euch wirklich keine Gedanken, was das Abendessen angeht. Ich habe das mit meinem Kabinen-Steward geregelt. Ihr seid eingeladen und das geht so in Ordnung. Das Abendessen heute wird mir gesondert berechnet, ihr werdet also keinesfalls deswegen Schwierigkeiten bekommen.«

»Beruhigend«, murmelte ich. »Denn eigentlich ist das, was Ben und ich hier augenblicklich machen, ein absolutes do not. Wer vom Personal, abgesehen von den Zimmermädchen, in der Kabine eines Gastes erwischt wird, fliegt.«

»Tja, und wie jede Regel gilt keine Regel ohne Ausnahme«, gab Frau von Schal knapp zurück. »Ich habe Kabeljau bestellt, ist das recht? Dazu Salzkartoffeln und Salat.«

»Großartig, ich liebe Fisch«, antwortete ich, obwohl ich Fisch inzwischen nicht mehr so sehr mochte.

»Wirklich eine tolle Idee und so passend«, bemerkte Ben.

»Wieso passend?«, fragte ich.

»Weil der Trollfjord untrennbar mit dem Kabeljau verbunden ist. Nicht nur, dass er über lange Zeit der Fisch war, der hier oben gefangen wurde …« Ben hatte sich offensichtlich vorbereitet, wie ich etwas verärgert feststellte. »Nein, es kam ja genau hier im Trollfjord zu einer ersten großen Auseinandersetzung zwischen Fischern und Großunternehmern überhaupt. Ein sozusagen historischer Ort.«

»Tatsächlich?« Frau von Schal beugte sich interessiert vor.

»Ja, das war 1890, genauer am 6. März 1890. Damals hatten große Fischereiunternehmen den Trollfjord mit ihren Dampfbooten abgeriegelt, um die Fischschwärme mit Senknetzen zu fangen. Quasi industrielles Großfischen. Und die armen Lofotenfischer von hier ließen sie auf diese Weise einfach nicht mehr an die Fische ran. Die haben sie ausgesperrt, ihnen den Zugang zu ihren Fischgründen verwehrt. Aber die Lofotenfischer haben sich das nicht gefallen lassen und genau den Fjord hier vor uns mit ihren kleinen Ruderbooten gestürmt, es sollen Tausende gewesen sein. Sie haben die fünf Dampfschiffe geentert und sich so freien Zugang erobert. Ein echter Aufstand, und wenige Jahre später verbot dann das norwegische Parlament den Einsatz von Senknetzen generell.«

»Unglaublich, was der Junge alles weiß, nicht wahr?« Frau von Schal sah Ben beeindruckt an.

»Echt beachtlich«, stimme ich ihr zu. »Ben, woher weißt du so viel?«

»Ach, ich lese eben sehr gerne«, antwortete er mit einer mir schier unerträglichen Bescheidenheit. »Im Laden habe ich oft etwas Leerlauf, und dann sehe ich halt mal in die Bücher rein, die ich da so anbiete. Es gibt übrigens ein tolles Gemälde über diese Seeschlacht. Von Gunnar Berg. Und der Schriftsteller Johan Bojer hat die Geschichte in seinem Roman *Die Lofotfischer* von 1921 verarbeitet.«

»Danke, Ben«, unterbrach ihn Frau von Schal. »Es reicht an Geschichte, ich denke nicht, dass diese nette junge Dame heute hier ist, um sich kunsthistorische Vorträge anzuhören.«

»Kein Problem!«, gab Ben zur Antwort. Er tat ganz normal, doch ich wusste, wie sehr ihn diese Abfuhr wurmte. Ben war es nicht gewohnt, derart abgebügelt zu werden. Das kannte er nicht. Normalerweise hörten die Menschen ihm zu.

»Sag mal, meine liebe Fee, was ich dich schon die ganze Zeit fragen wollte«, wandte sich die ältere Dame mir zu. »Was wirst du eigentlich machen, wenn deine Zeit hier auf dem Schiff vorbei ist? Du sagtest, du hättest eine Erzieherinnenausbildung angefangen?«

»Ja, also noch nicht direkt«, erklärte ich. »Ich habe mich an einer Schule beworben und bin auch genommen worden. Aber ich hatte noch diverse andere Schulen angeschrieben. Daheim dürften inzwischen die Antworten liegen. Mal sehen, wo ich noch überall eine Zusage bekommen habe.«

»Ach wirklich?« Ben pikte eine Olive mit dem Zahnstocher auf. »Wo hast du dich denn noch beworben?«

»Ach, quer durch Europa«, antwortete ich leichthin. »In Berlin, München, London, in Paris und in der Schweiz.«

»In der Schweiz?«, fragte Frau von Schal interessiert. »Wo denn dort genau?«

»Es gibt oberhalb vom Genfer See ein privates Lyzeum … es heißt *Die Schwestern von Jerusalem* oder so, die sind Weltspitze.« Ich griff nach dem Brot, um niemanden ansehen zu müssen. Internet war eine tolle Sache, da hatte man sehr schnell alles zur Hand, was man gerade brauchte. »Wenn ich da einen Platz bekommen würde, wäre das natürlich genial. Der Abschluss von dort ist weltweit angesehen und anschließend kann man sich seinen Arbeitsplatz aussuchen.« Nur kurz ging mein Blick hinüber zu Ben und machte ihm klar: Was du kannst, kann ich schon lange.

»Am Genfer See …« Ben sah anstatt mich Frau von Schal an. »Haben Sie da nicht ihre Villa?«

»Ja doch!«, rief Frau von Schal. »Am Genfer See

habe ich meine Villa! Felicitas! Habe ich dir das noch nicht erzählt? Was für ein Zufall«

»Nein, was für ein Zufall«, stimmte Ben ihr zu. »Wahnsinn! Dann können wir ja nur hoffen, dass die dich nehmen. Denn dann kannst du uns besuchen!«

»Wie ›wir‹, du wohnst auch am Genfer See?«, fragte ich gespielt überrascht. »Hast du nicht gesagt, du kommst aus der Gegend um Köln?«

»Eigentlich schon, aber …« Weiter kam Ben nicht, denn es klopfte an der Tür und Sven, der Kabinen-Steward für die Backbordkabinen auf dem Sky-Deck, betrat die Suite.

»Darf ich servieren?«

»Ich bitte darum!«, rief Frau von Schal.

Ich konnte sehen, wie sich Bens Miene verfinsterte, aber das gönnte ich ihm. Der Vortrag, die Blumen, das war alles etwas zu viel. Und warum hatte er für mich keine Blumen? Es musste ja nicht gleich ein Strauß Rosen sein, wie für unsere Gastgeberin, aber eine hätte er zumindest besorgen können. Immerhin waren wir doch frisch verliebt.

Der Kabeljau entpuppte sich als eingeweichter Stockfisch. Wie Sven während des Servierens ausführlich erklärte, handelte es sich um eine norwegische Spezialität. Der Fisch wurde mit Salz, Sonne und Wind getrocknet und so haltbar gemacht. Vor dem Verzehr wurde er in einer Lauge eingeweicht, in Wasser gespült und anschließend gekocht.

Genau so sah er auch aus.

»Ich wünsche einen guten Appetit. Wenn Sie noch etwas brauchen, einfach klingeln.«

»Danke. Sehr freundlich von Ihnen.« Sie wartete, bis Sven aus der Suite war, und sagte: »Na, dann lasst es euch schmecken.«

»Frau von Schal ...« Ben sah misstrauisch auf seinen Teller mit dem Fisch. »Ich frage mich gerade, ob das nicht für sie gefährlich sein könnte. Alter Fisch, sie haben mir doch von ihrer Histaminintoleranz erzählt.«

»Sehr aufmerksam von dir«, antwortete sie und nickte. »Ja, eigentlich dürfte ich das nicht essen. Aber wenn man immer nur machen würde, was man darf, wäre das Leben langweilig. Und soll ich euch was verraten? So richtig habe ich diese Histaminintoleranz auch gar nicht.«

»Wie jetzt?«, wunderte sich Ben.

»Das ist so ein kleiner Spleen von mir ...«, erklärte Frau von Schal. Ich verstand gar nichts. »Histamin ...?«

»Ach Felicitas«, sagte Frau von Schal mit einem entschuldigenden Unterton. »Ich bin nun einmal eine komische alte Schachtel und ... ja, ich spiele gern.«

»Jetzt komme ich auch nicht mehr mit«, wunderte sich Ben.

»Also ...« setzte Frau von Schal an. »Das hat mein Hans vor Jahren begonnen. Während eines Fluges nach ... Hongkong? Ja, genau. Da hat er der Stewardess erzählt, er habe Flugangst. Daraufhin hat sie ihm noch vor dem Start einen Whisky gebracht. Beim nächsten Flug hat Hans dann behauptet, er habe Kreislaufprobleme, da gab es auf Kosten der Fluglinie Champagner. Nicht dass Hans so etwas nötig gehabt hätte, er hätte sich Champagner kistenweise leisten können.

Ihm ging es um dieses Spiel, versteht ihr? Und nun ja, zum Andenken an Hans habe ich das weitergeführt. Mal eine Allergie, dann eine Diät wegen Zucker, und nun wollte ich mal diese Histamingeschichte ausprobieren. So, jetzt habe ich gestanden.« Frau von Schal zuckte mit den Schultern. »Verachtet ihr mich jetzt?«

»Nein«, antwortete Ben nach kurzem Überlegen.

»Solange das nicht in einen Betrug übergeht«, entschied ich.

»So sehe ich das auch.« Die ältere Dame lächelte. »Solange ich niemandem wehtue, ist das doch okay. Zudem, wer kann denn wirklich sicher sagen, dass ich nicht Zucker habe.«

Unser Schiff war inzwischen in den Trollfjord eingefahren und es war ein merkwürdiges Gefühl, nun so in Zeitlupe an den steilen, immens hohen Felswänden vorbeizugleiten und zugleich zu essen. Von unserem Balkon aus hatte man das Gefühl, man könnte den Stein vor uns anfassen. An seiner engsten Stelle maß der Trollfjord gerade mal hundert Meter. Unsere *MS Astor* war knapp 40 Meter breit.

»Wirklich imposant!«, brach Frau von Schal unser andächtiges Schweigen. »So beeindruckend habe ich mir das nicht vorgestellt.«

»Später ist es noch eigenartiger«, stimmte ich ihr zu. »Da wird es wieder breiter und man hat zusätzlich den Ausblick auf die Berge.«

»Andernfalls müsste man ja rückwärts wieder herausfahren und das wäre zu riskant«, mischte sich Ben ein. »Knapp 800 Meter wird es nachher wieder breit, genug Platz, um unser Schiff zu wenden.«

»Nehmt euch noch!«, forderte Frau von Schal Ben und mich auf. »Ich kann nicht mehr, aber es wäre doch zu schade, es zurückgehen zu lassen.«

»Gerne!« Ben nahm sich eine zweite Portion, ich zog ihm nach, achtete jedoch darauf, diesmal mehr Salat und Kartoffeln zu bekommen und nur ein kleines Eckchen des widerlichen Fisches.

»Also, das mit deiner Ausbildung finde ich ja toll!«, griff Frau von Schal unser früheres Gespräch wieder auf. »Mit Kindern zu arbeiten ist eine großartige Sache. Ich selbst habe ja leider keine. Mein Hans wollte nicht. Und als ich ihn endlich dann doch so weit hatte, da ging es nicht mehr. Tja, man kann nicht alles haben im Leben.«

»Ehrlich gesagt«, legte ich nach, »nach den Wochen hier auf dem Schiff weiß ich allerdings gar nicht mehr, ob ich das mit der Erzieherinnenausbildung überhaupt noch will.«

»Nicht?«, fragte Ben überrascht.

»Nein«, antwortete ich nachdenklich. »Vielleicht sollte ich doch mit der Schule weitermachen. Abitur und dann studieren.«

»Wie schön!«, freute sich Frau von Schal.

»Ja, irgendwie hat die Zeit hier an Bord etwas verändert«, versuchte ich, meinen Sinneswandel zu erklären. »Es gibt schon einiges von der Welt, das ich sehen möchte. Das Leben ist so vielfältig. Ich denke, es hat für mich noch einige Überraschungen parat und man sollte sich nicht zu früh festlegen.«

»Meinst du das jetzt ernst?«, fragte mich Ben da unvermittelt.

»Ja!«, antwortete ich ihm und das war nicht einmal gelogen.

»Aber man muss auch aufpassen«, bemerkte Frau von Schal in einem Tonfall, der mich wunderte. Ihre Stimme klang überraschend brüchig und etwas traurig. »Man darf nicht verlieren, was man hat. Nicht immer ist das Gras auf der anderen Seite der Straße grüner.«

»Das verstehe ich nicht«, sagte ich.

»Manchmal schlägt eine Welle Sehnsucht durch unsere Herzen und wir sehnen uns nach fremdem Glück«, sinnierte die ältere Dame. Sie zeigte hinaus auf die kleinen Häuser, die am Ende des Fjordes dicht unten am Wasser gebaut waren. »Die Menschen, die da wohnen, was mögen sie denken, wenn sie unser Schiff sehen. Säßen wir nur auf jenem Dampfer, dort fährt das Glück, bunt und glitzernd. Den schwitzenden Steward sehen sie nicht, nicht die Reeder in ihren Büros, nicht den zänkischen Kapitän und den magenkranken Zahlmeister ... natürlich wissen sie, dass es so etwas gibt – aber sie wollen es jetzt, in diesem einen Augenblick, nicht wahrhaben ... Frei nach *Schloss Gripsholm* von Kurt Tucholsky.«

»Und Ihr Hans kannte diesen großen Literaten wirklich?«, nutzte Ben die Vorlage. »Wie war Kurt Tucholsky so als Mensch? Wie hat Hans ihn erlebt?«

»Nicht hier und heute, Ben«, sagte Frau von Schal milde. »Heute möchte ich nicht in die Vergangenheit abtauchen, heute möchte ich das hier mit euch genießen. Diesen großartigen Moment ... Felicitas, du hast recht, was kann diesen Ausblick noch übertreffen?«

»Sie sagen es«, setzte Ben an. »Egal welches Buch Sie

über die Hurtigruten lesen, der Trollfjord wird immer ...«

»Ben, bitte nicht!«, würgte sie ihn ab. »Keinen Vortrag mehr. Wieso kannst du nicht einfach etwas bei Felicitas und mir verweilen? Wenn man dich so hört, dann fällt es einem schwer zu glauben, dass du frisch verliebt bist! Wo ist der Charmeur geblieben, wo der Herzensbrecher?«

Ben sah hinüber zu den Berggipfeln und schwieg.

»Fee, meine Liebe«, wandte sich Frau von Schal nun an mich. »Hoffentlich steckt in dir etwas mehr Romantik. So ein schöner Abend, so eine dramatische Kulisse, was geht dir da durch den Kopf?«

»Das möchte ich nicht sagen«, antwortete ich leise.

»Und wenn ich dich bitte?«

Ich schüttelte den Kopf.

»Komm, bitte ...«, lockte sie.

»Ich muss daran denken, dass Sie so krank sind.«

»Ach, du armes kleines Ding!« Frau von Schal schüttelte verärgert den Kopf. »Ich wusste, warum ich es eigentlich nicht sagen wollte. Ich habe geahnt, dass du damit nicht zurechtkommst. Du bist so, wie ich als junges Ding war. Das wird dich vielleicht wundern, aber ich sehe mich immer mehr in dir.«

»Dann wissen Sie ja, wie ich mich jetzt fühle.«

»Ich denke schon.« Sie legte besänftigend ihre Hand auf meinen Arm. »Aber, Kindchen, nicht traurig sein. Dass ich so etwas noch erleben darf, macht mich glücklich. Mit dir, mit Ben ... Das solltest du dir sagen.«

»Ich bin froh, dass Sie hier an Bord sind«, flüsterte ich.

»Das geht mir mit dir ebenso!«

»Und was freue ich mich erst darüber!«, wagte sich Ben vor. »Da geht es mir wie Ihnen, Frau von Schal. Ich bin total verliebt in Fee. Ich hab das bislang ja noch keinem gesagt, doch ich habe mich sofort in sie verliebt. Gleich am ersten Tag, als ich sie gesehen habe. Aber ich sagte mir, ach was, die wird sicher einen Freund haben. So, wie sie aussieht. Die tollen Frauen haben doch immer einen Freund. Und dann hab ich sie ja auch mit diversen von der Crew gesehen und dachte mir …«

# 10

»Ehrlich!« Angesichts Martins kritischen Gesichtsausdrucks hält Fee in ihrem Bericht inne. »Das hat mich auch gewundert, was heißt gewundert, ich war schockiert! Echt! Ben hat versucht, mich der von Schal als eine zu verkaufen, die an Bord mit jedem herummacht!«

»Warum sollte er das tun?«, fragt Martin abwehrend.

»Weil er saumäßig eifersüchtig war.« Felicitas streckt sich. »Es hat leider gebraucht, bis ich das kapiert habe. Ich habe das nie für möglich gehalten. Also nicht direkt eifersüchtig, wie wenn ich mit einem anderen Mann geflirtet hätte. Was ich auch nie machen würde. Aber er konnte es nicht ertragen, dass Frau von Schal und ich uns so gut verstanden, er abgemeldet war. Und das hat ihn verrückt gemacht, das war neu für ihn, das kannte er nicht. Normalerweise ist er ja immer derjenige, dem die Leute zuhören, den alle mögen. Plötzlich die zweite Geige zu spielen, machte ihn wütend.«

»Aber dir hat es gefallen?«, fragt Martin.

»Ja!« Fee sieht ihn ruhig an. »Es hat mir super gefallen. Das kannst du dir vielleicht nicht vorstellen, aber es ist scheiße, immer nur der Anhang von jemandem zu sein. ›Darf ich dir vorstellen, das ist Fee, die Freundin von Ben!‹ – ›Dem Ben?‹ – ›Ja, genau.‹ Sei ehrlich, so hast du mich doch auch kennengelernt.«

»Nein!«, behauptet Martin.

»Nein?«, wundert sich Felicitas.

»Für mich warst du die Freundin von Jenny.«

»Auch nicht besser.«

»Wie man es nimmt.« Martin steht auf und geht zur Tür. »Ich muss mal kurz telefonieren. Bin gleich zurück.«

Felicitas bleibt zunächst auf ihrem Stuhl sitzen, dann steht sie auf, verlässt die Küche und geht in Richtung des Badezimmers. Dabei kommt sie an der geschlossenen Tür von Martins Zimmer vorbei. Sie hält kurz an, versucht an der Tür zu lauschen, geht aber sofort weiter ins Bad. Als sie die Küche wieder betritt, steht Martin erneut vor der Espressomaschine.

»Jenny ist gleich da, ich soll schon mal vorheizen.«

»Gut.«

»War der Abend damit dann beendet?«, will Martin wissen.

»Nein, das war er nicht.«

# 10

Ich weiß, es war nicht fair und vermutlich auch strategisch falsch, was ich an dem Abend gemacht habe. Aber Bens Eifersucht löste ein eigenartiges Hochgefühl in mir aus. Es war nicht so, dass ich Ben kleinmachen wollte, es fühlte sich nur einfach so gut an, groß zu sein. Darum ging es, es ging nicht um Ben, nicht um Frau von Schal, es ging um mich. Endlich einmal ging es um mich. Wie ich mich fühle, was ich denke, was ich möchte. Das war neu für mich und ich wollte es auskosten.

Ben merkte jedenfalls genau, dass er mit dem, was er da angefangen hatte, keinen Blumentopf würde gewinnen können, dass dieser Angriff nach hinten losgegangen war, und schwenkte um. Er kann so etwas, einfach umschalten. Ben ließ mich reden. Plötzlich keine Vorträge mehr, seine neue Rolle war die des total Verliebten. Ja, er ging so weit, dass er irgendwann einmal auf eine Frage von Frau von Schal nicht reagierte. Erst als sie die Frage wiederholte, zuckte Ben wie aus einem Traum auf und sagte: »Entschuldigung, aber wenn ich Fee so ansehe, dann vergesse ich einfach alles. Tut mir leid.«

»Tja, so ist das mit der Liebe …« Frau von Schal lächelte. »Und so soll es auch sein.«

»So soll es sein …«, murmelte Ben.

Wir hatten inzwischen den Trollfjord verlassen und kaum bog unser Schiff zurück in den Raftsund, änderte sich erneut das Wetter. Wolken zogen auf und es wurde frisch.

»Soll ich Ihnen eine Jacke holen oder eine Decke?«, fragte Ben und stand schon. »Hier, Fee, du nimmst meine Strickjacke.«

»Gerne!«, antworteten Frau von Schal und ich zugleich und mussten darüber wie kleine Mädchen kichern. Es war wirklich verrückt, Frau von Schal und ich verstanden uns von Minute zu Minute besser, sie war so lieb in ihrer etwas altbackenen, damenhaften Art. Wie sie mich ›Junges Fräulein‹ nannte oder ›Kindchen‹, wie sehr sie sich über diesen Abend freute, ihre Bescheidenheit, ihr Witz, am liebsten hätte ich sie in den Arm genommen und einfach nur gedrückt.

Ich kann nicht mehr genau sagen, wie Ben es dann doch noch geschafft hatte, sein Thema anzusprechen. Ich glaube, es war, als wir in unserem Gespräch irgendwann bei Büchern gelandet waren. Ich hatte Frau von Schal gebeichtet, dass ich wenig lesen, aber Hörbücher lieben würde. Dass ich mir fast jeden Abend in meiner Kabine den Kopfhörer aufsetzte und meist über der Geschichte einschlief.

Worauf sie sagte, das mit dem Einschlafen würde ihr auch so gehen, allerdings beim Lesen, und sie würde sehr oft morgens mit dem Buch im Bett aufwachen. Ein Hörbuch habe sie noch nie probiert. Und dann schlug ich ihr vor, dass ich ihr doch mal eins meiner Hörbücher ausleihen könnte. Die Idee gefiel ihr.

»Gibt es eigentlich die Bücher von Hans auch als Hörbuch?«, warf Ben ein.

»Nein.«

»Schade, ist ein großer Markt.« Ben sah aufs Wasser hinaus. »Da tut sich momentan viel. Genauso wie bei den E-Books. Ein total neues Geschäft. Ich habe mich mal informiert. Internet ist ja echt eine abgefahrene Sache. Damit muss man sich natürlich auskennen, aber wie gesagt, das ist der Markt der Zukunft.«

»Und du kennst dich da aus?«, fragte Frau von Schal.

»Klar.« Ben nickte. »Ich hatte auch früher darüber nachgedacht, ob ich nicht irgendwas mit Büchern und Verlag machen sollte. Aber dann habe ich kapiert, da geht es nur noch ums Geld, nicht mehr um die Inhalte. Ein Buch ist doch heute für einen Verlag nur noch ein Produkt, mit dem sich Geld verdienen lässt. Nein, da bin ich anders. Mir geht es um die Geschichte, ich finde, Bücher sind mehr als nur Ware, der Inhalt zählt.«

»Du sagst es, Ben!« Frau von Schal nickte energisch. »Das geht mir heute alles viel zu sehr nur noch ums Geld. Ist das denn so wichtig?«

Ben und ich schüttelten die Köpfe.

»Natürlich, Geld ist nett, wenn man es hat, hat man ein Problem weniger. Aber mehr doch nicht, oder?«, sagte sie.

Ich nickte, musste jedoch daran denken, dass so wohl nur jemand reden konnte, der Geld hatte.

»Sie haben ganz recht.« Ben sah Frau von Schal ernst an. »Und daher muss ich Ihnen auch etwas sagen. Sie haben mir ja da dieses großzügige Angebot gemacht. Und ich … Nun, ich kann und will das so nicht annehmen!«

»Nicht?«, fragten Frau von Schal und ich erneut unisono. Und zum Glück war die alte Dame so irritiert, dass ihr meine Überraschung gar nicht auffiel.

»Nein. Also nicht so …« Ben lächelte. »Ich möchte mich schon um das literarische Erbe Ihres Hans' kümmern. Gerne, mit größter Freude. Es wäre mir eine Ehre! Aber ich möchte dafür kein Geld haben. Wissen Sie, vielleicht ließe sich ja ein Vertrag machen, dass ich die Rechte wahrnehme, verwalte, aber die Erträge einem Kinderheim oder so zugute kommen.«

Innerlich konnte ich Ben nur Respekt zollen. Das war genial, dieser Schlenker hatte ihn garantiert wieder ins Spiel gebracht. Und so war es dann auch.

»Ach, Ben«, antwortete Frau von Schal sichtlich gerührt. »Das ist aber ein wirklich selbstloses Angebot. Und du weißt doch gar nicht, auf was du dich da einlässt!«

»Nein, wirklich. Ich finde es toll, dass Sie mir derart vertrauen.« Ben hatte seinen Dackelblick aufgesetzt und ging in die Vollen. »Dafür möchte ich kein Geld nehmen.«

»Nonsens!«, widersprach Frau von Schal. »Wer die Arbeit hat, sollte auch dafür bezahlt werden. So weit kommt das! Nein, nein, das würde alles auch viel zu kompliziert werden. Derjenige, der Hans' literarisches Erbe übernimmt, muss auch derjenige sein, der die Rechte hat. Andernfalls müsste dann ja zusätzlich ein Notar oder Treuhänder engagiert werden, alles unnötige Kosten. Nein, hier gilt einfach das gesprochene Wort. Wenn du das Erbe übernimmst, übernimmst du damit auch alle Rechte und Pflichten.«

»Aber wenn ich einen Teil der Einnahmen spende oder damit … sagen wir, vielleicht eine Stiftung gründe … da hätten Sie doch wohl nichts dagegen.«

»Wie könnte ich das …« Frau von Schal rutschte vor Rührung die Stimme weg. »Eine Stiftung mit Hans' Namen. Was für eine großartige Idee.«

»Ich habe mich schon etwas mit dem Schweizer Stiftungswesen beschäftigt. Eigentlich eine ganz einfache Sache. Ich würde zu Ihnen nach Genf kommen, wir gehen gemeinsam zum Notar und schon existiert die Stiftung.«

»Das klingt gut. Ja, dann sollten wir das so machen.« Frau von Schal reckte sich in ihrem Sessel.

»Wenn Sie möchten, kann ich versuchen, das hier an Bord zu regeln«, schlug Ben weiter vor. »Ich bin mir sicher, auch hier findet sich jemand, der so etwas aufsetzen könnte. Wenn der Kapitän sogar Paare trauen darf …«

»Vermutlich, aber so eilig haben wir es ja glücklicherweise nicht.« Frau von Schal warf einen Blick auf ihre kleine Armbanduhr. »Kinder, nehmt es mir nicht übel, aber ich merke langsam, dass ich doch von diesem wunderschönen Tag mit euch etwas erledigt bin. Ich glaube, ich sollte mich besser hinlegen.«

»Können wir noch etwas für Sie tun?«, fragte ich.

»Nein, ihr habt schon so viel für mich getan. Danke!«

»Dann gute Nacht.«

»Gute Nacht!«

Draußen im Gang liefen Ben und ich schweigend nebeneinander zum Personallift, und kaum dass sich die Türen hinter uns geschlossen hatten, sagte ich: »Kompliment! Du hast es geschafft.«

»Wir haben es geschafft!«, gab Ben zurück. »Und ehrlich gesagt …«

»Ja?«

»Gehen wir irgendwohin, wo uns niemand zuhören kann«, wich er aus. Er drückte die Taste fürs Promenadendeck. Dort angekommen lotste er mich zum Laden, schloss die Glastür auf, schob mich hinein und schloss hinter uns wieder ab. Erst als er mich in der hintersten Ecke hatte, sprach er weiter: »Ehrlich gesagt, was sollte das heute?«

»Was?«, antwortete ich unschuldig.

»Was versuchst du da durchzuziehen?«, ging er mich weiter an. »Hast du sie noch alle? Du hast versucht, mich rauszudrängen!«

»Wie bitte?«, zischte ich im Halbdunkel zurück. »So ein Schwachsinn!«

»Ach ja?«, blaffte Ben weiter. »Wie war das mit der Erzieherinnenschule, die ganz zufällig am Genfer See liegt? Die Schwestern von Jerusalem, so ein Schrott!«

»Die gibt es wirklich!«

»Aber die haben dich nie interessiert!«, war Bens knapper Kommentar. »Fee! Was hast du vor? Warum tust du das? Ich verstehe dich nicht. Ich mache das doch für uns beide! Ich will mit dir dort unten sein. Wieso versucht du, mich da rauszudrücken?«

»Das tue ich nicht und das würde ich auch nie machen!«, gab ich gekränkt zurück. »Wie kannst du mir nur so etwas unterstellen? Ich habe gedacht, ich könnte dir so helfen! Ich dachte, ist doch toll, wenn sie dich und mich mag. Hattest du das nicht selbst gesagt? Das war dein Vorschlag!«

Ben gab keine Antwort.

»War es doch!«, legte ich nach. »Das ist alles deine Idee! Du hast mich zu ihr hochgeschickt, du hast gesagt, wir sollen ihr unsere Verliebtheit vorspielen … Was du übrigens grottenschlecht rüberbringst. Ehrlich. Ich kann nur hoffen, dass Frau von Schal das nicht mitbekommen hat. So, wie du dich mir gegenüber verhältst, ist das eher ein Paar kurz vor der Trennung als frisch verliebt!«

»Weil du mich rausdrängen willst!«

»Warum sollte ich das wollen?«, fragte ich. »Ben, ich liebe dich. Und deinetwegen wäre ich sogar bereit, in die Schweiz zu gehen. Wenn du das willst, okay! Ich werde nicht zulassen, dass diese Geschichte zwischen uns kommt. Mit geht es nur um dich, um uns.«

»Mir doch auch …«, murmelte Ben einlenkend.

»Sag mir, was ich machen soll«, flüsterte ich. »Wie willst du es? Ich mache alles genau so, wie du entscheidest. Soll ich den Job bei Frau von Schal absagen, soll ich ihr aus dem Weg gehen? Ben, notfalls lege ich mir Scharlach zu und bleibe den Rest der Fahrt in der Kabine. Was soll ich machen?«

»Weiß ich doch auch nicht.« Ben zog mich zu sich herüber. »Aber vorhin da oben, auf dem Balkon, da hatte ich so komische Gedanken …«

»Aber dafür gibt es keinen Grund!«, beruhigte ich ihn. »Ich war nur wegen dir da. Ben, versteh doch, ich will dir helfen. Glaubst du mir das?«

»Klar ...«

»Und Ben, es ist doch alles großartig. Sie hat gesagt, ihr seid euch einig. Frau von Schal hat gesagt, so sollten wir es machen. Das mit der Stiftung war genial!«

»Danke.« Ben löste sich aus meiner Umklammerung. »Als mir die Idee kam, war ich selbst ganz begeistert davon. Denn so eine Stiftung ist natürlich doppelt genial. Zum einen ihr gegenüber, das zeigt meine ehrlichen Motive, und dann – nun, so eine Stiftung spart Steuern und man kann sich selbst anstellen. Haus, Auto, alles läuft dann über die Stiftung, verstehst du?«

»Perfekt.« Ich setzte mich auf den Zeitschriftenstapel hinter mir. »Ich war so froh, als du damit kamst. Denn ich hatte mir echt schon Gedanken gemacht. Ben, du kannst dir nicht vorstellen, wie ich anfangs gelitten habe.«

»Wieso?«

»Du warst zu direkt, ich habe die ganze Zeit Angst gehabt, du gehst zu weit. Man hat richtig gespürt, du wolltest das klären, wolltest dich bei ihr ins rechte Licht rücken. Und wie penetrant du immer wieder dieses Thema angeschnitten hast. Ben, ich bin aktiv geworden, weil du kurz davor warst, alles zu gefährden!«

»Schwachsinn«, wehrte sich Ben.

»Du hättest dich mal erleben sollen. Blumen, die Strickjacke, der Vortrag über den Trollfjord ... Ben, das war absolut schleimig!«

Er schwieg.

»Wenn ich nicht dazwischengegangen wäre, dann ...« Ich wartete einen Moment. »Also, was soll ich nun machen? Soll ich ihr aus dem Weg gehen? Kündigen?«

»Nein«, murmelte Ben zerknirscht. »Sie mag dich. Und vielleicht hast du recht. Möglicherweise war ich vorhin wirklich zu direkt.«

»Warst du.« Ich griff nach seiner Hand. »Aber ich habe das geradebiegen können. Alles wird gut. Ben, wir haben es geschafft, *du* hast es geschafft.«

»Hoffentlich!«

## 11

»Da hast du aber gerade noch die Kurve bekommen, nicht?« Martin sieht Felicitas mit einer Mischung aus Bewunderung und moralischer Entrüstung an.

»Kann man so sagen«, nickt das Mädchen ihm gegenüber. »Und ich fühlte mich gut dabei. Denn Ben und ich waren uns wieder ganz nah, zogen wieder an einem Strang. So schien es mir zumindest.«

»Soll heißen?«, hakt Martin nach.

»Ich dachte, wie Ben auch, das wir es geschafft hätten. Ich war überzeugt, dass die Zusage von Frau von Schal stand.«

# 11

Am nächsten Morgen klopfte ich kurz nach neun an Frau von Schals Kabinentür, aber niemand öffnete mir. Auf dem Weg zurück zum Aufzug traf ich Sven, den Kabinen-Steward. Von ihm erfuhr ich, dass Frau von Schal in der Nacht in die Krankenstation gebracht worden war. Diese Nachricht traf mich wie ein Tiefschlag. Ich eilte hinunter zum Hospital.

Zuerst wollten mich die von der Medizin-Crew nicht zu ihr lassen, doch nachdem sie per Telefon meinen Gesellschafterinnenstatus überprüft hatten, durfte ich zu ihr.

In dem Krankenhausbett sah sie klein und noch zerbrechlicher aus als sonst. Sie trug ein rosa geblümtes Nachthemd und lächelte, als sie mich erblickte.

»Kindchen!«, begrüßte sie mich müde. »Was machst du denn hier?«

»Was wohl, ich wollte zu Ihnen und dann sagte man mir …«

»Alles okay, mein junges Fräulein«, unterbrach sie mich. »Alles nicht wirklich ein Problem. Einfach ein kleiner Schwächeanfall. Der doppelte Wetterwechsel gestern war zu viel für mich.«

»Was war denn?«

»Ach, im Grunde gar nichts. Mir war etwas flau und dann habe ich den Fehler begangen, den Steward anzuklingeln. Und ehe ich wusste, wie mir geschah, war ich hier unten in der Krankenstation.«

»Das sagen Sie jetzt doch nur so!«

»Nein, es war so. Felicitas, es ist alles okay. Mir geht es gut. Ich bin nur noch nicht aufgestanden, weil die mich hier nicht aus dem Bett gelassen haben. Der Schiffsarzt will noch einmal kommen, das ist alles.« Sie setzte sich in ihrem Bett auf. »Kindchen, wärst du so gut und würdest mir aus meiner Kabine etwas zum Anziehen holen? Es wäre mir peinlich, im Nachthemd zurückzugehen …«

»Aber natürlich«, beeilte ich mich zu sagen.

»Einfach mein schwarzes Kleid und die Schuhe, die neben dem Bett stehen.«

»Gerne!«

»Hier, meine Schlüsselkarte!«

Ich ergriff die Plastikkarte und eilte hinauf zum Sky-Deck. Mit einem etwas mulmigen Gefühl öffnete ich die Tür und betrat ihre Suite. Ihr schwarzes Kleid hing über einem Bügel an der Tür zum Bad. Ich nahm die Schuhe, legte mir das Kleid über den Arm und lief schnell zurück.

Unten angekommen musste ich vor der Tür warten, denn der Schiffsarzt war bei ihr. Endlich ging die Tür wieder auf, der Doc kam mir mit energischen Schritten entgegen und ich durfte rein.

Wie ein kleines Mädchen saß Frau von Schal auf dem Bett, baumelte mit den Beinen und strahlte mich an.

»Alles in Ordnung, ich bin wieder frei!« Sie streckte mir auffordernd die Hände entgegen. »Der Arzt sagt, ich wäre gesund, ich sollte mich nur vielleicht etwas altersentsprechend verhalten. Ich wäre ja doch nicht mehr die Jüngste.«

Ich reichte ihr das Kleid.

»Als ich ihm gesagt habe, prima, dann kann ich ja heute den Landgang nach Tromsø mitmachen, hat er allerdings gedroht, sich persönlich an die Gangway zu stellen und aufzupassen, dass ich eben dies nicht machen würde.« Da Frau von Schal während sie sprach, zugleich begann, ihr Nachthemd aufzuknöpfen, drehte ich mich diskret weg.

»Also er meint, ich solle mich bis zum Nordkap hoch einfach etwas schonen. Dann allerdings dürfte ich mir die nördlichsten Fischerdörfer ansehen und sogar am Landgang bis Mitternacht teilnehmen.«

»Das freut mich!«, sagte ich. »Ich habe bei der letzten Fahrt den Ausflug mit Vincent mitgemacht. Honningsvåg ist echt ein Erlebnis.«

»Fertig!«

Ich drehte mich zu ihr um, reichte ihr die Schuhe und als sie vom Bett rutschte, bot ich ihr meinen Arm an.

»Danke, gerne …« Sie hakte sich bei mir ein, und nachdem sie sich von den beiden Krankenschwestern im Vorzimmer verabschiedet hatte, gingen wir langsam hinüber zu den Aufzügen. Ich drückte die Taste fürs Sky-Deck.

»Was denn?« Frau von Schal sah mich verwundert an. »Was wollen wir denn in meiner Suite?«

»Ich dachte, Sie wollten sich etwas schonen und sich hinlegen«, erwiderte ich.

»Ich hab genug gelegen, und mich ausruhen kann ich, wenn ich tot bin.« Sie drückte den Sensorknopf fürs Salon-Deck. »Jetzt wird erst einmal ordentlich gefrühstückt!«

Ich folgte ihr zum Lido-Büfett im Restaurant *Vier Jahreszeiten*. Wir setzten uns an einen der kleinen runden Tische und sie bestellte Tee und Rührei für uns beide.

»Ich möchte nichts, danke!«, wehrte ich ihre Einladung ab. »Ich habe schon unten in der Mannschaftsmesse gefrühstückt. Ich bin echt pappsatt. Glauben Sie mir, das Frühstück für die Crew steht dem hier in nichts nach.«

»Ja, das habe ich schon oft gehört«, nickte sie. »Selbst auf den klapprigsten Frachtschiffen ist die Küche erstklassig. Aber irgendwie verständlich, außer Essen bleibt den Matrosen ja nicht viel.«

»Sie haben mir echt Angst gemacht!«, sagte ich, nachdem der Steward uns den schwarzen Tee serviert hatte.

»Ach, Felicitas ...«, seufzte sie. »Ich wünschte wirklich, ich hätte dir nichts von meinem Herzen erzählt. Das wollte ich nicht. Glaub mir, wenn ich gewusst hätte, dass wir ...«

»Dass wir was ...?«

»Dass wir uns so gut verstehen und dass du so nett bist, mit mir alter Schachtel so viel Zeit zu verbringen – ich hätte das nie gesagt.«

»Wie meinen Sie das?«, fragte ich.

»Nun, also wie kann ich das ausdrücken ...«, begann

sie nach einer Weile. »Kennst du das nicht? Fremden gegenüber ist man teilweise viel offener als den Menschen, die einem etwas bedeuten. Jetzt, wo ich dich kenne, so viel mit dir zusammen bin … also wenn ich noch einmal die Wahl hätte, ich würde es dir lieber verschweigen. Denn …« Sie räusperte sich und ihre Stimme wurde unerwartet energisch. »Kindchen, es ist ja nicht so, dass ich schon mit einem Bein im Grab stehe. Ich bin zwar alt, aber vielleicht haben sich die Ärzte in Genf ja auch getäuscht! Passiert doch immer wieder! Ich fühle mich im Moment jedenfalls sehr, sehr lebendig, und bitte! Sieh mich nicht immer so an, als würdest du in deinem hübschen Köpfchen bereits meinen Nachruf schreiben! Ich brauche keine Krankenschwester! Mir geht es gut und ich will diese Reise einfach genießen!«

»Entschuldigung«, antwortete ich leise. »Das wollte ich nicht.«

»Es ist ja schön, dass du dir Sorgen um mich machst. Aber bitte kein Mitleid. Das ertrage ich nicht!«

»Wie gesagt … Entschuldigen Sie!« Ihre Worte trafen mich, taten mir weh und machten mich zugleich etwas wütend. »Ich werde versuchen, das abzustellen.«

»Ich bitte darum.« Ihr Rührei kam und nachdem sie die ersten Gabeln gegessen hatte, sah sie mich an und fragte: »Und darf ich noch etwas anmerken?«

Ich nickte.

»Kindchen, sei doch nicht immer so ernst!«

»Ich und ernst?«, fragte ich verblüfft.

»Aber sicher!« Sie musterte mich. »Wenn du nicht so jung aussehen würdest, vom Kopf, von deinen Ansichten, deinem Denken her würde ich dich auf Mitte vierzig schätzen.«

»Das ... das ...« Ich musste schlucken, wusste nicht, was ich dazu sagen sollte, außer, dass das gemein war.

»Was war ich in deinem Alter unbeschwert«, fuhr sie fort. »Was habe ich für Flausen im Kopf gehabt! Aber du, du bist so vernünftig. Und, Fee, ich zumindest will meine letzten Tage nicht mehr so langweilig vernünftig sein. Ich will leben, ich will was riskieren. Du kannst nichts mitnehmen, das letzte Hemd hat keine Taschen.«

»Dann wäre es vermutlich besser, Sie suchen sich jemand anderen, wenn ich Sie so ... runterziehe!« Ich schob meinen Stuhl zurück und wollte aufstehen.

»Nein, so meinte ich das nicht.« Sie griff nach meinem Arm. »Ich will nicht, dass du gehst. Ich bin gerne mit dir zusammen, aber bitte, ich will dir nicht dankbar sein müssen.«

»Das müssen Sie nicht!«, gab ich irritiert zurück. »Ich muss doch Ihnen dankbar sein.«

»Wofür?«, fragte sie und sah mich irgendwie lauernd an.

»Na, dass ich, anstatt irgendwelche blöden Jobs zu machen, mit Ihnen hier sitzen darf und auch noch dafür bezahlt werde«, erklärte ich. »Dass ich dank Ihnen nach Trondheim kam, dass ich Ben endlich gesagt habe, was ich für ihn empfinde ... dass ich so viel von Ihnen lernen kann.«

»Ach, Kindchen, wenn du wüsstest!«, seufzte sie und sah aus den großen Fenstern hinaus auf die Küste. Es dauerte eine Weile, bis sie ihren Blick und ihre Aufmerksamkeit wieder auf mich konzentrierte.

»Genieße die Zeit, die du erlebst, das möchte ich dir raten. Und das mit Ben und dir freut mich. Das wirst du vermutlich erst später einmal verstehen, aber es ist gut, dass ihr zusammen seid. Das machte es für mich leichter. Dann habt ihr wenigstens euch.«

»Jetzt klingen Sie so alt …«, murmelte ich.

»Mein junges Fräulein, du hast recht.« Sie reckte sich und holte tief Luft. »Das Leben ist zu kurz, um sich darüber Gedanken zu machen. Sorge dich nicht, lebe!«

»Okay!« Ich musste lachen. »Leben wir!«

Unser Leben bestand aus einer Runde Golf auf dem Sonnendeck, einem Besuch bei Ben im Laden, dann meisterten wir gemeinsam die Sicherheitsübung mitsamt Schwimmwestenanlegen und damit war der Vormittag auch schon vorüber und wir legten in Tromsø an.

Da sich Frau von Schal für einen Landgang zu schwach fühlte, blieben wir an Bord. Wir besuchten einen total genervten Ben in seinem Laden. Er stöhnte über sein übliches Zeitungsproblem mit den Gästen. »Die spinnen wirklich. Die wissen genau, wir legen erst um zwölf Uhr an, dann bekomme ich die neuen Tageszeitungen, aber belagern mich ab acht Uhr! Manche kommen in Viertelstundenabständen. *Ist die neue Bild da?* Ich kriege hier echt zu viel.«

»Dann mach doch mal eine Pause«, schlug ich vor.

»Lieber nicht«, war sein knapper Kommentar. »Noch eine Rüge kann ich mir nicht erlauben.«

»Aber du musst doch was essen?«, wunderte sich Frau von Schal.

»Ich esse was am Abend.«

»Nichts da«, sagte sie bestimmt. »Fee und ich holen dir was!«

Wir organisierten Ben ein Sandwich und saßen bei ihm, während er es aß.

»Ich habe da übrigens was für Sie!« Ben verschwand hinter seine Kassentheke und kam mit einem kleinen Päckchen zurück. »Das habe ich gestern Abend noch für Sie bestellt und heute kam es schon. War beim Grossisten vorrätig.«

»Ein Geschenk?«, freute sich Frau von Schal.

»Nichts Großes, aber ich dachte, vielleicht freuen Sie sich.«

Die alte Dame öffnete die graue Pappverpackung und fragte dann verwundert: »Was ist denn das?«

»*Schloss Gripsholm*«, erklärte Ben.

»Ja, aber das ist doch kein Buch!«

»Schon, aber anders. Das ist ein Hörbuch!«, freute ich mich. »Gesprochen von ... Uwe Friedrichsen ...«

»Der Schauspieler?«, wunderte sich Frau von Schal.

»Kennen Sie den?«

»Natürlich, aus dem Fernsehen ...« Sie drehte die CD-Box in ihren Händen. »Und was macht man damit?«

»Man legt die CD in den Player und dann bekommt man vorgelesen«, erklärte ich.

»Aha.«

»Ich dachte, vielleicht freuen Sie sich ja«, murmelte Ben, der offensichtlich mit einer stärkeren Reaktion gerechnet hatte.

»Ja, doch ...«, bedankte sich Frau von Schal.

»Wissen Sie was?«, schlug ich vor. »Wir beide setzen

uns oben bei Ihnen auf den Balkon, bestellen uns einen Tee und hören uns das mal an. Sie sollen sich doch schonen, damit Sie fit sind fürs Nordkap.«

»Wenn du meinst.«

»Ja, meine ich.« Ich hakte mich bei ihr ein. »Und ehrlich gesagt, ich bin schon ganz gespannt auf die Geschichte.«

»Geht es Ihnen nicht gut?«, fragte Ben besorgt, der ja von dem nächtlichen Krankenstationsaufenthalt nichts wusste.

»Ja, nein, also jetzt wieder ...«

## 12

Ein Geräusch an der Tür unterbricht Fee. Sekunden später steht Jenny in der Tür zur Küche. Sie stürzt auf Felicitas zu, die beiden umarmen sich und Jenny ruft freudig: »Hey, das ist ja geil. Du! Aber wieso bist du schon da, hast du nicht noch zwei Wochen?«

»Jetzt tu nicht so!« Fee sieht das große, knabenhaft gebaute Mädchen verärgert an. »Du weißt doch, dass Ben und ich schon früher vom Schiff sind.«

»Also von Ben wusste ich ... Aber dass du auch schon früher aufhörst, davon hat er nichts gesagt.«

»Ja, seid ihr denn nicht zusammen von Bord?«, mischt sich Martin ein.

»Nein«, flüstert Fee. »Ich bin erst nach Ben ...«

»Wie?«, fragt Jenny. »Dann weiß Ben gar nicht, dass du auch ...?«

Felicitas nickt.

»Aber wieso?«

»Ich habe es einfach nicht mehr ausgehalten«, versucht ihre Freundin zu erklären. »Ich bin einfach von Bord. Ich habe nicht einmal meine Sachen mitgenommen, ich wollte nur noch weg.«

»Wie, du bist einfach so weg?«

»Als Ben gehen musste, da bin ich zum Staff Officer und wollte auch kündigen«, beginnt Felicitas. »Aber der sagte Nein, ich würde gebraucht. So schnell würden sie keinen Ersatz finden. Ich habe ihm trotzdem gesagt, dass ich kündige. Da sagte er, das könne ich nicht. Ich hätte einen Vertrag unterschrieben. Er hat mir auch mein Seemannsbuch nicht geben wollen.«

»Spinnt der?«, wundert sich Jenny. Sie hat sich inzwischen auf Martins Hocker gesetzt und ihre langen Beine überkreuz geschlagen. »Das darf der doch gar nicht.«

»Das interessiert auf einem Schiff niemand«, schluchzt Fee und beginnt unvermittelt zu heulen. »Der hat mich in meine Kabine runtergebracht und eingeschlossen! Er hat gesagt, so einen Koller hätten viele während einer Cruise und das würde sich wieder geben.«

»Das ist doch Freiheitsberaubung!«, regt sich Martin auf. »Dafür kann der in den Knast kommen!«

»Ich hab an Bord noch von ganz anderen Dingern gehört«, widerspricht Fee, noch immer am Weinen. »Da gilt, der Kapitän ist Gott, Kaiser und Richter in einer Person. Und wenn der sagt, du bleibst, dann bleibst du. Die können dich einsperren, aussetzen …«

»Das glaube ich jetzt nicht!«

»Die *MS Astor* lief unter panamaischer Flagge«, erklärt Fee und schafft es, sich wieder zu beruhigen. »Da gelten keine deutschen Gesetze. Das ist wie arbeiten im Ausland. Das ist anders.«

»Und wie bist du dann doch von Bord gekommen?«, fragt Martin. »Musst du ja irgendwie, sonst wärst du jetzt kaum hier.«

»Bens Vater hat mich aus der Kabine gelassen. Und er hat mich auch von Bord gebracht. Er kannte den von der Security, der oben an der Passagier-Gangway Dienst hatte. Der hat dann für ein paar Sekunden weggesehen und ich konnte vom Schiff. Allerdings ohne Gepäck.«

»Wahnsinn«, staunt Jenny. »Das ist ja voll der Krimi.«

»Bens Vater will dafür sorgen, dass ich meinen Kram zugeschickt bekomme. Ebenso will er dafür sorgen, dass ich meine Heuer erhalte.«

»Wie Heuer …?«

»Ich hatte mir unterwegs nur einen Abschlag auszahlen lassen, 200 Euro. Mein eigentliches Gehalt wollte ich sparen und mir erst beim Ausmustern geben lassen.«

»Also hast du nichts …«

Fee nickt. »Alles, was ich hatte, war mein Pass und das Geld, das mir Bens Vater gegeben hatte.«

»Diese Schweine.«

»Immerhin bin ich von Bord.«

»Machst du mir einen Kaffee?« Jenny sieht Martin mit bettelnd hervorgeschobener Unterlippe an.

»Das kannst du doch selber.«

»Bitte, deiner schmeckt irgendwie besser.«

»Okay.«

»Du, sag …« Jenny wendet sich wieder ihrer Freundin zu. »Erzähl, wie lief das alles. Ben hat mir ein bisschen berichtet, aber was genau …«

»Weißt du, wo Ben ist?«, unterbricht sie Fee.

»Er hat mir eine SMS geschickt, dass er was klären müsste und sich dann wieder melden würde.«

»Und?«, fragt Fee. »Ich mache mir solche Sorgen um ihn. Ich kenne doch Ben, der hat was vor! Wenn er sich was antut …«

»Ben doch nicht.« Jenny zuckt entschuldigend mit den Schultern. »Ich habe versucht, ihn anzurufen, aber da kommt nur: Der Teilnehmer ist vorübergehend nicht erreichbar. Und auf SMS reagiert er auch nicht. Aber wieso fragst du? Habt ihr nicht telefoniert?«

»Mein Handy ist auf der *Astor*. Das hatte ich im Kids-Club liegen lassen und konnte es nicht mehr holen.«

»Du bist ohne Handy!« Jenny ist entsetzt. »Das geht ja gar nicht. Da würde ich mich schrecklich fühlen, das ist wie ohne …« Ihr fällt kein Vergleich ein.

»Ja, ist halt so.« Fee ist genervt. »Du fragst, was los ist. Ich war gerade dabei, Martin alles zu berichten. Ben hat dir von Frau von Schal erzählt?«

Jenny nickt. »Die alte Frau mit dem wahnsinnigen Angebot.«

»Du sagst es. Wahnsinnig …« Fee seufzt.

## 12

Es war ein total entspannter Nachmittag, den Frau von Schal und ich uns dann machten. Wir saßen dick in Wolldecken eingepackt auf ihrem Balkon, hörten diese echt süße Geschichte von Tucholsky und tranken Tee. *Schloss Gripsholm* ist ein kurzer Roman, in dem zwei Verliebte ein paar Wochen Urlaub in Schweden machen, ein Freund und eine Freundin sie besuchen kommen und sie ein kleines Mädchen aus einem Kinderheim befreien. Nichts Besonderes, würde ich sagen, aber nett erzählt. So harmlos. Bis auf die eine Szene, in der sie einen Dreier machen. Und das nicht auf Wunsch des Kerls, sondern die beiden Frauen, genauer, seine Freundin will das.

»Und Ihr Mann ist Karlchen?«, fragte ich, nachdem wir die CDs durchgehört hatten. Karlchen heißt der Freund, der in der Geschichte zu Besuch kommt.

»Wie kommst du darauf?«, fragte Frau von Schal.

»Ja, also, das hat Ben mir erzählt ...«, antwortete ich irritiert.

»Ach so!« Die ältere Dame in dem Sessel neben mir schlug sich gegen die Stirn. »Wo habe ich nur meinen Kopf. Natürlich, klar. Also ...« Sie zögerte und sagte:

»Ich stehe heute etwas auf dem Schlauch. Was genau habe ich Ben erzählt …?«

»Dass Ihr Hans und Kurt Tucholsky Freunde gewesen sind. Dass er das Vorbild für diesen Karl war.«

»Ja, so war es.« Frau von Schal nickt. »Entschuldige, Felicitas. Offensichtlich hat mich das heute Nacht doch mehr mitgenommen, als ich es mir eingestanden habe. Dass ich mit Ben darüber gesprochen habe, war mir völlig entgangen.«

»Ich bin so froh, dass zwischen Ben und mir alles klar ist«, sagte ich.

Die alte Dame nickte müde.

»Ja, wirklich. Und ich verstehe nun auch, warum Sie dieses Buch so mögen. Das ist schön, wie die beiden da zusammen sind. Es ist alles so leicht zwischen denen.«

»Bei euch denn nicht? Kindchen, ihr seid doch frisch verliebt, da sollte das aber schon …«

»Weiß ich nicht.« Ich zuckte mit den Schulten. »Natürlich irgendwo schon. Aber die in dem Buch, die sind doch nie richtig ernst. Also bis auf die Stellen, wo sie das Kind aus dem Kinderheim befreien. Waren früher die Menschen so …« Ich suchte nach dem passenden Wort.

»Unbeschwert?«

Ich nickte.

»Nein.« Frau von Schal beugte sich vor. »Die Menschen an sich waren zu keiner Zeit unbeschwert. Wieso sollten sie auch? Jeder hat so seine Probleme. Und wenn du genau hinhörst, dann spürst du, dass die beiden da auch nur so leicht miteinander sind, weil sie Urlaub haben. Verliebt und im Urlaub, da sieht die Welt anders aus. Doch dort, wo sie herkommen und auch wieder zurückmüssen, braut sich derweil ein Unwetter zusammen, baut sich das Dritte Reich auf.«

»Das wusste ich nicht«, antwortete ich und versuchte, das Thema zu wechseln. »Und, habe ich Sie von Hörbüchern überzeugt?«

»Willst du eine ehrliche Antwort?«, fragte sie.

»Natürlich!«, gab ich knapp zurück. »Warum würde ich sonst fragen.«

»Nun ...« Sie sah mich nachdenklich an. »Es ist natürlich schön bequem. Man muss nicht selber lesen und kann in die Ferne sehen. Schon eine Verführung.«

»Sehen Sie, es gefällt Ihnen.«

»Ja natürlich. Allein dieser Stimme könnte ich stundenlang zuhören.« Frau von Schal zog ihre Wolldecke etwas enger um die Schultern. »Aber mir fehlt das Eigene.«

»Wie?«

»Es ist nicht mehr das Original. Ich mache mir nicht mehr selbst die Sätze im Kopf. Ich bekomme eine Interpretation. Zugegeben, durchaus eine gefällige Interpretation, aber nicht meine.«

»Verstehe«, sagte ich etwas enttäuscht.

»Sagen wir es so: Richtig gehört einem etwas, wenn man es sich selbst erarbeitet hat. Das ist andernfalls zu leicht, man bekommt im Leben nichts geschenkt. Nein, nein, was man geschenkt bekommt, wird einem nie richtig gehören.«

»Das sehe ich anders.«

»Du wirst deine Erfahrungen machen.« Sie lächelte.

»Da bin ich mir sicher.«

»Wenn Sie das sagen ...«

»Was sind schon Worte. Ein schöner Klang für den Moment, nichts von Dauer. Nein, mein liebes Fräulein. Ich bleibe lieber bei meinen Büchern. Nur was man schwarz auf weiß besitzt, kann man getrost nach Hause tragen. Aber dieses Goethe-Zitat kennst du ja sicher. Zum Thema Erfahrungen möchte ich dir jedoch noch etwas anderes sagen«, sprach sie nachdenklich weiter.

»Ja?«, fragte ich.

»Das Leben ist lang und abgerechnet wird zum Schluss. Daher bringt es nichts, sich groß Gedanken zu machen. Was nicht heißen soll, man soll nichts tun. Eher im Gegenteil, man soll alles versuchen. Das Schlimmste, was passieren kann ist, dass es nicht klappt. Dann ist man so klug wie vorher, hat es aber zumindest probiert und ist um eine Erfahrung reicher. Wenn man sich das verinnerlicht, dann bekommt man vielleicht eine gewisse innere Unbeschwertheit.«

»Haben Sie die?«

»Nein.« Frau von Schal lächelte. »Aber mein Hans, der hatte sie. Und dein Ben, der hat sie auch.«

»Meinen Sie wirklich?«

»Ja, die beiden sind voller Freude und Neugier aufs Leben, sind bereit, etwas zu riskieren, gehen voran.«

»Geben Sie Ben deswegen Hans' Erbe?«, fragte ich. »Weil sie sich so ähneln?«

»Ja. Und ehrlich gesagt ...« Sie sah mich abschätzend an. »Genau deshalb habe ich auch doch so meine Bedenken.«

»Trauen Sie Ben das nicht zu?«, fragte ich und spürte, wie ich mich innerlich empörte.

»Natürlich traue ich das Ben zu. Ich bin mir sicher, er hat nur lautere Motive. Aber ich kannte auch meinen Hans und weiß, er konnte nie mit Geld umgehen. Sportwagen, teure Urlaube, ich musste nur einen Wunsch äußern, schon hat er mir das gekauft. Und Ben ist auch so, oder?«

»Kann sein«, murmelte ich. »Dazu kennen wir uns zu kurz, als dass ich das sagen könnte.«

»Glaub mir, mein Kindchen, so ist er, ich kenne diesen Typus gut.«

»Aber das ist doch nichts Schlechtes.«

»Natürlich nicht.« Frau von Schal sah hinaus auf Tromsø. »Nur frage ich mich, ob das viele Geld gut für ihn ist. Ob ihn das nicht von seinem Weg abbringt.«

»Das glaube ich nicht.«

»Was, wenn du dich irrst?«, wandte sie ein.

»Dann wollen Sie ihn doch nicht zu …« Ich zögerte, hatte jedoch keine Wahl, ich konnte meine Frage nur offen aussprechen. »Sie wollen ihn doch nicht zu Ihrem Erben machen?«

»Doch, schon … aber ich weiß nicht, ob er damit klarkommt«, wog sie laut vor mir ab. »Er ist ehrlich, er ist nett, er ist interessiert, er ist belesen, ich wüsste Hans' literarisches Lebenswerk bei Ben gut aufgehoben. Keine Frage. Aber das Wirtschaftliche … Ben ist, was das angeht, so unbedarft.«

»Da täuschen Sie sich sicher!«

»Mein junges Fräulein«, ermahnte sie mich. »Da brauchst du gar nicht so empört dreinschauen. Du weißt genau, worüber ich spreche. Wer von euch beiden ist der, sagen wir mal Solidere …?«

»Ich …«, sagte ich nach einer kurzen Schweigepause.

»Dann verstehst du sicherlich, weswegen ich mir Gedanken mache«, triumphierte sie. »Wenn du das bereits erkannt hast, obwohl er und du erst so kurz zusammen seid.«

»Aber Ben verlässt sich auf Sie«, sagte ich.

»Es ist ja nicht so, dass ich es nicht mehr so machen will.«

»Und wenn ich Ben dabei unterstützen würde?«, schlug ich leise vor. »Also nicht, dass ich mich da aufdrängen möchte, aber Ben und ich als Paar, das wäre doch dann vielleicht optimal.«

»Kindchen, ihr seid seit … zwei Tagen zusammen.« Frau von Schal sah mich erneut mit diesem eigenartigen milden Lächeln an. »Wie kannst du da schon derart die Zukunft planen?«

»Ich habe es Ihnen bereits in Trondheim gesagt. Ich weiß, er ist der Richtige.«

»Ach stimmt, das habe ich vergessen«, sagte sie mit einem gemeinen ironischen Unterton. »Das ändert natürlich alles.«

»Ja!«, sagte ich trotzig.

»Das nenne ich verliebt sein«, seufzte sie. »Und weißt du was? Vielleicht hast du ja sogar recht.«

»Wie?«

»Nun, ich könnte euch natürlich beide zusammen … oder besser noch … Ben bekommt seine Stiftung und du übernimmst die Rechte. Ach, nein, geht ja nicht. Du bist erst sechzehn.« Sie richtete sich erschrocken in ihrem Sessel auf. »Ist Ben denn eigentlich volljährig?«

»Nein.« Ich spürte, wie ich quasi den Boden unter den Füßen verlor. Unvermittelt kam alles ins Rutschen, was Ben und ich uns mühsam erarbeitet hatten. »Ist das ein Problem?«

»Natürlich!« Frau von Schal war plötzlich blass im Gesicht. »Daran habe ich ja gar nicht gedacht. Der Junge ist noch nicht volljährig, was mache ich denn da ...«

»Es gibt sicher eine Lösung«, versuchte ich sie und mich zu beruhigen.

»Und welche?«

»Weiß ich nicht. Ben wird da bestimmt was einfallen.« Ich hielt es in meinem Sessel nicht mehr aus und stand auf. »Er ist siebzehn, er wird im Dezember achtzehn. Das ist in knapp fünf Monaten.«

»Was, wenn ich vorher zu Hans gerufen werde?«

Unten an Land hatte das Ablegemanöver begonnen, weiß schäumte das Wasser zwischen Kai und Schiffswand, ein Vibrieren ging durch die *MS Astor*.

»Ich brauche eine verlässliche Lösung«, murmelte Frau von Schal.

»Uns wird sicher etwas einfallen.«

# 13

»Und dir ist selbst da kein Verdacht gekommen?« Jenny hält es nicht mehr auf ihrem Stuhl. Sie beginnt, durch die Küche zu tigern. »Ich meine, das war meine erste Reaktion, als Ben mir das gemailt hat. Nicht nur, dass dieses Angebot zu verlockend war, um wahr zu sein, nein, dann auch noch dieses Rumgeeiere.«

»Ich kann da nur für mich sprechen«, erwidert Fee. »Ich hatte keinerlei Zweifel. Zumindest zu diesem Zeitpunkt noch nicht.«

»Und Ben?«, fragt Martin.

»Der auch nicht«, antwortet Fee.

»Da täuschst du dich aber«, widerspricht ihre Freundin. »Der war da schon längst misstrauisch.«

»Echt?«, fragt Fee verdutzt. »Du meinst, Ben hatte schon Verdacht geschöpft, bevor das am Nordkap passierte?«

»Hat er mir jedenfalls gemailt.«

»Darf ich die Mail sehen?«, bittet Fee.

»Geht nicht.«

»Wieso nicht?«

»Weil mein Rechner bei Finn ist, der installiert mir irgendein neues Betriebssystem oder wie das heißt …«, entschuldigt sich Jenny. »Aber ehrlich, Ben hat mir, noch bevor ihr am Nordkap wart, gemailt, dass er Frau von Schal inzwischen irgendwie komisch finden würde. Dass er das alles eigenartig fände.«

»Was fand er eigenartig?«, hakt ihre Freundin nach.

»Dass Frau von Schal plötzlich dich so ins Spiel brachte. Dass sie sich auf einmal mehr für dich als für ihn interessierte. Das wunderte ihn.«

»Was hat er noch gemailt?«

»Dass er da mal etwas nachforschen wolle.«

»Davon hat er mir nichts erzählt.«

»Vielleicht wollte er dich nicht verunsichern«, versucht Martin, sie zu beruhigen. »Und das am Nordkap. Was genau ist denn da geschehen, Jenny hat so ein paar Andeutungen gemacht …?«

»Hat Ben dir dazu auch gemailt?«, wendet sich Felicitas gereizt an ihre Freundin.

»Klar, wieso nicht. Er hat vielen Leuten gemailt. Oft per Verteiler. Oder er hat die News gleich bei Facebook eingestellt.«

»Das weiß ich inzwischen auch.«

»Hast du das nicht gewusst?«

Felicitas schweigt gekränkt.

»Jetzt erzähl doch, was war da am Nordkap«, wiederholt Martin seine Frage.

# 13

Nachdem wir Tromsø verlassen hatten, legten wir gleich am nächsten Morgen in Hammerfest an. Frau von Schal, wie auch viele der anderen Passagiere, nutzten das Angebot der Reederei für eine Überlandfahrt zum Nordkap beziehungsweise nach Honningsvåg, wo dann gegen Abend auch die *MS Astor* eintreffen würde. Ich hatte die Tour bei unserer ersten Cruise als Kinderbetreuerin von Vincent mitgemacht. Absolut geil – die Landschaft dort oben, endlich mal wieder auf festem Boden unterwegs und dann das Nordkap selbst. Am nördlichsten Punkt Europas zu stehen hat einfach was. Ehrlich.

Doch was Ben brachte, überraschte mich total. Noch dazu, da wir am Vorabend lange miteinander gesprochen hatten. Nachdem ich Frau von Schal verlassen hatte, waren wir zusammen im *Dschungel* gewesen. Es gab so viel, was ich Ben erzählen musste.

»Und sie war echt auf der Krankenstation?«

»Die ganze Nacht. Sie ist umgekippt.«

»Geht es ihr wieder gut?«

»Ja.« Ich nickte. »Aber, Ben, es gibt ein neues Problem.«

»Und welches?«

»Du bist noch keine achtzehn.«

»Und?«

»Sie sagt, das ginge daher nicht. Sie behauptet, dass dann ein Vormund oder so eingesetzt werden müsste.«

»Das stimmt nicht!« Ben ging hoch wie eine Rakete. »Ich hab das im Internet gecheckt. Ich bin eingeschränkt geschäftsfähig. Was soll das überhaupt! Will sie jetzt einen Rückzieher machen? Du warst doch gestern dabei. Du hast ihre Zusage gehört. Sie hat mir das versprochen!«

»Was sind schon Worte. Ein schöner Klang für den Moment, nichts von Dauer. Nur was man schwarz auf weiß besitzt, kann man getrost nach Hause tragen«, wiederholte ich Frau von Schals Äußerung.

»Was soll denn das jetzt?«

»Ben!« Ich griff nach seiner Hand, die das Bierglas umklammert hielt. »Sieh es, wie es ist. Wenn Frau von Schal heute Nacht in ihrer Kabine stirbt, dann haben wir nichts in der Hand.«

»Dann muss sie ein Testament machen. Das geht doch auch handschriftlich, einfach ihren Letzten Willen.«

»Und wenn es nicht mehr ihr letzter Wille ist? Wir können sie doch nicht zwingen.«

»Das will ja auch keiner. Aber es muss doch möglich sein, das richtig zu regeln.« Ben zog seine Hand von mir weg. »Immerhin hat sie es mir versprochen!«

»Du kannst aber nicht einfach da hochgehen und sie bitten, ihr Testament zu machen!«

»Nein«, räumte Ben ein. »Das kann ich nicht.«

»Gut.«

»Was hat sie morgen vor?«, fragte er mich.

»Sie wird die Überlandfahrt zum Nordkap machen. Aber ich hätte morgen sowieso nicht gekonnt. Der Cruise Director war vorhin bei mir. Ich bin wieder für die Kinderbetreuung eingeteilt.«

»Mist.«

»Du sagst es«, stimmte ich ihm zu. »Könnten diese Kinder nicht noch länger Scharlach haben?«

An dem Abend gab es eine spontane Party der Gallery und Ben und ich waren beide so frustriert, dass wir es verpeilten, den Absprung hinzubekommen. Die von der Crew rissen uns einfach mit, und nachdem ich die ersten beiden Wodka-Red-Bull intus hatte, war mir alles egal. Jetzt war jetzt, morgen war morgen und das Leben war scheiße.

Am nächsten Morgen begann mein Dienst im Kids-Club gleich um acht Uhr. Und hatten Heike und ich gehofft, viele Familien würden an der Überlandfahrt teilnehmen, so hatten wir uns getäuscht. Über die zwei Schließungstage waren die meisten Eltern tierisch verärgert. Direkt nach Öffnung deponierten sie ihre Kinder bei uns und fuhren allein zum Nordkap. Das war hart, denn das bedeutete, wir waren für die über dreißig Kinder bis zum Abend verantwortlich. Komplett, den ganzen Tag. Nicht einmal eine Mittagspause konnten wir machen, die Kinder mussten auch dann noch von Heike und mir betreut werden.

Und ich war so verkatert. Ich war am Abend derart fertig, dass ich, nachdem die letzten Eltern ihr Kind abgeholt hatten, einfach auf dem Bauteppich sitzen blieb und heulte. Ich konnte nicht mehr. Heike ging es nicht anders, auch sie war fix und alle, und so saßen wir sicher eine halbe Stunde in dem endlich kinderfreien Raum und starrten an die Wand.

Irgendwann hatte ich mich dann aber doch berappelt, habe es in meine Kabine geschafft und nach einer halben Stunde unter der Dusche war ich wieder so weit beisammen, dass ich wenigstens einigermaßen denken konnte.

Mein erster eigener Gedanke an diesem elend langen Tag war, was gibt es Neues von Frau von Schal, wie geht es Ben?

Ich hatte mit allem gerechnet, nur nicht mit dem, was Ben mir dann im *Dschungel* berichtete.

Er saß allein an einem Tisch in der Ecke, vor sich eine große Cola, und sah so aus, wie ich mich vor einer halben Stunde gefühlt hatte.

»Ben, was ist?«, fragte ich und setzte mich neben ihn.

»Ich habe es vermasselt«, flüsterte er. »Alles total vermasselt!«

»Aber, was denn?« Ich rutschte auf der Bank zu ihm rüber, wollte ihn in den Arm nehmen, doch er ließ es nicht zu. Er wehrte meinen Arm ab und schob mich weg.

»Das Ganze ist gelaufen, ich habe es vermasselt. Ich bin so blöd! So blöd!«

»Jetzt erzähl doch endlich«, drängte ich. »Ich hab nichts mitbekommen, ich war den ganzen Tag mit diesen nervenden Kindern zusammen. Ist was mit Frau von Schal?«

»Was für eine Frage. Ja!«, brach es aus Ben heraus.

»Nun erzähl endlich!«

»Nicht hier.« Ben packte sein Glas und stand auf. Ich folgte ihm hinaus auf das Personaldeck. Im hellen Licht der nordischen Mittsommernacht lagen unter uns die Häuser des kleinen Fischerdorfes Honningsvåg. Der Ort schien zu schlafen, so still war es.

»Ben, du musst es mir erzählen«, bat ich leise. »Du kannst mir alles sagen, das weißt du doch.«

»Hast du schon mit Frau von Schal gesprochen?«, fragte er. Ich schüttelte den Kopf. »Nein, ich bin direkt vom Kids-Club hierher.«

»Gut.« Ben seufzte. »Dann erzähle ich besser von Anfang an. Heute Morgen kam Frau von Schal gleich um kurz nach acht zu mir in den Laden. Sie wartete, bis sich der erste Schwall der Tageszeitungsjunkies mit neuem Stoff versorgt hatte, dann sprach sie mich an.

*»Hallo, Ben«, sagte sie. »Viel zu tun?«*

*»Das Übliche«, antwortete ich. »Aber bald wird es weniger. Und bei Ihnen, alles okay?«*

*Sie nickte und erklärte mir: »Schade, dass Fee heute wieder bei ihren Kindern sein muss.«*

*»Ist ihr Job«, antwortete ich.*

*»Ja, dennoch sehr bedauerlich. Ich hatte mich ja zu der Überlandfahrt zum Nordkap angemeldet.«*

*»Ja und?«*

*»Alleine werde ich das aber nicht machen können.«*

*»Die Reiseleitung kümmert sich doch um alles, Sie müssen denen nur sagen, dass Sie etwas Hilfe benötigen ...«*

*»Ach, das ist nicht meine Art. Das mag ich nicht.« Sie lächelte entschuldigend. »Dazu bin ich zu ... stolz. Ich kann nicht so gut Bitte sagen.«*

*»Soll ich Sie begleiten?«*, *schlug ich aus einer plötzlichen Idee heraus vor. Ich hatte die Nase von dem Laden voll, und zudem war ich mittlerweile in meinem Denken an einem Punkt angekommen, wo ich nur noch endlich diese Angelegenheit klären wollte. Ich konnte inzwischen an gar nichts anderes mehr denken. Immer die gleiche Schleife. Wie kann ich das festmachen? Wie kann ich Frau von Schal überzeugen? Wie schaffe ich endlich Tatsachen? Es war mir egal, was mein Chef dazu sagen würde, wenn ich den Laden einfach zumachte. Von mir aus konnte er mein komplettes Gehalt einbehalten, wenn ich nur endlich das mit Herrn Bergmanns Erbe geklärt hätte. Die Zeit arbeitete gegen mich, womöglich war hier meine letzte Chance.*

*»Aber das geht doch nicht!«, wandte sie ein. »Du musst doch arbeiten.«*

*»Ach was, das geht schon klar.« Ich zeigte auf die nur noch wenige Zentimeter hohen Zeitungsstapel. »Ist doch alles so gut wie weg. Keine Widerrede, Frau von Schal, ich begleite Sie!«*

*»Mein lieber Junge, das kann ich wirklich nicht verlangen.«*

*»Wann fährt der Bus ab?«*

*»Um neun Uhr!«*

*»Dann sehen wir uns am Bus!«*

*Dank meines Status als Konzessionär fragte niemand, als ich den Laden zumachte und einfach an den wartenden Reisebussen auftauchte. Okay, einer der Reiseleiter wollte schon wissen, was ich hier wollte. Ich habe ihm geantwortet, dass ich einen freien Tag hätte und zudem was in Honningsvåg klären müsse. Das reichte. Logisch würde ich später Stress bekommen, mit meinem Chef, meinem Vater, aber ich hatte keine Wahl. Ich konnte nicht anders handeln.*

*Im Bus habe ich neben mir einen Platz freigehalten und auf Frau von Schal gewartet.*

*»Und das kannst du wirklich einfach so machen?«, fragte sie erneut, kaum dass sie Platz genommen hatte.*

*»Kein Problem«, antwortete ich. »Das habe ich alles geregelt.«*

*»Du musst es wissen!«*

»Spinnst du denn?«, unterbrach ich Bens Bericht. »Du kannst doch nicht einfach so den Laden zumachen und dich in den Bus setzen.«

»Du siehst doch, dass ich es konnte! Ich hatte keine Wahl!«

»Erzähl weiter!«

*»Wie gesagt, du musst es wissen!«, wiederholte Frau von Schal und dann ging es los. Während der Fahrt hoch zum Nordkap sprachen wir über dich, über ihren Mann, sie erzählte mir von eurem gestrigen Tag und wie glücklich sie wäre, dass du und ich uns gefunden hätten. Sie und ich redeten die ganze dreistündige Fahrt über, wobei es, ehrlich gesagt, mehr ich war, der redete. Sie sah meist aus dem Fenster in diese wirklich beeindruckende Landschaft, in der fast nichts mehr wuchs. Schließlich kamen wir am Nordkap an, die Busse hielten vor der großen Nordkap-Besucherhalle und über Lautsprecher wurde uns mitgeteilt, dass wir nun zwei Stunden zur freien Besichtigung hätten. Frau von Schal wollte in die Ausstellung, aber ich sagte ihr, dass es hier draußen viel schöner wäre.*

*»Außerdem habe ich eine Überraschung für Sie.«*

*»Ach nein, eine Überraschung?«*

*Ich hakte mich bei ihr ein, und während die anderen Passagiere samt den Begleitern der Crew durch den kalten Wind,* der hier oben blies, in die Nordkap-Halle eilten, führte ich sie hinüber zum Taxistand.

»Wo willst du denn mit mir hin?«, fragte sie verunsichert.

»Nach Skarsvåg, einem kleinen Fischerdorf, etwas nördlich von hier.«

»Und was wollen wir da?«

»Wir sehen uns das Felstor Kirkeporten an. Das muss unglaublich sein. Ein natürliches Fenster in einer Felswand und dort hindurch hat man den ultimativen Blick auf das Nordkap selbst beziehungsweise auf das Hornet, das eigentliche Nordkap-Horn. Der Ausblick soll großartig sein.«

»Meinst du, das ist eine gute Idee?«, sagte sie etwas beunruhigt, während ich bereits die Tür zum Taxi öffnete und ihr hineinhalf.

»Ja, das muss man einfach gesehen haben und Sie werden es garantiert nicht bereuen.«

Die Taxifahrt nach Skarsvåg dauerte etwa zehn Minuten. Und ich nutzte die Gelegenheit, mit ihr so ganz allein zu sein, um sie auf das anzusprechen, was endlich geklärt werden musste.

»Frau von Schal …«, begann ich.

»Ja, Ben?« Sie sah aus dem Autofenster.

»Fee hat mir gesagt, dass Sie Bedenken haben.«

»Na ja, Bedenken …«, antwortete sie. »Es geht einfach nicht. Du bist noch nicht volljährig. Du bist noch nicht geschäftsfähig!«

»Aber wen stört das?«, widersprach ich. »In nicht einmal einem halben Jahr bin ich es. Das ist überhaupt kein Problem.«

»Das sehe ich anders.«

»*Dann machen Sie also einen Rückzieher. Sie haben es versprochen!*«

»*Was heißt Rückzieher*«, wich sie mir aus. »*Es geht einfach nicht. Und ich habe gar nichts versprochen. Ben, du bist siebzehn ... Rechtlich gesehen ...*«

»*Wie gesagt, das sehe ich nicht als Problem*«, beharrte ich. »*Und darf ich sagen, was ich denke?*«

*Sie nickte verschüchtert.*

»*Sie wollen einfach nicht mehr. Ich weiß nicht, ob es an Fee liegt, aber Sie vertrauen mir nicht mehr!*«

»*Natürlich vertraue ich dir.*«

»*Wirklich. Frau von Schal ...*« *Ich suchte nach Worten.* »*Verstehen Sie mich doch! Ihr Angebot hat alles für mich verändert. Bislang habe ich immer nur in meiner kleinen Welt geplant. Ich mache Abitur, dann Zivildienst, studiere auf Lehramt und werde Lehrer. Und dann, wumm, kommen Sie mit diesem Angebot. Sie wissen genau, was Sie mir da präsentiert haben. Eine unfassbare Chance, einen Traum. Und ehrlich gesagt, ich will darauf nicht mehr verzichten. Ich kann nicht mehr zurück! Verstehen Sie mich?*«

*Der Taxifahrer hielt außerhalb des Ortes Skarsvåg auf einem kleinen Parkplatz vor einem Campingplatz. Ich bezahlte das Taxi und bat den Fahrer, auf uns zu warten, wir wollten nur eben zum Kirkeporten. Er nickte. Ich hakte mich erneut bei Frau von Schal ein und führte sie den Weg zur Küste hinüber.*

»*Auf dem Schild steht, das sind 2,5 Kilometer, das ist zu weit!*« *Sie blieb stehen.*

»*Ach was, das ist ein Katzensprung.*«

»*Das ist zu weit für mich!*«

»*Ich bin doch bei Ihnen!*« *Ich hielt sie weiter fest an ihrem*

*Arm gepackt und schob sie den schmalen Weg entlang.* »Der Ausblick muss phänomenal sein!«

»*Ben, das schaffe ich wirklich nicht. Und es ist auch zu kalt, meine Jacke ist viel zu dünn. Ich bin für einen derartigen Ausflug gar nicht gerüstet.*« *Sie sah mich nervös an und ich versuchte, sie mit meinem schönsten Ben-Lächeln zu beruhigen.* »Frau von Schal, vertrauen Sie mir doch einfach. Ehrlich, Sie werden mir dankbar sein, das verspreche ich Ihnen. Und wenn Sie sehen, was dieser tolle Junge Ihnen so alles zu bieten hat, dann überlegen Sie sich das eventuell doch noch einmal mit dem Erbe.«

»*Das habe ich bereits.*« *Frau von Schal drückte meinen Arm.* »*Ich habe mich entschieden. Wir machen das so, wie du denkst.*«

»Ehrlich?« *Ich konnte es kaum fassen.* »Meinen Sie das jetzt ernst?«

»*Aber sicher doch*«, *keuchte sie.*

»Wäre es Ihnen recht, wenn wir das schriftlich regeln würden?«, *fragte ich.*

»*Wie, schriftlich?*«

»Nun, dass Sie einfach so eine Verfügung aufsetzen. Eine Willenserklärung.«

»*Du meinst ein Testament?*«, *flüsterte sie erschrocken.*

»So etwas in der Art.«

»*Hier draußen?*« *Sie sah sich verängstigt um, wir waren allein hier draußen, das Taxi war gegen die Absprache vom Parkplatz verschwunden, einzig der Campingplatz mit den Wohnmobilen und Zelten war neben uns in dieser Einöde.*

»Natürlich nicht.« *Ich tätschelte beruhigend ihren Arm.* »Wir können das auf dem Rückweg im Warmen machen. Haben Sie nicht gesehen, am Campingplatz ist ein kleines Café.«

»Bitte, Ben, ich möchte lieber gleich ins Café«, bat sie. »Meine Knie, ich möchte wirklich nicht zu diesem Felstor. Bitte.«

»Aber Frau von Schal«, beruhigte ich sie. »Wenn Sie das nicht möchten, selbstverständlich! Dann gehen wir sofort ins Café, ich lade Sie auf einen Tee ein und dann regeln wir das gleich.«

»Einverstanden.«

Eine Viertelstunde später hatte ich, was ich wollte. Eine handschriftliche Erklärung, in der Frau von Schal verfügte, sie vermache mir das komplette Erbe ihres Mannes H.G. Bergmann mit allen Nutzungs- und Verwertungsrechten. Sollte sie sterben, bevor ich volljährig sein sollte, dann würde für die Übergangszeit, bis ich volljährig würde, ein vom Gericht bestellter Vormund das Erbe verwalten. Gezeichnet Bärbel von Schal.

»Bist du jetzt zufrieden?«, fragte sie.

»Sind Sie zufrieden?«, fragte ich zurück.

»Wenn es das ist, was du brauchst, ja.«

Ich bat den Kellner im Café, uns ein Taxi zu bestellen, und eine halbe Stunde später waren wir wieder an der Besucherhalle. Die anderen Passagiere hatten derweil ihr Besichtigungsprogramm absolviert, und so stiegen Frau von Schal und ich ganz normal mit ihnen in den Bus und fuhren nach Honningsvåg, wo bereits die MS Astor auf uns wartete.

Frau von Schal war offensichtlich sehr müde, der Ausflug hatte sie doch mehr angestrengt, als ich vermutet hatte. Mehrfach schlief sie neben mir auf dem Sitz ein und erst als wir im Hafen ankamen, wurde sie wieder munter. Ich bot ihr an, sie zurück zu ihrer Kabine zu bringen, doch sie meinte, das würde sie lieber alleine machen. Ich hätte heute schon genug für sie getan.

# 14

»Jetzt reicht es aber! So war das doch gar nicht!« Jenny hat rote Flecken im Gesicht und sieht Fee empört an. »Das war anders, du verdrehst das total.«

»Wie, ich verdrehe das?«, empört sich Fee.

»Ja, was du da erzählst, war in Wahrheit ganz anders«, beharrt ihre Freundin. »Niemals hat dir Ben das so erzählt.«

»Ach nein?«

»Ja, weil es nämlich nicht so war. Ben hat mir das ganz anders geschildert. Total anders.« Jenny sieht Fee herausfordernd an. »Soll ich dir was sagen? Du versuchst, uns hier die Version von deiner Frau von Schal als Bens Version zu verkaufen. Im Unterschied zu Martin weiß ich aber von Ben, was du da anschließend durchgezogen hast.«

»Blödsinn!«

»Ist es nicht. Das war komplett anders, und nur weil du dich für Frau von Schal und gegen Ben entschieden hast, willst du das jetzt so schönen.«

»Tue ich nicht!«

»Ach ja?« Jenny wirft Martin einen kurzen Blick zu. »Es war Frau von Schal, die Ben angebettelt hat, den Laden zu schließen. Es war diese Frau von Schal, die zu dem bescheuerten Kirkeporten wollte, sie hat auf den Ausflug mit dem Taxi bestanden, sie hat ihm in diesem Café diese schriftliche Erklärung direkt aufgedrängt!«

»Warum hätte sie das machen sollen?«, giftet Fee.

»Das weiß ich nicht. Fakt ist jedenfalls, sie hat es getan. Egal warum.«

»Hat sie nicht.«

»Hat sie doch!«

»Jetzt kommt, beruhigt euch, das bringt doch nichts«, mischt sich Martin ein. »Keiner von uns war dabei, keiner weiß, was da wirklich geschehen ist, oder?«

Fee zuckt mit den Schultern und Jenny greift zu ihrer Handtasche, öffnet sie und zieht eine Schachtel dünner Zigarillos heraus.

»Ich dachte, du hättest aufgehört?«, fragt Fee giftig.

»Was geht dich das an.« Jenny öffnet die Balkontüre, zündet ihren Zigarillo an und stellt sich draußen neben die Tür. »Erzähl ruhig weiter. Ich höre auch von hier gut. Aber vielleicht kannst du versuchen, wenigstens etwas Wahrheit mit einzubauen.«

»Sehr witzig!«, sagt Fee lauter als nötig.

»Oder soll ich übernehmen?«, bietet Jenny grinsend an.

»Danke nein!«

## 14

Ich war über Bens Bericht geschockt und das habe ich ihm auch gleich an dem Abend auf dem Personaldeck gesagt. Er meinte daraufhin nur, er wüsste auch nicht, was ihn da geritten hätte. Er wäre verkatert gewesen und hätte Angst bekommen. Angst, dass Frau von Schal ihn abservieren würde, und da wäre er irgendwie durchgedreht. Doch was hätte er auch machen sollen?

»Hätte ich ihr absagen sollen?«, fragte mich Ben. »Nein, ich kann Sie nicht auf diese Fahrt begleiten, ich muss arbeiten? Sorry, Fee, ich hatte keine Wahl. Du weißt, wie sie sein kann. Sie hat mich gefragt in einer Art, die keinen Widerspruch duldete. Sie sagte knallhart, wir hätten ihr versprochen, uns um sie zu kümmern, und ob unsere Zusagen nun keine Geltung mehr hätten. Was blieb mir da übrig? Du warst in deinem Kids-Club und nun musste ich ran.«

»Aber du hast sie nicht bedrängt, oder?«

Er schwieg.

»Ben, hast du sie bedroht?«

»Nein!« Ben fuhr sich mit der Hand über das Gesicht. »Und wenn das bei ihr so angekommen sein sollte, dann tut es mir leid.«

»Soll ich mal mit ihr sprechen?«
»Bitte.«

Auf dem Weg hinauf zum Sky-Deck überlegte ich mir, was ich denn eigentlich zu Frau von Schal sagen wollte. Ich würde Ben verteidigen, sein Verhalten erklären, und ich war mir sicher, es würde mir gelingen. Ich kannte Frau von Schal, ich wusste inzwischen, wie sie dachte, welche Knöpfe man bei ihr drücken musste.

»Wer ist da?«, fragte sie misstrauisch, als ich bei ihr an die Tür klopfte.

»Ich bin es, Fee!«, antwortete ich. »Entschuldigen Sie, wenn ich Sie so spät störe, aber darf ich noch einen Moment reinkommen? Ich muss mit Ihnen reden.«

»Bist du allein?«

»Ja. Ich bin allein.«

Die Tür wurde entriegelt, Frau von Schal öffnete sie einen Spalt und sah ängstlich in den Gang. Erst nachdem sie sich überzeugt hatte, dass ich wirklich allein war, öffnete sie die Tür ganz und ließ mich herein. Kaum war ich in ihrer Suite, verschloss sie die Tür eilig hinter mir.

»Was ist denn?«, fragte ich, obwohl ich die Antwort ahnte.

»Fee, du musst mir helfen!« Sie stürzte auf mich zu und packte meine Hände. »Ich habe Angst.«

»Aber wieso denn Angst?«

»Es ist wegen Ben!« Sie sah mich Hilfe suchend an. »Felicitas, du musst dich von diesem jungen Mann fernhalten.«

»Von Ben?« Ich versuchte ein Lachen. »Aber wieso

denn von ihm? Ben ist doch der harmloseste Kerl der Welt!«

»Da täuschst du dich aber gewaltig.« Frau von Schal zog mich hinüber zu der Ledercouch und dem kleinen Sessel. »Wir haben uns in diesem Kerl getäuscht. Ben ist ein Erpresser!«

»Ben?« Ich konnte kaum fassen, was ich hörte. »Frau von Schal, was behaupten Sie da!«

»Glaub mir, mein junges Fräulein, ich weiß, wovon ich spreche.« Sie drückte mich auf das weiße Leder. »Das ist ein ganz mieser Kerl. Ben lügt! Und ich dumme alte Frau habe dich und ihn auch noch bekannt gemacht. Fee, du musst jetzt stark sein und mir das glauben, der Junge meint es nicht ehrlich!«

»Da täuschen Sie sich. Ich kenne Ben schon …« Ich brach meinen Satz ab, weil ich ja nicht sagen durfte, dass ich Ben seit der ersten Klasse kannte und ihm vertraute.

»Siehst du …« Sie nickte triumphierend. »Kindchen, glaub mir, das ist ein Blender, ein Aufschneider …« Sie holte tief Luft. »Ein Erbschleicher!«

»Frau von Schal, Sie müssen sich irren …«, stammelte ich und suchte nach einem Ausweg, wie ich sie von Bens ehrlichen Absichten überzeugen konnte.

»Nein, mein junges Fräulein«, beharrte sie. Ich hasste es inzwischen, wenn Frau von Schal mich so nannte, traute mich jedoch nicht, etwas zu sagen. »Ich irre mich nicht. Glaub mir, ich sage das nicht gerne, aber Ben hat mich heute gezwungen, zu seinen Gunsten ein Testament zu machen!«

»Nein!«

»Doch!« Sie tätschelte mir den Arm. »Was natürlich keinen rechtlichen Wert hat.«

»Wieso?«

»Weil ich gleich anschließend, nachdem ich wieder in Sicherheit war, ein neues abgefasst habe.«

»Ich verstehe gar nichts.«

»Ich habe dich als Alleinerbin eingesetzt.« Sie sah mich um Entschuldigung bittend an. »Ich hoffe, das ist dir recht? Aber ich wusste niemand anderen und ich musste reagieren. Und Ben, dieser Halunke ... Ich möchte nicht Gefahr laufen, dass er mir was antut.«

»Aber, ich ...«, setzte ich an. »Frau von Schal, ich bin mir sicher, das ist alles nur ein Missverständnis.«

»Jedenfalls ist es nun geklärt. Ich habe auch gleich eine Kopie meines neuen Testaments in meinen Tresor eingeschlossen«, informierte mich die ältere Dame. »Sollte mir also etwas passieren, dann weißt du, wo du die Unterlagen findest.«

»Frau von Schal!« Endlich fand ich einen Gedanken, an dem ich mich entlanghangeln konnte. »Sie irren sich. Ich habe mit Ben gesprochen, er bedauert alles, was passiert ist, und entschuldigt sich bei Ihnen!«

»Dazu ist es zu spät.« Sie reckte sich. »Ich lasse mich nicht erpressen!«

»Aber, Frau von Schal ...«

»Nichts da!«, herrschte sie mich an. »Wo, bitte, ist da ein Missverständnis, wenn man eine alte Frau zu einem Gewaltmarsch an eine einsame Felskante nötigt und dann anfängt, von einem Testament zu sprechen. Ich hatte Angst, der Kerl würde mich andernfalls über die Klippen stoßen!«

»Aber Ben sagt, Sie hätten das angeboten …«, flüsterte ich.

»Natürlich! Irgendwie musste ich ja aus dieser Notlage rauskommen.« Ihre Stimme bekam etwas Triumphierendes. »Und wie richtig ich damit lag, hat Ben selbst bewiesen. Kaum war ich dazu bereit, war er gewillt umzukehren.«

Ich schwieg, was hätte ich da sagen sollen.

»Dieser Kerl ist ein Psychopath! Und, Kindchen, ich habe auch schon dafür gesorgt, dass er mir nie wieder so auf die Pelle rücken wird.«

»Wie …« Ich ahnte Fürchterliches.

»Ich habe mit dem Cruise Director gesprochen. Ben wird im nächsten Hafen dieses Schiff verlassen.«

»Nein!«, schrie ich auf.

»Doch.« Sie schüttelte müde den Kopf. »Ich habe das auch in deinem Interesse getan. Der Kerl ist gefährlich.«

»Das ist er nicht!«, schluchzte ich.

»Doch, ist er.« Sie tätschelte meinen Arm. »Aber er kann uns nie wieder bedrängen. Das verspreche ich dir. Und ich verspreche dir noch eines. Wenn du dann zu mir nach Genf ziehst und bei mir wohnen wirst, dann wirst du diesen Schuft ganz schnell vergessen.«

»Nein!«

»Doch.« Sie nickte. »Ganz sicher, wenn ich dir sage, was mir Ben auf dem Ausflug heute gestanden hat.«

»Das will ich gar nicht hören!«, rief ich ängstlich. Ich wusste zwar nicht, was sie sagen würde, doch ich wusste, dass ich es wirklich nicht hören wollte.

»Ben hat mir erzählt, dass es da eine Frau von früher gibt. Von da, wo er herkommt. Eine gewisse Jenny!«

## 15

»Was soll denn jetzt diese Scheiße!« Jenny auf dem Balkon schnippt ihren Zigarillo über das Geländer und kommt in die Küche gestürmt.

»Das habe ich mich auch gefragt!«, erwidert Fee ruhig.

»Woher kennt diese blöde Kuh meinen Namen!«

»Meine Frage.« Fee nickt. »Und es gibt nur eine Antwort darauf. Von Ben.«

Die verschiedensten Empfindungen spiegeln sich in Jennys Gesicht wider, als sie sich setzt.

»Aber wieso sollte er …«, fragt Martin in die Stille.

»Anfangs hatte ich keine Ahnung«, flüstert Fee. »Aber dann habe ich es verstanden.«

»Und?«, fragt Jenny leise.

»Ben liebt dich, nicht mich.« Felicitas lässt müde den Kopf hängen. »Vermutlich hat er schon immer dich geliebt und war nur mit mir zusammen, weil du ihn nicht wolltest.« Sie wirft einen schnellen Blick zu Martin. »Weil du nicht frei für ihn warst.«

»Jenny, ist das so?«, fragt Martin.

Die spielt mit ihrer Zigarillopackung und nickt schließlich. »Ja, was weiß ich. Okay … Er hat mir gesagt, dass er da was am Rollen hätte. Dass er bald reich wäre und total unabhängig.«

»Ich wusste es!«, ereifert sich Felicitas. »Ich habe es immer gewusst.«

»Sekunde, ja!«, hält die andere junge Frau dagegen. »Wenn Ben was von mir will, dann heißt das nicht, dass ich auch etwas von ihm will. Und außerdem ...«

»Ja?«, fragen Felicitas und Martin gleichzeitig.

»Das hat er gleich am Anfang erzählt. Das hat er mir gemailt, direkt nachdem er von Frau von Schal dieses Angebot bekommen hatte. Er hat mich gefragt, was ich davon halte.«

»Und was hast du ihm geantwortet?«, will Martin wissen.

»Ich habe ihm gemailt, dass ich so ein Angebot sofort annehmen würde. Dass ich da nicht zweimal überlegen würde und dass man so eine Chance nutzen muss.«

»Und weiter?«, drängt Fee.

»Nichts weiter«, verteidigt sich Jenny. »Außer, dass ich sofort mit nach Genf gehen würde.«

»Mit meinem Ben?«, empört sich Fee.

»Moment mal. Er hat mich dann gefragt, ob ich das ernst meine, ja!«

»Und was hast du ihm geantwortet?«, fragt Martin kühl.

»Dass er mit Fee zusammen ist und sie meine beste Freundin wäre und dass ich keine bin, die ihrer besten Freundin den Freund ausspannt.«

»Aber du hast nicht Nein gesagt!«, hakt Felicitas nach.

»Das ist doch dasselbe!«, verteidigt sich Jenny.

»Nein, das ist es nicht«, erklärt Martin knapp. Er steht auf und geht zum Küchenregal. »Ich muss jetzt was essen. Hat noch wer Lust auf Spinatnudeln?«

Die beiden Mädchen geben keine Antwort. Offenbar hat Jennys Mitbewohner auch keine erwartet, dennoch beginnt er einen Topf mit Wasser zu füllen, holt eine Packung Tiefkühlspinat aus dem Gefrierfach und stellt sie in die Mikrowelle. Er startet das Auftauprogramm und nachdem er eine Packung Spaghetti neben den Herd gelegt hat, setzt er sich wieder.

»Wie hast du reagiert?«, fragt er schließlich an Felicitas gerichtet.

## 15

Ich war am Boden zerstört. Ich konnte Frau von Schal nur ungläubig ansehen und dann kamen mir die Tränen. Ich habe richtiggehend gewimmert vor Schmerz. Mit diesem Satz hatte die ältere Dame alles in mir zerstört. Ich fühlte mich so leer.

»Tja, das Leben ist kein *Schloss Gripsholm*, mein Kindchen«, versuchte sie mich zu trösten. »Du musst dich bemühen, das Ganze positiv zu sehen, so schwer es dir auch fällt. Überleg doch mal, du kennst ihn gerade einmal knapp drei Wochen. Seit vier Tagen seid ihr ein Paar, besser gleich am Anfang wieder Schluss als irgendwann später.«

Ich schniefte.

»Der Kerl hat ein so tolles Mädchen wie dich nicht verdient. Meine liebe Felicitas«, sie zog mich zu sich herüber, »du und ich, wir brauchen diese Kerle gar nicht. Mein Hans war auch so einer. Immer hinter anderen Frauen her. Aber so sind die Männer, speziell die Matrosen. In jedem Hafen eine Frau, so sagt man doch.«

»Ich, ich …« Ich war in diesem Moment nahe dran, ihr alles zu erzählen, ihr alles zu gestehen und ihr den Ben zu schildern, den ich so ewig kannte und dem ich vertraut hatte. Aber da war dieser eine Gedanke, der mich verrückt machte. Woher, wenn nicht von Ben, wusste Frau von Schal von Jenny?

»Das klingt jetzt etwas hart, aber es ist vermutlich sogar gut, dass dir das so jung passiert. Ich habe mit meinem Notar in Genf telefoniert, er wird, bis du volljährig bist, Hans' Erbe für dich treuhänderisch verwalten. Eben weil du noch so jung bist, wirst du mit achtzehn erst einen Teil bekommen und den Rest, wenn du sechsundzwanzig bist. Das ist zu deinem Schutz. In dieser Welt da draußen laufen eine Vielzahl Bens herum. Hochstapler, Erpresser, Erbschleicher.«

Ich sah sie durch einen Schleier von Tränen an, merkte, wie ich nicht mehr klar denken konnte, und krächzte: »Das ist so gemein!«

Sie tätschelte mir den Arm. »Das ist es, meine kleine Felicitas. Es ist so gemein, wenn einem das Herz gebrochen wird. Immer wieder ...«

»Ich, ich ...«, schluchzte ich.

»Das wird wieder.« Sie stand auf und ging zur geöffneten Balkontür. »Die Zeit heilt alle Wunden! Aber glaube mir: Ich werde, solange ich kann, auf dich aufpassen. Und ich verspreche dir, ich versuche, noch so lange wie möglich zu leben.«

»Danke ...«, murmelte ich.

»Wofür?« Frau von Schal drehte sich zu mir um und lächelte. »Für mich ist deine Gegenwart einfach unbezahlbar. Ich bin gerne mit dir zusammen, ich mag dich. Und wir passen doch auch gut zusammen, oder etwa nicht?«

Ich nickte.

»Wenn ich dich so ansehe, dann frage ich mich manchmal, wie das wäre, wenn du meine Tochter wärst. Ob das dann noch schöner wäre als mit der Freundin Felicitas. Tja, ist halt so, das werde ich vermutlich nie erfahren, nicht wahr? Selbst wenn ich dich adoptieren würde ...«

»Wie kommen Sie denn jetzt darauf?«, fragte ich erstaunt.

»Ach, das hat mein Notar vorgeschlagen, das wäre die einfachste Regelung, viel besser als ein Testament.«

»Ich habe aber schon eine Mutter«, murmelte ich.

»Die ich dir doch auch nicht wegnehmen will!« Sie trat hinaus an die halbhohe Glaswand, die ihren Balkon zum Meer hin abgrenzte. »Mir genügt es völlig, deine ältere Freundin zu sein. Aber eines musst du mir versprechen!«

»Was verlangen Sie?«

»Du wirst dich von diesem Ben fernhalten. Ich will, dass du mir versprichst, ihn nie wiederzusehen. Tust du das?«

»Das kann ich Ihnen nicht versprechen.«

»Warum nicht?« Sie stand mit dem Rücken zum Meer, sodass ich nur ihren Umriss sehen konnte. Hinter ihr war die Welt in ein blau-goldenes Mittsommernachtslicht getaucht, sie selbst aber nur ein schwarzer Schatten. »Ich muss das von dir verlangen. Es ist zu deinem eigenen Schutz.«

Aber ich liebe Ben, wollte ich sagen, konnte es jedoch nicht und nickte stattdessen. Ich hatte mich entschieden. Klar waren da Ben und ich, aber nun ging es in erster Linie nur noch um mich. Das mit Jenny hatte mich zu tief gekränkt. Und es gab für mich nur einen Weg, die Sache in meinem Interesse zu regeln. Anders als Frau von Schal hatte ich Zeit, hatten Ben und ich Zeit. Was Ben mir vorgeschlagen hatte als seinen Plan, würde nun eben ich bekommen. Ich würde nach Genf gehen, nicht er. Ich würde diejenige sein, die das Geld hatte. Und wenn er weiter seinen Traum von einem Leben im Luxus würde träumen wollen, dann nur mit mir, an meiner Seite, mit Spielregeln, die ich festlegen würde. Genf und Jenny gab es nicht mehr. Das hatte er sich selbst versaut.

»Dann bist du einverstanden?«, fragte sie.

»Ja, ich bin einverstanden!«, sagte ich leise.

»Ich wusste doch, du bist ein kluges Mädchen.« Sie löste sich von der Glasreling und betrat ihre Suite. »Und nimm es mir nicht übel, ich bin müde. Ich muss mich jetzt hinlegen.«

»Wie Sie wollen.« Ich stand auf. Frau von Schal streckte mir die Hand entgegen: »Und du hältst dein Versprechen?«

»Natürlich. Versprochen ist versprochen!«, antwortete ich und nach einem leisen »Gute Nacht« fand ich mich allein im Gang vor ihrer Tür wieder.

# 16

»Ich weiß nicht, ob ich das so glauben kann.« Martin öffnet die Packung mit den Nudeln und gibt sie in das kochende Wasser. In einem zweiten Topf köchelt bereits der aufgetaute Spinat vermischt mit Mozzarella, Parmesan und einem Löffel Olivenöl.

»So war es aber.« Fee sucht Jennys Blick. »Ich habe sie angelogen. Ich habe ihr das versprochen, obwohl ich genau wusste, ich werde dieses Versprechen anschließend brechen. Aber ich hatte keine Wahl! Was hätte ich denn tun sollen?«

»Ihr die Wahrheit sagen?«

»Dazu war es bereits viel zu spät. Der Zug war abgefahren.«

»Also bist du zu Ben?«

»Auf direktem Weg.«

## 16

Ben war weder im *Dschungel* noch auf dem Personaldeck, ich fand ihn in seiner Kabine. Er lag auf dem Bett und starrte hinauf auf den kleinen Lüftungsschacht.

»Ben!« Ich zog die Tür hinter mir zu, setzte mich jedoch nicht, sondern blieb mit dem Rücken an der Tür stehen. Der Junge, mit dem ich einst zusammenziehen wollte, reagierte nicht.

»Ben«, erneuerte ich meine Bitte. »Du musst mit mir sprechen.«

Er blickte mich nicht einmal an.

»Sie hat mir alles erzählt.«

Noch immer keine Reaktion.

»Ben, sie hat mir von Jenny erzählt. Wie kann sie das?«

Ben drehte sich auf seinem Bett zur Seite, sodass ich nur noch seinen Hinterkopf und seinen Rücken sehen konnte.

»Wenn du eine Erklärung hast, bitte! Ich will das nicht glauben müssen. Ben, woher weiß sie von Jenny?«

Während ich sprach, zog sich sein Körper zusammen und er flüsterte: »Ich habe Jenny mal erwähnt, als Frau von Schal und ich übers … Verliebtsein gesprochen haben. Und darüber, dass man im Leben manchmal nicht das bekommt, was man anfangs will. Aber womöglich später merkt, man ist mit dem anderen viel glücklicher.«

»Verstehe.« Seine Worte taten mir auf eine merkwürdige Weise nicht weh, klangen so weit weg und hohl. »Aber das ändert nun auch nichts mehr. Ich habe mit Frau von Schal gesprochen«, fuhr ich fort. »Mir blieb keine Wahl. Sie hat ein neues Testament gemacht, mit mir als Alleinerbin. Und ich weiß auch, dass sie mit dem Cruise Director gesprochen hat. Du musst beim nächsten Halt von Bord?«

Ben nickte und ich hörte ein leises Schluchzen.

»Wenn dem so ist, dann ist das nicht mehr zu ändern.« Ich war versucht, ihn zu trösten, doch ich konnte nicht zu ihm hinübergehen, ihn in den Arm nehmen und ihm sagen: *Alles wird gut.*

»Ich denke, es ist am vernünftigsten, wenn ihr euch für die nächste Zeit nicht begegnet. Und wir uns auch nicht. Wir brauchen vermutlich alle etwas Abstand. Ben, ich liebe dich immer noch. Aber das mit Jenny ist hart. Ich frage mich, ob du mich jemals geliebt hast. Oder ob wir nur zusammen sind, weil du … Verstehst du, ich weiß nicht, ob mir das so genügt. Ich werde nach Genf gehen und ich hoffe, ich kann dir irgendwann verzeihen. Dass ich ihr Angebot angenommen habe, ist mein Beweis, dass ich weiter an uns glaube. Denn ich brauche Hans' Erbe nicht, ich wollte immer nur dich. Mit dir zusammen sein, irgendwann später eine Familie gründen. Aber ich frage mich, wie wichtig dir das war. Ich glaube, dir reicht das Leben, das ich dir bieten konnte, nicht aus. Es ist komisch, ich hatte vor Frau von Schal von Anfang an Angst. Tierischen Schiss, dass ich dich an ihre Welt verlieren würde. Ich hätte nie gedacht, dass es mit uns so weit kommen könnte, dass ich dich nur mit ihrer Welt eventuell zurückbekommen kann. Das macht mich traurig.«

»Diese Frau ist ein Monster«, begann er endlich tonlos und leise zu sprechen. »Sie spielt mit uns. Sie hat mit mir gespielt und nun spielt sie mit dir. Ich weiß nicht, warum sie es tut, aber sie ist böse. Durch und durch. Das weiß ich jetzt. Doch nun ist es zu spät, ich bin auf sie hereingefallen, so wie du nun auf sie reinfällst. Sie ist so clever, sie hat mich total ausmanövriert. Und jetzt sitzt sie da oben in der von mir organisierten Suite und ich werde mit Schimpf und Schande von Bord gejagt. Ich wüsste zu gerne, warum sie uns auseinanderbringen will, warum sie mich vernichten will. Was habe ich, was haben wir ihr getan?«

»Glaubst du, sie zu beschuldigen ist ein Ausweg? Ben, das sind miese billige Ausreden.«

Ben schüttelte den Kopf. »Nein, ich will mich nicht herausreden. Aber ich wüsste es einfach gerne. Jeder, der besiegt wurde, wüsste gerne, warum er verloren hat. Ich weiß, ich habe Fehler gemacht, ich bin schuldig.«

»Das klingt so, als würdest du alles zugeben?«

»Habe ich eine Wahl?« Nun endlich drehte er sich zu mir um und sah mich müde an. »Es ist so. Ich habe sie bedrängt, ich wollte dieses Erbe, ich habe Scheiße gebaut.«

»Und was ist mit uns?«, fragte ich.

»Nun wirst du deine Erfahrungen machen«, flüsterte Ben. »Und wir werden uns später irgendwann wiedersehen und dann wirst du mich verstehen.«

»Den selbstmitleidigen Ben kenne ich gar nicht. Und er gefällt mir auch nicht«, sagte ich hart.

»Mir ebenfalls nicht«, antwortete Ben. »Doch ich weiß, ich kann jetzt sagen, was ich will, du verstehst mich nicht. Das ist nun dein Spiel und wie gesagt, du wirst deine eigenen Erfahrungen machen.«

»Was ist mit deinem Vater?«, fragte ich.

»Der war auch schon da. Er ist enttäuscht. Ich habe versucht, es ihm zu erklären, aber das kann man nicht erklären.«

»Also wirst du gehen?«

»Klar!« Mein Freund sah mich nun zum ersten Mal an, seitdem ich die Kabine betreten hatte. »Fee, ich habe keine Wahl. Ich stehe quasi unter Arrest! Ich darf nicht mehr in den Laden, nicht mehr in den Passagierbereich und ich darf mich in keinem Falle Frau von Schal auch nur nähern. Ich werde in Ålesund ausgeschifft und basta.«

»Das ist endgültig?«

»Der Cruise Director und der Erste Offizier sind sich einig.«

»Das tut mir leid«, flüsterte ich.

Ben schwieg.

»Dann werde ich jetzt gehen!«, sagte ich.

Ben nickte.

Zurück in meiner Kabine brach ich zusammen. Einfach so. Ich betrat dieses Loch, sah Simones leeres Bett und konnte nicht mehr. Ich habe es eben noch so auf meine Koje hochgeschafft, dann beutelte mich ein Weinkrampf, wie ich ihn noch nie erlebt hatte. Zwischendurch musste ich brechen, kotzte die Dusche voll und blieb, als ich versuchte, mein Erbrochenes wegzuspülen, irgendwann einfach unter dem heißen Wasser sitzen. Es tut so weh, wenn eine Liebe zerbricht.

Am nächsten Morgen wurde ich, kaum dass ich den Kids-Club betreten hatte, zum Cruise Director bestellt. Und er eröffnete mir, dass ich wieder als persönliche Gesellschafterin von Frau von Schal arbeiten sollte. Ich hätte ja vermutlich von den Vorfällen gehört und Frau von Schal sei dadurch sehr geschwächt und brauche Hilfe, und die Reederei stehe da nun in der Pflicht. Zudem habe sie angedeutet, dass sie womöglich die Reederei wegen Nötigung verklagen würde. Offenbar habe ein Mitglied der Crew sie bedrängt, ja regelrecht bedroht. Doch sie wolle kein Aufsehen und sei bereit, auf eine Klage zu verzichten, als Wiedergutmachung habe sie sich jedoch mich gewünscht. Ob ich dazu bereit wäre, ich wisse ja, wer andernfalls noch größere Probleme bekommen würde.

»Natürlich!« Ich nickte. »Aber was ist mit meiner Arbeit hier im Kids-Club?«

»Das wird geregelt werden.« Der Cruise Director sah mich abschätzend an. »Dann können wir uns auf dich verlassen?«

Ich nickte.

»Sehr gut.« Er war schon im Gehen, da drehte er sich noch mal um. »Und zieh bitte etwas anderes an. Frau von Schal wünscht keine Arbeitskleidung.«

Also bin ich hinunter in meine Kabine, habe mich umgezogen und bin dann empor zum Sky-Deck.

In dem Moment, als ich an ihrer Tür klopfen wollte, kam Sven, der Kabinen-Steward, heraus. »Du wirst schon erwartet.«

Ich drückte mich an ihm vorbei. Frau von Schal saß auf dem Balkon, eine Wolldecke lag über ihren Schultern, der Tisch war für zwei Personen eingedeckt.

»Guten Morgen, Fee!«, begrüßte sie mich. »Wie schön, dass du mir Gesellschaft leistest.« Sie deutete auf den freien Sessel und so setzte ich mich.

»Gleich gibt es erst einmal ein schönes Frühstück und dann machen wir beide uns einen so richtig schönen Seetag«, plauderte sie, als ob alles ganz normal wäre. »Wir werden ja heute ordentlich Seemeilen fressen, wie mir Sven erklärte. Erst morgen früh geht es wieder an Land. Richtig?«

Ich nickte.

»Sehr schön!« Sie beugte sich vor. »Und dann habe ich eine Überraschung für dich.«

»Wirklich?«

»Ja«, verkündete sie stolz. »Wir sind heute Abend beim Captain's Dinner an den Tisch des Kapitäns gebeten worden. Ist das nicht der Wahnsinn? Du und ich, wir beide am Tisch des Kapitäns!«

Der Steward kam zurück in die Suite, er schob einen kleinen Servierwagen mit Silberschüsseln und einer grünen Flasche in einem Sektkübel.

»Champagner. Mit Empfehlung des Ersten Offiziers!«, erklärte er, während er die Flasche entkorkte. »Darf ich eingießen?«

»Nein, wie aufmerksam ...« Frau von Schal nickte. »Aber das wäre doch nicht nötig gewesen.«

Sven schenkte uns zwei Gläser ein, überreichte sie der älteren Dame und mir, dann fragte er: »Wünschen Sie, dass ich Ihnen serviere?«

»Lassen Sie nur.« Frau von Schal legte ihm ihre Hand auf den Arm. »Das können wir schon noch selbst, oder?«

»Natürlich«, beeilte ich mich zu sagen. »Das kann ich auch übernehmen.«

»Was seid ihr alle nett zu mir«, flüsterte sie. »Das habe ich doch gar nicht verdient.«

»Ich mache das gerne.«

Wir frühstückten sicher eine volle Stunde lang. Rührei, Käse, Wurst, Croissants, Frau von Schal überwiegend Scampi und Wildlachs. Und je länger wir da draußen saßen, umso entspannter wurde ich. Vergaß die Probleme mit Ben. Frau von Schal war jemand, der einfach eine so nette Art hatte, dass man sich in ihrer Gegenwart wohlfühlte. Sie erzählte von Hans, von ihren Reisen quer durch die Welt und wo sie überall waren. Sie hatte eine Art zu erzählen, dass man einfach nur dasitzen und zuhören wollte. Ben und den Vorfall erwähnte sie mit keinem Wort, ebenso wenig wie das neue Testament und ihre weiteren Pläne. Obwohl ich mir das nicht hatte vorstellen können, genoss ich die Zeit mit ihr auf dem Balkon. Es wurde ein richtig schöner Vormittag. Nachdem wir gefrühstückt hatten, wollte sie Backgammon spielen. Natürlich hatte ich weiterhin keine Chance gegen sie. Noch weniger, nachdem sie den Verdopplungswürfel ins Spiel brachte. Neben den Würfelpaaren für die jeweiligen Spieler gibt es bei Backgammon noch einen acht- oder zehnseitigen Verdopplungswürfel. Mit dem kann man quasi pokern, den Gegner auffordern, entweder den Wetteinsatz zu verdoppeln oder aufzugeben.

»Spiel ohne Einsatz ist nur Spiel und somit langweilig. Nein, es muss schon um etwas gehen!«, hatte Frau von Schal erklärt und einen Haufen Jetons aufgeteilt.

Nachdem die Jetons und dieser Verdopplungswürfel im Spiel waren, gewann Frau von Schal noch einmal mehr und vor allem schneller. Die Spiele dauerten nun nur noch wenige Minuten, bis ich jeweils aufgab. Und bereits nach einer knappen Stunde hatte ich keinen einzigen Jeton mehr, Frau von Schal dagegen drei hohe Stapel. Für einen Moment war ich etwas verärgert, niemand verliert gerne. Noch dazu wenn ein Anfänger gegen einen Profi antritt. Für mich hätte so ein Sieg keine Befriedigung. Doch Frau von Schal war da offenbar anders, denn sie freute sich ganz offen über ihren Erfolg.

»So und jetzt, denke ich, ist es Zeit für einen kleinen Abstecher nach Schweden, oder was meinst du?«, schlug sie vor.

»Soll ich den CD-Player einschalten?«, fragte ich. »Oder möchten Sie lieber lesen?«

»Weder noch.« Sie zog sich ihre Decke enger um die Schultern. Hier draußen auf hoher See war es kühler als in Küstennähe, doch ich mochte diese Seetage. Das Meer erschien mir größer und weiter, wenn man nicht in Küstennähe fuhr. Irgendwie fühlte man sich dann mehr auf einem Schiff.

»Was sonst …«, wunderte ich mich.

»Ich möchte, dass du mir vorliest«, bat sie.

»Ich kann nicht so gut laut lesen«, versuchte ich ihr zu erklären, doch sie hörte mir gar nicht zu.

»Das Buch liegt neben meinem Bett!«, forderte sie mich auf. »Holst du es bitte?«

Ich stand auf und holte das Buch.

»Den Anfang kannst du weglassen. Fang einfach in Gripsholm an. *Wir lagen auf der Wiese und baumelten mit der Seele.*«

Es dauerte einen Moment, bis ich die Stelle gefunden hatte, dann begann ich laut zu lesen.

Es kostete mich einige Überwindung, aber mit jedem gemeisterten Absatz, mit jeder Seite ging es besser. Als ich zu der Passage kam, in der Tucholsky die Gefühle des kleinen Mädchens beschreibt, das in dem Kinderheim leben muss, wo es die böse Leiterin gibt, da bemerkte ich, dass Frau von Schal neben mir stumm weinte.

»Frau von Schal, ist alles okay?«, fragte ich besorgt. »Geht es Ihnen gut?«

»Gar nichts ist gut!«, schniefte sie. »Mir tut dieses arme Ding so leid. Weißt du, ich kann das nachvollziehen. Ich musste als kleines Mädchen auch für längere Zeit in ein Heim und wie habe ich mich nach meiner Mutter gesehnt. *Und dann liefen die Tränen, und nun weinte es, weil es weinte.* Kennst du das auch?«

»Weiß nicht!«, murmelte ich und spürte doch, dass bei diesen Worten auch mir die Tränen in die Augen stiegen.

»Komm her!«, flüsterte sie und ich rutschte mit meinem Sessel zu ihr hinüber und ließ mich von ihr umarmen.

»Ach, ich alte sentimentale dumme Kuh!«, wies sie sich nach wenigen Minuten zurecht und schob mich wieder von sich weg. »Da haben wir es so gut und mir kommen die Tränen wegen eines Buches.«

»Das passiert aber doch nun mal!«, sagte ich. »Ich weine auch im Kino.«

»Ja, aber du bist auch noch so jung. Ich müsste mich da eigentlich besser im Griff haben. Wie heißt der letzte Satz in dem Buch: *Auf dass es uns wohl geht auf unsere alten Tage.*« Sie reckte sich und sah plötzlich stolz aus. »Und, geht es uns gut? Ja, es geht uns sehr gut auf unsere alten Tage, besser kann man es doch kaum haben. Ist noch was von dem Champagner da?«

Ich schüttelte den Kopf.

»Dann klingel doch bitte nach Sven, ob er noch eine Flasche für uns hat.«

Ich tat wie mir geheißen und Sven erschien umgehend und sagte, nachdem sie ihren Wunsch geäußert hatte: »Sehr gerne, Frau von Schal, aber die müsste ich dann auf die Rechnung setzen.«

»Ist das ein Problem?«, gab sie spitz zurück.

»Natürlich nicht.«

Wenig später stand eine neue grüne Flasche geöffnet vor uns auf dem Tisch. Frau von Schal leerte eilig ihr Glas und forderte mich auf, es ihr gleichzutun.

»Danke, nein. Ich vertrage nicht so viel Alkohol«, antwortete ich. »Das eine Glas vorhin hat mir völlig gereicht.«

»Recht so, schließlich bist du mit deinen sechzehn Jahren auch noch etwas zu jung für einen kleinen Champagnerschwips.« Sie goss sich erneut in ihr schmales hohes Glas ein. »Aber in meinem Alter darf man das. Noch dazu, wenn man am Abend eine Verabredung mit dem Kapitän hat.«

»Darauf freuen Sie sich sehr, nicht wahr?«

»Natürlich!«, erwiderte sie und strahlte über ihr ganzes runzeliges Gesicht. »Das erlebt man schließlich nicht alle Tage.«

»Aber bei Ihren vorherigen Kreuzfahrten, da hatten Sie doch sicher schon öfters ...«

»Natürlich, natürlich«, beeilte sie sich mir zu versichern. »Ich werde da regelmäßig eingeladen. Dennoch, es ist immer wieder etwas Besonderes.«

»Ganz bestimmt.«

»Hast du denn etwas Festliches zum Anziehen?«, fragte sie mich und goss sich ein weiteres Glas ein, da ihres schon wieder leer war. Ich schüttelte den Kopf. »Nein.«

»Was machen wir denn da?« Frau von Schal überlegte. »Ich hab's, du organisierst dir eine dieser feschen weißen Galauniformen, die die immer im Fernsehen tragen. Beim *Traumschiff*. Das würde dir gut stehen.«

»Aber ich kann doch nicht ...«

»Doch, das kannst du!« Sie erhob sich aus ihrem Sessel und ging leicht schwankend in ihre Suite. »Ich muss mich jetzt sowieso etwas hinlegen. Damit ich heute Abend fit bin. Und in der Zeit besorgst du dir eine dieser schmucken weißen Uniformen.«

»Ich weiß wirklich nicht, ob das ...«

»Keine Widerrede!«, fuhr sie mich an. »Du sagst einfach, Frau von Schal möchte es so, und dann geht das schon.«

Ich nickte.

»Gut, dann wäre das auch geklärt.« Sie hickste. »Ich erwarte dich gegen achtzehn Uhr wieder hier.«

Ich nickte wieder und bot ihr an: »Soll ich Ihnen noch helfen?«

»Nein, nein, das schaffe ich schon allein.« Sie sackte auf ihr Bett. »Einfach eine Runde Schlafen, dann geht es wieder. Mein Hans sagte immer, ich würde nicht sonderlich viel vertragen ...«

Als ich draußen im Gang stand, entschloss ich mich, nach Ben zu sehen. Ich war mir nicht sicher, ob es eine kluge Entscheidung war, doch ich musste einfach.

Aber ich fand ihn nicht. Er war weder in seiner Kabine noch sonst wo zu finden. Dann sagte mir jemand, er wäre bei seinem Vater in dessen Kabine. Da zu klopfen traute ich mich nicht, und so bin ich in mein eigenes Loch, um mich ebenfalls etwas auszuruhen. Kaum lag ich, fiel mir jedoch ein, dass ich mich um meine Abendkleidung kümmern musste. Also bin ich wieder aufgestanden, habe den Cruise Director gesucht, ihn nach einiger Zeit schließlich gefunden und ihm mein Anliegen dargelegt. Zu meiner Überraschung reagierte er sehr, sehr freundlich. Er rief in der Kleiderkammer an, orderte eine weiße Galauniform ohne Rangabzeichen für mich, und damit war die Angelegenheit geklärt. Wenig später stand ich in der Kleiderkammer und trug einen schrecklichen, knielangen weißen Rock, eine kurzärmlige weiße Bluse mit Schulterstücken und eine schmale blaue Krawatte. Als ich mich im Spiegel sah, musste ich erst kichern, dann jedoch fast weinen. Ich sah so lächerlich aus.

Doch hatte ich eine Wahl?

Also bin ich mit meinem neuen Dress runter in die Kabine, habe mich geduscht und mir die Haare gewaschen und dann war es auch schon kurz vor sechs Uhr. Natürlich bin ich noch einmal bei Ben vorbei. Aber in seiner Kabine war nur sein Mitbewohner André und der hatte keine Ahnung, wo man Ben finden konnte. Neben dem Bett stand Bens Koffer, offenbar hatte er bereits gepackt.

Pünktlich um sechs klopfte ich bei Frau von Schal. Sie öffnete mir und rief bei meinem Anblick erfreut: »Fesch siehst du aus. Wirklich wunderschön! So adrett und sauber, einfach ganz, ganz hübsch.«

»Ich weiß nicht, so richtig wohl fühle ich mich aber nicht.«

»Nur mit deinen Haaren müssen wir noch etwas machen und ein bisschen Make-up, dann wird das schon.«

»Ich schminke mich eigentlich nie«, flüsterte ich.

»Heute ist Captain's Dinner, mein junges Fräulein«, wies sie mich zurecht. »Das gehört sich so.«

Sie schob mich in ihr großes Badezimmer, und dann musste ich mich auf den Badewannenrand setzen, sie legte mir ein weißes Handtuch über die Schultern und steckte es vor meiner Brust mit einer Haarklemme zusammen.

»So, dann wollen wir mal!« Frau von Schal griff zu ihren Tiegeln und Tuben neben dem Waschbecken und als sie eine halbe Stunde später mit mir fertig war, erkannte ich mich fast selbst nicht mehr.

»Frau von Schal …«, setzte ich an.

»Ja, mir gefällt es auch, gelernt ist gelernt.« Sie musterte mich und war mit dem Ergebnis offenbar zufrieden. »Ist doch immer wieder erstaunlich, was ein professionelles Make-up, etwas Mascara und der passende Lippenstift aus einem Gesicht herausholen können. Meine liebe Felicitas, so gefällst du mir. Nun noch etwas Eau de Toilette …«

Während sie mich mit ihrem Parfüm einsprühte, blickte ich an ihr vorbei in den Spiegel und erschrak. Ich sah aus wie ein Puppe. Wie ein wirkliches Fräulein, jemand aus einer anderen Zeit. Die Haare zu zwei kurzen Zöpfen geflochten, die Wimpern getuscht und verlängert, Kajal unter den Lidern, blassrosa glitzerndes Lipgloss und auch meine Wangen schimmerten in einem auffallenden Rosa.

»Ich leih dir meine Brosche!« Sie löste die Schmetterlingsbrosche von ihrem schwarzen Kleid und steckte sie mir an die Brust.

Ich murmelte: »Danke, Frau von Schal.«

»So, dann können wir ja.«

»Aber wir sind doch noch viel zu früh«, wagte ich zu bemerken.

»Man ist nie zu früh!«, wies sie mich zurecht. »Außerdem würde ich gerne noch einen kleinen Spaziergang mit dir über das Promenadendeck machen.«

Was blieb mir anderes übrig, ich nickte.

»Wäre nett, wenn ihr noch etwas übrig lasst.« Jenny legt ihr Handy auf den Tisch neben ihren Teller und wirft einen abschätzenden Blick auf die Pfanne mit den restlichen Nudeln.

»Für morgen?« Martin beginnt, mit einem Zahnstocher Spinatreste aus seinen Vorderzähnen herauszupulen.

»Nein, Ben wird gleich kommen«, antwortet Jenny lapidar.

»Ben kommt?«, fragt Fee wie elektrisiert. »Wo ist er …?

»Ich habe gerade eine SMS von ihm bekommen und er schreibt, er wolle vorbeikommen«, erklärt das Mädchen mit den kurzen blonden Haaren.

»Wo ist er, wann …?«

»Keine Ahnung, wo er ist und was er vorhat. Er hat nur gesimst, dass er kommt.« Jenny trank einen Schluck Wasser und fragte: »Was soll ich ihm antworten? Dass du da bist?«

»Lieber nicht«, erklärt Fee schnell.

»Fee, bitte. Erzähl weiter«, bittet Martin. »Damit wir fertig sind, bevor Ben kommt.«

»Eine Sekunde noch, ich will noch mal auf den Balkon!« Jenny springt auf.

»Ich dachte, du kennst die Story?«, wundert sich Felicitas.

»Diesen Teil nicht.«

# 17

»Was für ein schöner Tag«, bemerkte Frau von Schal. Wir drehten bereits unsere zweite Runde auf dem Promenadendeck. Sie hatte sich an meinem linken Arm eingehakt und genoss es offenbar, mit mir so unterwegs zu sein. Ich dagegen fühlte mich äußerst unwohl. Mein Outfit, das Gefühl, geschminkt zu sein, und dass ich nun auch noch nach ihrem Parfüm roch, störte mich besonders.

»Komm, ich habe eine Idee.« Sie zog mich zum Fahrstuhl und drückte den Knopf des Plaza-Decks. Dort angekommen führte sie mich an dem geschlossenen Zeitungsladen vorbei zu den Boutiquen, wo der Bordfotograf in der Mall seinen Stand errichtet hatte. Eine Ecke war mit blauem Stoff abgehangen, zwei Scheinwerfer waren aufgebaut und wer wollte, konnte sich dort an diesem Abend kostenlos fotografieren lassen. Schon bei meiner ersten Cruise war das für viele Passagiere ein Highlight gewesen. Die Leute hatten Schlange gestanden, um sich in ihrer Abendgarderobe fotografieren zu lassen, ebenso wie alle ein Bild davon haben wollten, wenn sie an diesem Abend beim Betreten des Speisesaals vom Kapitän persönlich begrüßt wurden.

»Muss das sein«, maulte ich, als wir uns in die Schlange einreihten.

»Ja, mein junges Fräulein, dass muss sein!«, erklärte sie mir knapp.

Es dauerte ewig, bis wir drankamen, und Frau von Schal erklärte währenddessen mehrfach stolz den anderen Gästen in unserem Umfeld, dass sie heute am Tisch des Kapitäns sitzen würde. Endlich war es so weit. Der Fotograf dirigierte Frau von Schal auf den Hocker und ich musste mich rechts hinter sie stellen.

»Bitte lächeln … und Cheese!« Der Fotograf schrieb sich die Kabinennummer auf und sagte: »Morgen ab neun Uhr können Sie die Bilder abholen. Wie viele Abzüge?«

»Zwei, oder brauchst du mehr?« Frau von Schal beugte sich zu mir herüber und flüsterte: »Sie sind kostenlos!«

Ich schüttelte den Kopf.

»So, dann wird es wohl langsam Zeit, dass wir zu unserem Tisch kommen, nicht wahr? Den Kapitän warten zu lassen, wäre doch zu unhöflich.«

»Wenn Sie meinen …«, murmelte ich. Es ging mir nicht gut. Ich hatte Kopfschmerzen und kam mir vor wie jemand, der in einem Traum feststeckt, weiß, dass er träumt, aber nicht aufwachen kann. Das war alles so unwirklich und zugleich doch wahr.

Ich saß tatsächlich neben Frau von Schal am Tisch des Kapitäns. Rechts von mir der Bordarzt, uns gegenüber ein paar Offiziere und ältere Passagiere. Es gab eine Ansprache des Kapitäns, einen Gang nach dem anderen mit immer aufwendigeren Gerichten, und zum

Ende hin wurde auch noch abgedunkelt und in einer langen Schlange hintereinander erschienen die Kellner mit Eistorten, auf denen gigantische Wunderkerzen brannten. Es war einfach nur bizarr. Und dazwischen ich, kleinlaut, sich absolut deplatziert vorkommend. Ich fühlte mich so unwohl wie noch nie zuvor in meinem Leben. Ich wusste nicht, wie man einen Hummer öffnet, ich wusste nicht, wozu dieses viele Besteck rings um meinen Teller benötigt wurde. Ich wusste nicht, was ich auf die Fragen der Leute am Tisch antworten sollte. Es war einfach ein Albtraum.

Aber offenbar ging es nur mir so. Die anderen am Tisch amüsierten sich prächtig, allen voran Frau von Schal. Soweit ich das beurteilen konnte, flirtete sie doch tatsächlich mit dem Kapitän oder der mit ihr. Denn immer wieder gab es irgendwelche Anspielungen zwischen den beiden, besonders nachdem Frau von Schal es geschafft hatte, über Literatur, ihren verstorbenen Mann und Kurt Tucholsky auf *Schloss Gripsholm* zu kommen. Und zufälligerweise war das auch eines der Lieblingsbücher des Kapitäns, wie er ihr versicherte.

»Ich kenne doch meinen Tucho«, erklärte er lachend. »Wobei, verzeihen Sie mir, wenn ich das so offen sage ... es ist ja doch stellenweise recht frech ... oder?«

»Sie meinen, was passiert, nachdem seine Prinzessin zu ihm sagt: *Gib mal Billie einen Kuss?*«, fragte Frau von Schal und hatte wieder dieses eigenartige Lächeln um ihren Mund.

»Genau!«, nickte der Kapitän. »Wenn man älter

wird, dann versteht man den Satz: *Wir liebten uns am meisten mit den Augen* immer besser, oder nicht?« Er sah erwartungsvoll in die Runde. Die meisten nickten, wussten offenbar, worüber er sprach, und wenn nicht, dann taten sie zumindest so, als würden sie es wissen.

»Lieber Herr Kapitän …«, bemerkte Frau von Schal anschließend in die kurze Gesprächspause hinein. »Sie wollen uns doch nicht ernsthaft erklären, dass Sie in Ihrem Leben bislang nur mit den Augen geliebt haben. Tut mir leid, mein Herr, das nehme ich Ihnen nicht ab. Ich weiß Bescheid, wie das auf Kreuzfahrten so zugeht. Seien Sie ehrlich, fragen Sie sich nicht eher öfters: *Wie ist denn das alles so plötzlich gekommen?*«

Auf diese Bemerkung reagierte der Kapitän fast schon verärgert, ich sah, dass er ansetzte, etwas zu antworten, es sich dann jedoch verkniff. Aber er konzentrierte sich anschließend mehr auf die anderen Gäste und gab Frau von Schal nur noch eher knappe Antworten.

Ich war jedenfalls total erleichtert, als dieser Horrorabend endlich vorbei war. Ich habe Frau von Schal hinauf zu ihrer Kabine begleitet und wollte mich dort von ihr verabschieden. Doch sie bat mich, noch einen Moment zu warten, und kam dann mit ihrem Parfümflakon zurück.

»Hier, das möchte ich dir schenken«, sagte sie. »Als Dankeschön und als Erinnerung an diesen wunderschönen Abend.«

»Ich weiß nicht.«

»Es ist ein sehr teurer Duft, ich habe dafür viel Geld ausgegeben und er passt perfekt zu dir.«

»Das kann ich nicht annehmen«, antwortete ich, doch sie drückte mir das bauchige Kristallfläschchen einfach in die Hand und rief: »Basta, du nimmst das jetzt, sonst werde ich mich über dich beschweren müssen!«

»Dann habe ich ja keine Wahl, oder?« In dem Moment, in dem ich das sagte, wurde mir bewusst, dass dem wirklich so war. Dass ich diese Worte, wie sonst nie zuvor in meinem Leben, nun nicht mehr als Floskel sagte, sondern dass sie der Wahrheit entsprachen.

»Gute Nacht, Frau von Schal«, murmelte ich.

»Gute Nacht, meine liebe Felicitas, schlaf gut.«

Wie in Trance bin ich hinunter in meine Kabine, aus der Uniform raus und direkt unter die Dusche. Ich habe mich sicher dreimal eingeseift und zweimal schamponiert, hatte aber dennoch weiterhin Frau von Schals Parfüm in der Nase. Ich lag schon in meinem Bett, da musste ich unvermittelt an Ben denken. Den ganzen Abend über hatte ich nicht einmal an ihn gedacht, was mir nun umso mehr ein schlechtes Gewissen bereitete. Er fehlte mir, und ich überlegte, noch einmal aufzustehen und zu ihm zu gehen. Doch dann sagte ich mir, er könne ja auch kommen. Offensichtlich war ich ihm dann doch nicht so wichtig wie er mir. Ich drehte mich auf die Seite und schlief ein.

Als ich am nächsten Morgen wieder aufwachte, war es bereits kurz nach acht und ich stellte voller Schrecken fest, dass ich vergessen hatte, mir den Wecker zu stellen. Das war mir bislang auf dem Schiff erst einmal passiert, aber da hatte Simone mich geweckt. Doch heute war deren Bett leer, offenbar hatte sie woanders übernachtet. Ich zog mich eilig an, rannte aus der Kabine und stürmte ein Deck höher zu Bens Kabine. Er würde ja an diesem Morgen von Bord gehen, und ich wollte ihn unbedingt noch einmal sehen, ihn drücken, ihm sagen, dass ich ihn liebte, dass alles gut werden würde.

Doch ein verschlafener André teilte mir mit, Ben wäre bereits von Bord. Direkt nach dem Festmachen hätte die Security ihn abgeholt und ich hätte vielleicht etwas früher aufstehen sollen. Ich bin hinauf zur Lotsentür, aber da war kein Ben mehr, der Wachhabende erklärte mir, er hätte die *MS Astor* bereits verlassen. Mit einem anderen Ausgeschifften hätte er sich ein Taxi geteilt.

Ich bin hoch aufs Apollo-Deck. Hab mich zwischen den Rettungsbooten verkrochen, versucht, ob ich nicht doch von hier oben irgendwie Ben sehen konnte. Ich habe wieder und wieder probiert, ihn auf dem Handy zu erreichen, aber nichts. Ben war weg und ich war allein auf dem Schiff.

Allein mit Frau von Schal.

# 18

»Das wird Ben sein!«, ruft Jenny und eilt zur Tür. Felicitas dagegen reagiert auf das Geräusch der Klingel mit Reglosigkeit. Unbeteiligt sitzt sie vor ihrem Teller, so als hätte dieses Läuten für sie keine Bedeutung, wäre es nicht vermutlich ihr Freund, der eintrifft.

Wenig später steht Ben im Türrahmen, Jenny im Flur schräg hinter ihm.

»Tag, Martin.«

»Moin, Ben.«

»Hallo, Fee!« Ben macht einen Schritt in die Küche hinein, stockt dann und ist offensichtlich unschlüssig, ob er zu Fee hinübergehen soll. Die sieht langsam auf und sagt: »Hallo, Ben«, bleibt jedoch sitzen, springt nicht auf und geht ihm nicht entgegen.

»Ich habe nicht gewusst, dass du hier bist«, sagt Ben.

»Warum bist dann hierhergekommen und nicht zu mir?«

»Hätte ich denn zu dir kommen dürfen?«, fragt Ben leise. »Du hast gesagt, du brauchst Abstand. Und wieso bist du nicht mehr auf dem Schiff?«

»Ich hab viel gesagt. Und vieles sehe ich inzwischen anders.«

»Dann hast du auch deine Erfahrungen mit Frau von Schal gemacht?«

»Das habe ich …«, murmelt Felicitas.

»Magst du erzählen?«, bittet Ben.

»Fee war gerade an dem Punkt, an dem du von Bord bist.« Jenny drängt sich an Ben vorbei in die Küche und setzt sich auf den Stuhl neben Martin.

»Was ist dann passiert?«, fragt Ben.

»Ja, was ist dann passiert …«

# 18

Nachdem mir klar geworden war, dass Ben wirklich und echt fort war, ging es mir richtig mies. Ich saß oben zwischen den Rettungsbooten und habe geweint. Dass ich wirklich allen Grund hatte zu weinen, wusste ich da noch nicht. Doch ich sollte es bald erfahren.

Da ich ja unter Vertrag stand, bin ich hoch zu Frau von Schal. Sie öffnete mir erst auf mehrfaches Klopfen.

»Du?«

»Ja, ich ... nun ich bin, also ...«, stammelte ich draußen im Gang. »Sie haben mich doch bestellt.«

»Vielleicht heute Nachmittag. Im Moment fühle ich mich etwas unpässlich«, krächzte sie. Frau von Schal war noch in ihrem geblümten Nachthemd und sah sehr, sehr schlecht aus.

»Gut, dann komme ich heute Mittag wieder?«

»Von mir aus.«

»Ben ist von Bord«, sagte ich, ohne zu wissen, warum ich das tat.

»Ach, wirklich?« Sie senkte den Kopf und als sie ihn wieder hob, war in ihren Augen ein gewisser Triumph zu sehen. Aber da war auch noch etwas anders. Und sie sagte: »Wird besser so sein.«

»Dann sehen wir uns gegen zwölf?«

»Lieber gegen eins.« Die Tür ging zu.

Unschlüssig stand ich einen Moment im Gang, dann bin ich runter in den Kids-Club zu Heike.

»Was willst du denn hier?«, begrüßte sie mich gereizt.

»Also, ich wollte fragen, mein neuer Job ist erst wieder ab heute Nachmittag und ich dachte …«, begann ich, doch sie schnitt mir das Wort ab und erklärte mir schnippisch: »Ich habe einen Ersatz bekommen. Miriam. Sie hat zwar keine Ahnung, war als Cabin Stewardess engagiert, aber sie kann gut mit Kindern. Und sie ist zuverlässig.«

»Wie meinst du das?«, fragte ich.

»Genau wie ich es sage. Sie lässt ihre Kollegen nicht einfach so hängen und sucht sich einen easy Privatjob!«

»Jetzt warte mal!«, erwiderte ich empört. »Das war nicht meine Idee.«

»Ach nein?« Heike sah mich verächtlich an. »Habt ihr ernsthaft geglaubt, es würde niemand mitbekommen, wie ihr dieser Alten den Hof macht?«

»Was soll das heißen?«

»Ein Schiff ist ein Dorf und da bekommen alle alles mit. Sorry, ich muss jetzt arbeiten. Wir haben heute wieder viele Kinder. Du hast doch sicher auch zu tun.«

Ich bin in die Crew-Messe und habe gefrühstückt und mich dann mit einem Kaffee aufs Personaldeck verzogen. Ich war sauer auf Heike. Aber auch auf die Offiziere. Sie hatten mich doch zu dieser alten Frau abkommandiert, sie hatten mich am gestrigen Abend in diese bescheuerte Uniform gesteckt. Das war nicht meine Idee gewesen, ich hatte das nicht gewollt.

Als ich an diesem Punkt in meinen Gedanken ankam, da fragte ich mich unwillkürlich, was ich eigentlich wollte. Und ich fand keine Antwort darauf. Dieses Gefühl war neu für mich. Normalerweise weiß ich das immer ganz genau.

Ich sah hinaus auf den Geirangerfjord, in dem wir kreuzten, und je länger ich das tat, umso unwirklicher erschien mir meine Situation. Was tue ich hier?, fragte ich mich. Ich war auf einem Schiff, fuhr gerade in einem zugegebenermaßen wunderschönen Fjord auf und ab, aber war das mein Leben? War das nicht eine Warteschleife und vor allem, wie würde es weitergehen, wenn wir diesen Fjord verlassen würden. Wenn wir wieder in Kiel wären, wenn mein Job hier zu Ende wäre? Wollte ich wirklich nach Genf? Wollte ich wirklich mit dieser Frau weiter zusammen sein? Würde es in Genf so werden wie gestern? Ich nur noch ein junges Fräulein, das tat, was die gnädige Frau verlangte?

Nein, sagte ich mir.

# 19

»Nein«, sagt Ben mit vollem Mund. »Das kann so nicht stimmen. So hast du da nicht gedacht.«

»Wie?« Felicitas sieht ihn verdutzt an. »Wie kommst du darauf?«

»Weil ich das einfach weiß.« Ben geht auf ihre Frage nicht ein und nimmt sich auch den Rest Spinatnudeln auf den Teller, den ihm Martin auf den Tisch gestellt hat. »Ich weiß, dass du und sie den Nachmittag ganz harmonisch auf dem Kopernikus-Deck verbracht habt. Dass ihr Backgammon gespielt habt, dass ihr anschließend in die Pianobar seid und sie dir dann ihre Schmetterlingsbrosche geschenkt hat. Also versuche nicht, mir zu verkaufen, dass du das alles nicht mehr gewollt hättest.«

»Okay, ja, sie hat mir ihre Brosche geschenkt. Gut, das hat sie, aber das war anders!«, versucht Fee sich zu verteidigen. »Ehrlich, ich war mir da wirklich schon nicht mehr sicher.«

»Aber du hast auch nicht so sehr gezweifelt, dass du gesagt hättest, ich steige aus«, erwidert Ben hart.

»Nein«, gesteht Felicitas. »Das habe ich nicht gesagt.«

# 19

Am Mittag waren Frau von Schal und ich wirklich oben auf dem Kopernikus-Deck. Wir haben Backgammon gespielt, aber irgendwie war die Stimmung zwischen uns nun ganz anders als in den Tagen zuvor. Frau von Schal war gereizt, eigenartig dünnhäutig, man könnte fast schon sagen verkatert. Sie hatte auf eine ganz eigene Art kein richtiges Interesse mehr an mir. So spielte sie streckenweise so schlecht, dass ich mehrfach gewann. Das hätte es vorher nie gegeben. Zudem war sie auf eine merkwürdige Weise freundlich zu mir. Aber nicht mehr echt freundlich. Ich fühlte mich teilweise wie ein Spielzeug, das jemand unbedingt haben wollte, und wenn er es dann hat, davon gelangweilt ist. Irgendetwas war anders geworden und ich wusste nicht was. So hatte ich ihr die Brosche zurückgeben wollen, aber sie bestand darauf, dass ich das Schmuckstück weiter trug. Und in der Pianobar sagte sie dann plötzlich unvermittelt: »Ich möchte, dass du den Schmetterling behältst.«

»Aber das geht doch nicht, ist das nicht ein Geschenk von Ihrem Hans?«

»Ich schenke ihn dir und basta.«

»Dann … Danke«, stammelte ich.

»Sag, was hast du für heute noch geplant?«, fragte sie nun.

»Wie geplant?«

»Nun, was passiert heute noch? Meine Liebe, ich möchte, dass du mich überraschst.«

Jetzt hatte ich ein Problem. Was, bitte, macht man in so einer Situation? Mit ihr auf die Brücke zu gehen, wie ich das mit den Kindern getan hatte, war nicht möglich. Und so kreuzfahrterfahren, wie sie war, hatte sie das sicherlich schon Dutzende Male gesehen.

»Aber wie soll ich das machen?«, suchte ich nach einem Ausweg. »Sie kennen doch das Schiff, womit kann ich Sie da überraschen?«

»Ich würde ja zu gerne mal sehen, wie ihr von der Crew so auf dem Schiff lebt. Ben hat erzählt, ihr hättet eine eigene Kneipe?«

»Ja, den *Dschungel*.«

»Den könntest du mir doch mal zeigen.«

»Das geht nicht!« Ich kam ins Stottern. »Es ist der Crew streng verboten, Passagiere in den Personalbereich mitzubringen.«

»Ach was. So schlimm wird das doch wohl nicht sein. Nur mal einen Blick und wenn uns jemand erwischt, dann sagen wir, ich hätte mich verlaufen.«

»Nein, im Ernst, Frau von Schal. Das geht nicht.«

»Ach nein?«, gab sie spitz zurück. »Das enttäuscht mich jetzt aber doch sehr. Ich hätte schon erwartet, dass du dir etwas mehr Mühe geben würdest. Einfach so sagen, das geht nicht … Ohne es auch nur zu probieren. Den Maschinenraum beispielsweise …«

»Aber wirklich! Selbst mit den Kindern durfte ich nur auf die Brücke und nicht in die technischen Bereiche. Und Sie wissen selbst, wie das läuft, Kindern wird fast alles ermöglicht.«

»Wie gesagt, ich bin nun doch etwas enttäuscht. Da schenke ich dir diese wertvolle Brosche, mein Lieblingsstück, und du sagst einfach Nein. Mein liebes Fräulein, da hat sich Ben schon mehr bemüht, meine Wünsche zu erfüllen.«

»Ach, hat er?«, fragte ich gereizt. »Wann denn?«

»So ganz generell«, versuchte sie sich in Ausflüchten. »Er war da einfach bemühter.«

»Sie meinen, als er das Buch für Sie bestellt hat.«

»Genau.«

»Oder Ihnen das Hörbuch schenkte.«

»Du sagst es.«

»Das Upgrade?«

»Was, bitte, ist ein Upgrade?«, fragte sie irritiert.

»Sie durften in die Suite umziehen.«

»Ja, in der Tat.« Sie zuckte mit den Schultern. »Das war schon sehr nett, wie sich der Junge darum gekümmert hat. Obwohl ich das nicht verlangt habe. Und darüber hinaus, wenn ich direkt mit dem Cruise Director gesprochen hätte, dann hätte ich das auch bekommen.«

»Oder als Sie zum Nordkap wollten?«, fragte ich beiläufig.

»Beispielsweise.« Sie sah mich herausfordernd an. »Da hat sich Ben wirklich ins Zeug gelegt. Muss man so sehen, er hat sich um einiges mehr angestrengt als du …«

»Oder als es um den Ausflug zum Kirkeporten ging«, schob ich nach.

»Wie meinst du denn das jetzt?« Sie zuckte zusammen. »Das war allein Bens Idee!«

»Wenn Sie das sagen ...« Ich zögerte, dann jedoch gab ich meinem Entschluss nach. »Vielleicht haben Sie recht. Ich kann ja zumindest einmal nachfragen.«

»Wusste ich es doch!«, triumphierte Frau von Schal. »Du findest mich oben auf dem Sonnendeck.«

Ich hatte mich entschlossen, mich direkt an den Cruise Director zu wenden. Er hatte mir den Auftrag gegeben, er hatte mich als Gesellschafterin bestimmt, er hatte das mit dem Platz am Tisch des Kapitäns geregelt, und wenn ein Anruf von ihm in der Kleiderkammer mir eine Galauniform verschaffen konnte, dann war doch Frau von Schals neuer Wunsch für ihn sicherlich ein Klacks.

Doch zu meiner Überraschung war der Mann inzwischen gar nicht mehr so gut auf Frau von Schal zu sprechen. Er sagte es nicht explizit, doch es klang irgendwie durch, dass sich der Kapitän gestern Abend über sie geärgert hätte. Ich vermutete, wegen der einen Anspielung, doch das sagte ich natürlich nicht.

Und dann kam der Knaller. Der Mann erklärte, er wäre froh, dass ich zu ihm gekommen wäre, denn so würde er sich einen Weg sparen. Mein Job als Gesellschafterin wäre mit sofortiger Wirkung beendet und ich solle die letzten beiden Tage, bevor wir schließlich in Kiel anlegten, wieder im Kids-Club arbeiten.

»Aber wie soll ich das Frau von Schal beibringen?«, fragte ich.

»Überhaupt nicht!«, erklärte er mir knapp. »Du gehst jetzt sofort auf deine Kabine, ziehst dich um und dann meldest du dich bei deiner Vorgesetzten. Und jeder Aufenthalt im Passagierbereich ist dir ab sofort untersagt.«

»Aber wieso?«, fragte ich total überrumpelt. »Was habe ich denn Schlimmes gemacht?«

»Gar nichts«, sagte der Cruise Director beschwichtigend. »Sagen wir es mal so, es wäre einfach besser. Wir wollen jeden weiteren Vorfall vermeiden.«

»Aber ...«, stammelte ich.

»Du hast ja vermutlich von der Geschichte um Ben gehört.«

»Ja, habe ich!«, antwortete ich. »Ben war mein Freund!«

»Nun, es scheint doch so zu sein, als ob man diesen Vorgang auch anders interpretieren könnte.«

»Damit kommen Sie jetzt?«, brach es aus mir heraus. »Jetzt, wo Ben von Bord ist! Was soll denn der Scheiß!«

»Etwas mehr Beherrschung, bitte!«, zischte der Cruise Director. »Dafür könnte ich dir eine spoken warning erteilen! Wie viele hast du bereits?«

»Eine.«

»Dann rate ich dir zur Vorsicht. Und jetzt muss ich arbeiten.«

Ich bin runter in meine Kabine, um mich umzuziehen, und auf dem Weg zum Kids-Club habe ich kurz überlegt, ob ich es nicht doch wagen sollte, einen Umweg über die Pacific-Lounge zu machen. Um Frau von Schal zu erklären, wie die Situation nun wäre und sie über meine »Versetzung« zu informieren. Mich sozusagen zu entschuldigen. Aber dann dachte ich an meine mündliche Verwarnung und daran, dass der Cruise Director seine Anordnung ziemlich eindeutig formuliert hatte. Und außerdem, ehrlich gesagt, ich hatte keine Lust, Frau von Schal diese schlechten Neuigkeiten zu übermitteln. Ich konnte mir vorstellen, wie sie reagieren würde. Nein, so war das schon besser. Wenn ich Glück hatte, würde sie sich direkt an den Cruise Director wenden, was ging das mich an. Ihr Testament würde sie deswegen schon nicht gleich ändern.

Es wurde ein scheiß Nachmittag. Heike war total fies zu mir, ich durfte nur Hilfsarbeiten machen. Windeln wechseln, füttern und wann immer ein Kind schrie, landete es sofort bei mir. Heike zog so richtig eine Retourkutsche durch, was ich total gemein fand. Am Abend war ich jedenfalls fertig und wollte niemanden mehr sehen. Ich bin noch kurz in die Crew-Messe, hab mir ein paar Sandwiches und einen Salat geschnappt und bin runter in meine Kabine.

Kurz bevor ich schlafen ging, kam Simone.

»Hey, lange nicht gesehen!«, begrüßte sie mich. »Wie geht's?«

»Gut.«

»Du siehst etwas mitgenommen aus.«

»So fühle ich mich auch.«

»Tja, ist schon stressig hier an Bord.« Sie setzte sich neben mich. »Ich hab das mit Ben gehört. Tut mir leid.«

»Danke.«

»Mein zeitweiliger Freund hat mal das Schiff verpasst. Kam einfach zu spät. Tja, das wurde ebenso hart geregelt. Als er im nächsten Hafen an Bord wollte, da haben sie ihm seinen Koffer in die Hand gedrückt und das war es dann. Aber mach dir keinen Kopf, es gibt noch andere Reedereien.«

»Schon okay.« Ich zögerte, fragte es dann aber doch. »Sag mal, du riechst ... warst du an meinem neuen Parfüm?«

»Ja.« Sie sah mich schuldbewusst an. »Du weißt doch, wie ich bin. Ich sah das im Bad und musste es einfach testen. Toller Duft, oder? Echt edel. War mal sehr teuer. Gibt es aber schon ewig nicht mehr. Wo hast du den her?«

»Ist ein Geschenk.«

»Cool. Aber sei vorsichtig.«

»Vorsichtig?«, fragte ich irritiert.

»Na ja, vermutlich weißt du das nicht. Aber bei dem da ist das Haltbarkeitsdatum schon lange abgelaufen. Und dann kann es zu Ausschlag und Allergien führen.«

»Parfüm hat ein Haltbarkeitsdatum?«, wunderte ich mich, machte die drei Schritte in unser Bad und kam mit dem Flakon in der Hand zurück.

»Da, auf der Unterseite«, plapperte Simone. »Wissen die wenigsten. Aber klar, so was kann schlecht werden ... umkippen. Aber war ja eh nur ein Warenmuster.«

»Warenmuster?«, wunderte ich mich erneut.

»Ja, steht doch auf der Rückseite, ganz klein. Unverkäufliches Warenmuster. War sicher ein Vertretergeschenk. Als ich noch in München in der Parfümerie gearbeitet habe, da war mein Badezimmer voll von derartigen Flaschen gewesen.« Simone seufzte. »Tja, und heute muss ich mir sie leider für teures Geld kaufen.«

»Das wundert mich jetzt ...«, murmelte ich. »Sie sagte, es wäre sehr teuer gewesen ...«

»Wohl kaum.« Simone stand auf. »Du, ich will noch mal los. Drüben in der Gallery soll es später noch abgehen. Kommst du mit?«

»Nein, ich wollte schlafen. Ich bin ziemlich geschafft.«

»Wie du meinst.«

## 20

»Alles etwas merkwürdig, oder?«, fragt Martin. »Also spätestens da müsste dir doch alles klar geworden sein, oder nicht?«

»Nicht direkt«, antwortet ihm Fee. »Logisch war das merkwürdig. Nur wusste ich noch nicht, was ich davon halten sollte. Plötzlich waren Dinge anders und okay, da war auch so ein komisches Gefühl. Irgendwas stimmte nicht mehr, in meinem Kopf hatte es irgendwie »knack« gemacht. Aber wenn man noch nicht weiß, was der Grund ist, kapiert man nicht, was dahintersteckt. So weit habe ich zu diesem Zeitpunkt nicht gedacht.«

»Ich habe dich gewarnt«, wirft Ben ein.

»Ja, hast du.« Fee schüttelt es. »Und ich war so blöd.«

»Das Gefühl kenne ich.« Ben lächelt gequält.

»Wenn ich etwas Abstand gehabt hätte, so wie jetzt, womöglich hätte ich sie in diesem Moment durchschaut«, versucht das Mädchen mit den schulterlangen braunen Haaren sich zu erklären. »Aber auf dem Schiff, immer in diesem Stress, eingebunden in diese andere Welt, da nimmt man die Dinge einfach so hin. Da fragst du nicht mehr nach!«

»Hättet ihr aber besser«, bemerkt Martin.

»Verstehst du das denn nicht?«, bricht es aus Felicitas heraus. »Du, Jenny, ihr hättet euch da nicht anders verhalten. Es ist immer leicht, im Nachhinein zu sagen, da hätte man was merken müssen. So ist es eben nicht. Das waren doch alles Kleinigkeiten. Das Parfüm, so einzelne Bemerkungen, die einem rückblickend zu denken geben. Ach ...« Sie seufzt. »Ich bin einfach niemand, der gleich alles überprüft. Und ich kenne mich ja mit den meisten Dingen auch gar nicht aus. Woher hätte ich beispielsweise wissen sollen, dass die Brosche Modeschmuck war.«

»War sie das?«, fragt Jenny überrascht.

»Ich war in Kiel bei einem Juwelier. Keine zehn Euro wert, das Teil.«

»Wie ging es weiter?«, fragt Ben. »Was genau hat die Schal gemacht?«

»Wie ging es bei dir weiter?«, erwidert Fee.

»Erst du.«

»Da gibt es nicht mehr so viel zu berichten.«

# 20

Am nächsten Morgen machten wir in Bergen fest, was für mich aber ohne Belang war, da ich schon um sieben Uhr im Kids-Club war. Ich hatte gehofft, dass Heike wieder netter zu mir wäre, wenn ich die Erste wäre und alles vorbereiten würde. So war es dann auch. Heike ist einfach nicht der Typ, der einem lange was nachträgt. Irgendwann kam sie zu mir, drückte mich und sagte: »Schön, dass du wieder da bist. Ist doch cool, Miriam wird auch bleiben, dann sind wir jetzt zu dritt.«

Ich genoss es total, wieder in meinem Team zu sein. Ehrlich. So nett das mit Frau von Schal war, so einsam war es auch andererseits gewesen. Vielleicht nicht von Anfang an, aber dann immer mehr. Das Captain's Dinner, der Vormittag davor, das war nicht meine Welt. Dann schon lieber nervende Kids und Kollegen. An Frau von Schal, Genf, diese ganze Geschichte mit dem Erbe, darüber weiter nachzudenken, dazu kam ich einfach nicht. So eine Kindergruppe nimmt einen echt in Beschlag. Aber mir war das ganz recht so. Bis unvermittelt am Nachmittag der Erste Offizier im Kids-Club auftauchte.

»Felicitas, würdest du bitte mitkommen?«

»Was ist denn?«, wollte ich wissen.

»Das wirst du gleich erfahren.«

Er führte mich in sein Büro und dort waren zu meiner Verwunderung bereits der Cruise Director, Sven, der Steward vom Sky-Deck und zwei Männer von der Security versammelt.

»Es geht um Folgendes«, begann der Erste Offizier ohne weitere Vorrede. »Frau von Schal ist verschwunden.«

»Verschwunden?«, fragte ich.

»Offenbar nicht mehr an Bord.«

»Das glaube ich nicht.«

»Ihre Sachen sind nach wie vor in der Kabine«, bemerkte Sven. »Kleiderschrank, Bad, alles unverändert. Aber sie selbst hat niemand gesehen, seitdem wir Bergen verlassen haben.«

»Fee, das ist wichtig. Hast du eine Ahnung, wo sie sein könnte? Du hattest ja den intensivsten Kontakt mit ihr.«

»Bis gestern«, widersprach ich. »Danach wurde mir ja gesagt, ich soll in meinen alten Job zurück und dürfe nicht mehr zu ihr.«

»Und du hast dich auch daran gehalten?«

»Natürlich.«

»Ich bin mir sicher, dass sie heute Vormittag in Bergen vom Schiff gegangen ist«, setzte der Staff Officer an. »Das würde passen und alles erklären.«

»Das ist ausgeschlossen«, antwortete der Leiter der Sicherheit. »Dann müsste sie sich beim Landgang mit ihrer Bordkarte ausgecheckt haben. Das wüssten wir.«

»Jetzt tun Sie mal nicht so!«, regte sich der Staff Officer auf. »Natürlich kann man sich einfach so von Bord mogeln. Bei der Menge an Passagieren! Es gibt immer einen Weg und das wissen Sie auch.«

»Ausgeschlossen.«

»Was ist mit ihren privaten Sachen. Pass, Geld ...« Der Staff Officer kam immer mehr in Fahrt. »Der Safe in ihrer Suite, ist der schon geöffnet worden?«

»Nein.«

»Dann sollten wir das schleunigst nachholen«, entschied der Cruise Director. Sven und der Leiter der Security sahen sich kurz an und verschwanden nach einem knappen Zunicken gemeinsam hinaus in den Gang.

»Felicitas, war irgendetwas auffällig an Frau von Schals Verhalten?«, fragte mich der Cruise Director.

»Nein«, antwortete ich.

»Bist du dir da sicher?«

»Natürlich nicht«, gab ich nach. »Woher denn? Ich kenne sie doch kaum.«

»Ich würde nur äußerst ungern einen Suchalarm auslösen. Das kostet uns Stunden«, bemerkte der Erste Offizier.

»Aber ich fürchte, uns bleibt nichts anderes übrig«, unkte der Cruise Director.

»Außerdem müsste ich dann die Polizei einschalten.«

»Haben wir eine Wahl?«

»Irgendwas ist da faul«, murmelte der Cruise Director. »Aber was? Ich glaube nicht, dass sie über Bord gegangen ist. Ich denke, das zumindest können wir ausschließen.«

»Die *MS Astor* ist sicher, dafür garantieren wir«, brummte der zweite Mann von der Security. »Wenn hier jemand über Bord fallen sollte, dann kann sich das nur um ein Selbstmörder handeln. Und selbst das bliebe nicht unbemerkt. Wir sind fast voll belegt.«

Nach ein paar Minuten, in denen wir schweigend zusammenstanden, kamen Sven und der Securitychef zurück. »Der Safe ist leer. Kein Pass, kein Geld, gar nichts. Überhaupt, wenn man die Kabine so mit professionellem Blick betrachtet, könnte es schon sein, dass sich da jemand verabschiedet hat.«

»Wie kommen Sie darauf?«, fragte ihn der Erste Offizier direkt.

»Nichts Persönliches in der ganzen Suite. Im Schrank nur zwei Kleider und ein alter Mantel. Keine weiteren Schuhe, kaum Wäsche …«

»Ich habe Ihnen schon oben gesagt, Frau von Schal hatte von Anfang an nicht viel Gepäck dabei«, unterbrach ihn Sven. »Das kommt oft bei älteren Damen vor. Wenige Dinge, die dafür aber von gehobener Qualität. Die aufwendigen Abendgarderoben finden Sie eher bei den jüngeren Passagieren.«

»Entschuldigen Sie!« Eine der wenigen weiblichen Securityleute betrat den Raum. »Wir haben sie gefunden!«

»Endlich!« – »Wo war sie?« – »Alles okay mit ihr?«, stürzten ihre Vorgesetzen auf sie ein.

»Auf dem Überwachungsband der Gangway. Sie ist deutlich zu sehen.«

»Kann ich das auf meinen Monitor haben?«, forderte der Erste Offizier.

»Natürlich! Darf ich?« Die Frau ging zu seinem Schreibtisch, klickte mit der Maus, Sekunden später erschien das Bild einer Überwachungskamera. Es zeigte eine Menschentraube, die sich durch den Ausgang zur Gangway drängelte. Die mitlaufende Uhr am oberen Bildschirmrand zeigte 9 Uhr 12.

»Das ist sie!«, rief ich aufgeregt. Frau von Schal war mit ihrem Rollator gut zu erkennen, sie war mit drei anderen Damen zusammen. Sie schob ihre Gehhilfe, an der eine große Handtasche befestigt war, und die Frauen gingen gemeinsam durch die Kontrollschleuse. Die Frau am Schreibtisch klickte erneut mit der Maus, das Bild auf dem LCD-Monitor wurde größer.

»Da, sie führt die Karte nur am Lesegerät vorbei, nicht aber am Scanner und geht somit auf der Karte der anderen Frau durch das Gatter«, erklärte die Frau. »Kommt leider manchmal vor.«

»Sehr, sehr selten, so gut wie nie!«, korrigierte sie ihr Chef.

»Verständigen Sie bitte die norwegische Polizei in Bergen, womöglich ist ihr dort etwas zugestoßen«, entschied der Erste Offizier.

»Sie sollten in den Krankenhäusern nachfragen«, ergänzte der Cruise Director. »Frau von Schal hatte Herzprobleme, sie ist uns auch hier an Bord einmal umgekippt.«

»Da wird nichts bei rauskommen, wage ich zu prophezeien. Sie hat den schnellen Abgang gemacht«, murmelte der Mann von der Security.

»Aber warum?«, fragte ich. »Warum soll sie das getan haben?«

»Flucht!«

»Wieso sollte sie flüchten?«, wunderte ich mich. »Sie hat doch nichts getan?«

»Zechprellerei?«, überlegte der Erste Offizier laut. »Wie hoch ist ihre Rechnung?«

Der Cruise Director trat an die Tastatur. »Sekunde, da muss ich in ein anderes Programm ... so ... Ein paar Getränke, zwei Flaschen Champagner und ein Dinner für drei Personen en Suite. Ansonsten gab es keine Order.«

»Moment? Das gibt es doch nicht!«, wunderte sich der Erste Offizier. »Keine weiteren Extras? Das ist aber ungewöhnlich ...«

»Keine sonstigen Extras.« Der Cruise Director druckste etwas herum. »Zumindest keine, die ihr in Rechnung gestellt wurden.«

»Wie das?«, wollte sein Chef wissen.

»Felicitas, Sven und die Herrschaften von der Security, wir brauchen Sie hier nicht länger«, wandte sich der Cruise Director an uns, anstatt dem Ersten Offizier zu antworten. »Danke für Ihr Kommen.«

Wir verließen das Büro und draußen im Gang fragte ich Sven: »Und in ihrem Safe, da war wirklich nichts? Kein Umschlag mit meinem Namen oder so?«

Sven schüttelte den Kopf.

»Und sonst irgendwo in der Kabine ein Schreiben an mich?«

»Nein.« Sven beugte sich zu mir herüber. »Ich weiß nicht, was die vorhatte, aber an der war etwas link. Mit der stimmte was nicht.«

»Aber was?«, murmelte ich.

»Das wird sich schon noch zeigen«, orakelte er.

Langsam bin ich zurück in den Kids-Club. Natürlich wollte Heike wissen, was der Erste Offizier von mir gewollt hatte. Ich hatte keinen Grund, es ihr nicht zu erzählen. Anschließend schüttelte Heike nur verwundert den Kopf. »Echt bizarr.«

»Tja, so war das. Nun ist sie weg«, sagte ich und so komisch es klingen mochte, ich war froh, dass sich Frau von Schal nicht mehr an Bord unseres Schiffes befand. Welche Konsequenzen ihr Verschwinden für mich haben würde, darüber wollte ich nicht nachdenken. Die Vermutung des Cruise Directors, Frau von Schal wäre geflohen, fand ich absurd. Warum hätte sie das machen sollen? Garantiert war ihr etwas zugestoßen. Vermutlich war sie gestürzt. Als ich bei diesem Punkt in meinen Überlegungen angekommen war, da überfiel mich ein schlechtes Gewissen. Es konnte nur so sein und ich hätte es wissen müssen. Die alte Frau hatte sich allein nicht einmal getraut, die Kathedrale in Trondheim zu besichtigen. Auch zum Nordkap hatte sie sich nur in Begleitung von Ben gewagt. Wobei es egal war, wer da die treibende Kraft gewesen war. Entscheidend war nicht, wer die Idee zu diesem schwachsinnigen Ausflug nach Kirkeporten gehabt hatte, sondern dass Ben sie dort bedroht hatte, was er selbst nie bestritten hatte. Es konnte nur so sein, Frau von Schal musste etwas passiert sein. Ein Schwächeanfall, ein Überfall. Erst neulich hatten sie im Fernsehen berichtet, dass zwei Jugendliche eine alte Frau überfallen, einfach ihren Rollator umgestoßen und sie ihrer Handtasche beraubt hatten. Ich sah sie in einem Krankenhausbett vor mir. Klein, schwach und liebenswürdig wie sie war. Plötzlich war es wieder da, dieses Gefühl der Zuneigung gegenüber dieser hilflosen, einsamen, netten alten Dame, die nur noch wenige Monate zu leben hatte. Und mit diesem Gefühl kam auch das schlechte Gewissen. Wie selbstsüchtig war ich doch gewesen. Sie hatte auf ihre alten Tage noch einmal am Kapitänstisch sitzen dürfen. Logisch wollte sie ein Erinnerungsfoto von mir und sich haben.

»Wir reden später weiter«, sagte meine Kollegin und klopfte mir aufmunternd auf die Schulter. »Auf, wir können Miriam nicht länger mit den Kindern alleine lassen.«

Den ganzen Nachmittag hatte ich immer ein Auge auf die Eingangstür und wartete darauf, dass einer der Offiziere hereinkommen und mir sagen würde, man habe Frau von Schal gefunden. Und ich muss gestehen, ich habe mir auch ausgemalt, wie es wäre, wenn der Erste Offizier mir mitteilte: »Sie haben sie gefunden. Aber, Frau Kleiber, ich habe eine schlechte Nachricht für Sie. Frau von Schal ist tot. Herzinfarkt. Es muss ganz schnell gegangen sein. In ihrer Handtasche war ein Brief mit ihrem Testament. Sie sind als Alleinerbin eingesetzt. Würden Sie bitte mit in mein Büro kommen, wir müssen ein paar Formalitäten erledigen.«

Doch es kam niemand und da wir in unserem Kids-Club sehr isoliert arbeiteten, konnte ich nicht einmal jemanden von der Crew fragen, ob es Neuigkeiten gab.

Erst nachdem am Abend die letzten Kinder abgeholt worden waren, kam ich aus unseren Räumen raus. Ich bin sofort runter in die Crew-Messe, um mit Bens Vater zu sprechen. Dort war er normalerweise immer, wenn er nicht arbeiten musste. Was allerdings meistens der Fall war. Zwar hatten er und ich kein so inniges Verhältnis, aber ich war mir sicher, wenn jemand außer mir an dieser Geschichte interessiert war, dann er.

»Hat man sie gefunden?«, fragte ich direkt, als ich mich ihm gegenübersetzte. Bens Vater hatte eine halbvolle Flasche Bier vor sich stehen.

»Nein.«

»Ich bin mir sicher, ihr ist etwas zugestoßen!«, teilte ich ihm das Resultat meiner Überlegungen mit. »Sie hatte doch diese Herzprobleme. Wenn sie irgendwo umgekippt ist …«

»Sie ist nicht umgekippt«, antwortete Bens Vater. »Die Krankenhäuser sind überprüft worden.«

»Aber es kann nur so sein!«, beharrte ich. »Sie ist alt, schwach, die Ärzte geben ihr nicht mehr lange.«

»Meine liebe Fee, du hast vom Leben wirklich noch so gar keine Ahnung«, stöhnte der Mann mir gegenüber und trank einen Schluck aus seiner Flasche. »Es war ein Fehler, dich und Ben auf dieses Schiff zu lassen. Ich hatte vorhin ein längeres Gespräch mit dem Staff Officer. Er hat mir die ganze Geschichte erzählt. Tut mir leid.«

»Was tut dir leid?«, fragte ich.

»Dass ich davon nichts mitbekommen habe, dass ich euch nicht habe helfen können. Aber ich hatte so viel zu tun, ich war einfach unter Stress.«

»Ehrlich, ich verstehe gar nichts mehr.«

»Sie haben mit den anderen beiden Frauen gesprochen«, informierte er mich. »Frau von Schal hat sich ein Taxi genommen.«

»Aber wieso …«, wunderte ich mich. »Wo wollte sie denn hin?«

»Zum Bahnhof, wie wir von der Polizei inzwischen wissen.«

»Zum Bahnhof?«, echote ich ungläubig.

»Dort hat sie sich eine Fahrkarte nach Oslo gekauft.«

»Und weiter?«

»Nichts weiter.«

»Nichts weiter?« Ich war total irritiert. »Hat die Polizei sie nicht in dem Zug gefunden …«

»Wieso sollte sie? Für die norwegische Polizei ist der Fall erledigt.«

»Erledigt?«

»Ja, Fee. Die Sache ist erledigt.« Bens Vater zuckte mit den Schultern. »Ihr ist nichts passiert. Für die Polizei besteht kein Handlungsbedarf, es steht ihr frei, zu tun und zu lassen, was sie will. Sie hat die *MS Astor* verlassen, wieso und warum werden wir vermutlich nie erfahren. Ihr restliches Gepäck wird ihr die Reederei zusammen mit der Schlussrechnung nachschicken, sie hat vorzeitig ausgecheckt, fertig. Kommt öfters vor.«

Ich schwieg und versuchte, diese Neuigkeiten zu verarbeiten. Vor allem versuchte ich zu verstehen, was sie für mich bedeuteten.

»Aber wieso hat sie das gemacht?«

»Ach Fee …«, seufzte Bens Vater. »Menschen machen die sonderbarsten Dinge aus den merkwürdigsten Motiven. Vielleicht hat sie einen Anruf bekommen. Vielleicht ist jemandem aus ihrer Familie was passiert. Vielleicht hatte sie einfach keine Lust mehr und hat ihren Urlaub vorzeitig beendet. Was weiß ich.«

»Dieser Typ Mensch ist sie nicht.«

»Mädchen, du kennst sie gerade einmal etwas mehr als eine Woche.«

»Trotzdem.«

»Ben hat mir ja nicht wirklich viel erzählt. Wieso er diese Scheiße gebaut hat und so.« Er trank erneut von seinem Bier. »Liegt vermutlich daran, dass ich schon zu lange und zu oft auf diesem Schiff hier bin. Er und ich haben nicht so das klassische Vater-Sohn-Verhältnis. Aber dennoch weiß ich, diese Frau von Schal hat hier schon ein eigenartiges Ding durchgezogen. Ich weiß nicht, was genau, aber ich würde es zu gerne wissen.«

»Hast du was von Ben gehört?«

»Er ist unterwegs nach Hause ...«, zögerte er und fragte: »Telefoniert ihr nicht miteinander?«

»Nein«, antwortete ich leise. »Ich kann ihn nicht erreichen.«

»Ist was zwischen euch?«

Anstatt zu antworten, fing ich an zu heulen. Bens Vater wechselte zu mir herüber und versuchte, mich zu trösten. »Das wird schon wieder ...«

## 21

»Typisch mein Alter«, regt Ben sich auf. »Immer alles auf später verschieben. Wetten, er hat nicht gefragt, warum du weinst, was genau mit dir und mir ist?«
Fee nickt.
»So war er schon immer. Nur keine Probleme. Alles wird gut. Wir reden nachher.« Felicitas' Freund ballt die Fäuste zusammen. »Und dann muss er immer weg. Oder er ist schon weg. Muss wieder aufs Schiff, noch was Wichtiges erledigen, er will keine Probleme hören. Nie.«
»An dem Abend musste er dann auch noch mal in die Gallery«, schnieft Fee. »Er sagte, *Wird schon wieder* und ist gegangen.«
»Echt ein Arschloch!«
»Und war es das dann bei dir?«, versucht Martin, das Thema zu wechseln.
»Fast!«, antwortet ihm Felicitas und trocknet sich die Augen mit dem Stück Küchenrolle, das ihr Jennys Mitbewohner gereicht hat. »Ich hatte noch einen Tag Arbeit, dann kamen wir wieder in Kiel an und ich habe gekündigt. Ich wollte auch endlich von diesem Schiff runter. Noch eine Cruise hätte ich nicht durchgehalten.«

»Und Ende der Geschichte«, bemerkt Jenny.

»Nicht ganz«, widerspricht ihre Freundin. »Sven, Frau von Schals Steward, ist am nächsten Tag noch bei mir erschienen. Er hat mir ein Buch gebracht. *Schloss Gripsholm.* Es war in ihrem Nachttisch mit einem Zettel dran. *Für Felicitas Kleiber.* Und sie hatte mir sogar etwas reingeschrieben.«

»Was denn?«, fragen Ben und Martin gleichzeitig. Das Mädchen zieht aus der Seitentasche ihres weiten Pullovers ein Buch heraus und schlägt es auf: »*Für Felicitas, meine Glückseligkeit. Kurzes Glück: Es ist wohl kein andres denkbar, hienieden. Vielen Dank für diese schönen Tage, Deine Bärbel.*«

»Komisch, dass sie mit Bärbel unterschrieben hat, oder?«, wundert sich Jenny. »Du hast immer von Frau von Schal gesprochen und sie unterschreibt mit Bärbel.«

»Vielleicht konnte sie nicht mit Frau von Schal unterschreiben«, bemerkt Ben.

»Wieso?«, wundert sich Jenny.

»Das wiederum kann ich euch erzählen.«

## 21

Fee hat ja sicherlich geschildert, wie das alles angefangen hat. Als diese nette ältere Dame zu mir in den Laden gekommen ist, mit mir über Bücher reden wollte, und wie gut das tat, endlich mal nicht nur Tageszeitungen zu verkaufen. Anders als bei Fee in ihrem Job bestand ja der Großteil meiner Arbeit darin, herumzustehen und zu warten, dass jemand etwas von mir wollte. Das macht einen fertig, den ganzen Tag hängt man in diesem Glasverschlag auf dem Plaza-Deck rum, bekommt nichts, aber auch gar nichts von der Umgebung mit. Super Kreuzfahrt, kann ich da nur sagen. Wenn sich die Mall vor mir schlagartig leerte, wusste ich, na toll, jetzt gibt es draußen wieder was zu sehen. Ein spektakulärer Fjord, eine coole Hafeneinfahrt und ich darf nicht mal gucken.

Wenn man das ein paar Wochen lang macht, dann freut man sich über jeden Besuch. Und Frau von Schal war nett. Sie hat mir sogar manchmal einen Kaffee mitgebracht und wir haben geredet. Über die Bücher auf den Bestsellerlisten oder eben über ihren Hans und dessen Bücher. Sie hat von Genf erzählt, wie sie die Zeit nach dem Krieg erlebt hat, es war echt interessant. Und als dann dieses Angebot kam, da war ich natürlich platt. Ich habe ihr gesagt: »Das kann ich nicht annehmen.«

Und sie hat nur geantwortet: »Ben, das letzte Hemd hat keine Taschen. Mehr als anbieten kann ich es dir nicht.«

»Aber ...« Ich hatte gezögert. »Entschuldigen Sie, wenn ich so direkt frage. Ich hab von meiner Mutter gelernt, nichts ist umsonst. Wo ist der Haken bei der Sache?«

»Der Haken?« Sie hatte gelächelt. »Nun, der Haken an der Sache bin ich. Die vielen Anfragen wegen Hans, ich schaffe das nicht mehr. Es muss sich jemand darum kümmern. Ich kann das alles nicht mehr. Einen Literaturagenten will ich nicht. Das sind doch alles Betrüger. Aber irgendwer muss sich der Sache annehmen. Die Abrechnungen kontrollieren und natürlich sollte derjenige sich auch etwas um Werbung kümmern, sich in die Verlagswelt einarbeiten.«

»Aber wieso ich?«, hatte ich mich gewundert.

»Weil ich glaube, du bist ein ehrlicher Kerl.« Sie hatte mich abwartend angesehen. »Weil ich glaube, du könntest mit einer derartigen Chance etwas anfangen.«

»Aber was würde das konkret für mich bedeuten?«

»Zunächst würde sich gar nichts ändern. Wir sollten das ganz langsam angehen, wir haben doch Zeit. Du würdest mal zu mir an den Genfer See kommen, ich würde dir das Haus zeigen, den literarischen Nachlass. Vielleicht könntest du anfangen, die Dinge etwas zu ordnen. Hans' Korrespondenz zu sortieren, es gibt ein paar Skripte, die man womöglich überarbeiten und neu veröffentlichen könnte. Was du selbstverständlich auch gut zu Hause machen kannst, neben der Schule, denn das Abitur brauchst du natürlich. Tja, was würde das alles bedeuten ... Du arbeitest dich ein, in den Ferien und irgendwann ... irgendwann würdest du die Ernte einfahren, sozusagen.«

Das war der Hammer. So ein Angebot bekommt man normalerweise nicht. Und was hinzukam, ich mochte diese ältere, so bescheiden auftretende Dame einfach. Sie war irgendwie ... nett. Und natürlich habe ich ihr daher bei ihrem Problem mit der Kabine geholfen. Sie hatte diese bescheuerten Rettungsboote vor der Nase und das hatte ihr niemand im Reisebüro gesagt. Junior-Suite, da denkt man doch nicht, dass man mit Aussicht auf gigantische Rettungsboote gebucht hat. Also habe ich das über meinen Vater für sie geregelt. Und noch so andere Kleinigkeiten. Sie musste eine besondere Diät einhalten, vertrug nicht alles, wie sie uns vorgemacht hatte, und ... ach Gott, ja, sie war eben eine ältere Dame, die es gerne hatte, wenn sich jemand um sie kümmerte. Ich dachte zu dieser Zeit wirklich, das könnte etwas werden. Und ja, ehrlich gesagt hatte ich mich recht schnell mit dieser neuen Zukunft angefreundet. Was mir allerdings auch klar war, das würde Stress mit Fee geben. Auch ohne dass wir jemals über derartige Themen gesprochen hatten, wusste ich, so etwas wollte sie nicht. Stand nicht auf ihrem Plan und es machte ihr Angst. Fee ist so, Neues macht ihr erst einmal Angst. Sie war auch komplett dagegen, dass ich diesen Job auf dem Schiff machen wollte. Was haben wir im Vorfeld darüber geredet. Das wüsste man doch aus dem Fernsehen, wie es da abgeht, dass dort wild durch die Betten gegangen würde und dass ich mir sicher sofort eine andere suchen würde. Aber nachdem sie es mir nicht ausreden konnte, schlug sie vor, dass ich doch versuchen könnte, über meinen Vater auch für sie einen Job zu bekommen. Es wäre doch vielleicht ganz witzig, wenn wir das zusammen machen würden. So kam es dann ja auch.

Klar, dass ich daher Fee diese neue Option nicht gleich erzählte, versucht habe, Frau von Schal langsam einzuführen, damit das alles nicht so überfallartig auf Fee wirken würde. Doch ich musste mit jemandem darüber reden. Mein Vater war im Stress, so wie er immer im Stress ist. Meine Mutter, der brauchte ich mit derartigen Überlegungen gar nicht erst zu kommen. Die würde mich ja am liebsten für immer in ihrer Nähe haben wollen. Wenn schon mein Vater ständig weg ist, dann wollte sie wenigstens mich haben. Da war sie sich mit Fee einig, die beiden waren ja, was meine Zukunft anging, sowieso einer Meinung. Sie hatten bereits im Haus nebendran eine Wohnung für mich und Fee gemietet. Das muss man sich doch mal reinziehen! Toller Auszug von zu Hause. Mit der Freundin ins Nachbarhaus der Mutter. Also habe ich Jenny von der Geschichte berichtet. Wir kennen uns lange und ich konnte immer gut mit ihr reden. Jenny hat auch sofort zurückgemailt, dass das doch eine super Chance wäre und dass ich das unbedingt machen müsse. Mit dem Zusatz, dass sie das sofort machen würde und ob ich nicht fragen könnte, ob diese ältere Dame nicht noch jemanden gebrauchen könne. Sie würde in diesem Fall sofort ihre Koffer packen. Das war natürlich typisch Jenny. Ich wusste ja, sie und Martin haben da was am Laufen und das war alles Spaß, aber dennoch. Womit sie recht hatte, war, dieses Angebot von Frau Schal durfte man einfach nicht ausschlagen. Also habe ich zugesagt und Fee eingeweiht. Fee reagierte wie erwartet, erst sauer und dann so, wie sie es eigentlich immer tat. Sie versucht, mir meine neuen Ideen, meine neuen Freunde auszureden, schlechtzumachen, und wenn sie merkt, ich bleibe dennoch bei meinem Plan, dann klinkt sie sich irgendwie ein, hängt sich dran. So läuft das mit Freunden, mit Büchern, welche Musik sie gerne hört, einfach mit allem …

## 22

»Sekunde mal!«, geht Martin dazwischen. »Wenn du jetzt vorhast, hier deine Beziehung zu Fee aufzuarbeiten, dann sage ich ganz deutlich, klärt das bitte allein. Ich hasse Beziehungsgesülze. Ich für meinen Teil will nur noch endlich erfahren, was nun wirklich mit dieser Frau war.«

»Ehrlich, Ben!« Jenny weist mit einem Kopfnicken auf die völlig in sich zusammengesunkene Felicitas. »Das ist echt fies, was du da machst. Du stellst Fee in eine Ecke, in die sie nicht gehört!«

»Aber das ist wichtig!«, verteidigt sich Ben. »Sonst versteht man die weitere Entwicklung nicht!«

## 22

Denn womit ich gar nicht gerechnet hatte, war, dass Fee jetzt einen Schritt weiter ging. Offenbar, ich kann es nur so sagen, wollte sie sich diesmal nicht nur einklinken, um mich bei ihr zu halten, sondern auf eine bizarre Weise benahm sie sich so, als wollte sie mich rauskicken. Das war echt krank. Auf einmal schleimte sich Fee bei dieser Frau regelrecht ein und versuchte, mich zu verdrängen, wollte selbst diesen Job und machte mich sogar schlecht bei Frau von Schal. Ich war wirklich geschockt, als ich erfuhr, dass sich Fee hinter meinem Rücken an sie rangemacht hat. Das in Trondheim war krass. Damit hätte ich niemals gerechnet. Als sie mir das sagte, da war ich fertig. Das war wie ... als wenn sie mit jemand anderem herumgemacht hätte. Ich war fix und alle, das war ein absoluter Vertrauensbruch. Wie gesagt, das Prinzip kannte ich ja schon, Fee bedient sich immer bei dem, was ich auftue. Das ist so, seit wir zusammen sind. Das hat mich bisher nie gestört, doch dies hier, das ging zu weit. Als mir dann Frau von Schal erzählte, wie Fee sie bedrängt hätte, sie regelrecht angebettelt hätte, um mit ihr den Nachmittag allein zu haben, da kamen mir schon so Gedanken. Ehrlich gesagt, keine netten. Noch dazu, da ihre Version, wie Fee zu diesem Job gekommen war, erheblich von dem abwich, was mir andere erzählten. So behauptete Fee allen Ernstes, der Staff Officer habe sie dazu abkommandiert. Nur wusste der eigenartigerweise nichts davon. Mindestens genauso merkwürdig fand ich auch, dass Frau von Schal ihr gegenüber angeblich behauptet hatte, dass sie sterbenskrank wäre. Bei mir hatte sie Derartiges nie gesagt. Sie war auch fit. Etwas gebrechlich, aber weiter nichts. Doch Fee machte plötzlich Druck, begann mich zu nerven. Auf einmal wurde alles ganz anders, wurde es stressig: *Ben, du musst hier ... Ben, du musst da ... Kümmere dich um sie. Warst du heute schon bei ihr? Was soll sie von dir denken? Erst freundlich und dann plötzlich hast du keine Zeit mehr. Du musst dafür sorgen, dass du das unter Dach und Fach bekommst, schriftlich. Sie hat es dir versprochen! Du musst da dranbleiben.*

Das ging so weit, dass Fee doch tatsächlich vorschlug, ich solle meinen Job hinschmeißen, um besser an Frau von Schal dranbleiben zu können. Allein schon die Formulierung: dranbleiben! Klar wollte ich dieses Erbe, ich war ja nicht blöde. Aber was als ein schönes Angebot begonnen hatte, wurde unter Fee zu einem Kampf. In dem Moment, in dem sie sich einmischte, verschwand alles Leichte und Heitere. Ich weiß nicht, ob Fee euch von Frau von Schals *Gripsholm*-Begeisterung erzählt hat. Aber anfangs hatten Frau von Schal und ich irgendwie diese Stimmung. Eine nette Urlaubsbekanntschaft. Es war unbeschwert, locker, unverkrampft. Es war geplant, dass ich später unverbindlich zu ihr kommen solle, in den nächsten Ferien. Wir hatten Zeit, es war alles unkonkret. Mal sehen, ob das mit uns etwas werden würde. Doch nun gab Fee das Tempo vor, wollte Fakten schaffen, hetzte, bedrängte mich, spielte ihr Spiel und ich Idiot hab mich von ihr anstecken lassen. Wenn Fee sich nicht eingemischt hätte, klar, ich wäre am Ende auch völlig geknickt gewesen, aber der Scherbenhaufen wäre erheblich kleiner gewesen. Das weiß ich jetzt. Meine Heuer habe ich nur teilweise bekommen, nicht nur, weil ich ausgeschifft worden bin und daher die dritte Cruise nicht mehr machen konnte. Nein, auch von der zweiten Tour habe ich nur einen Teil erhalten. Mein Vater ist enttäuscht von mir, ich werde vermutlich nie wieder auf einem Kreuzfahrtschiff arbeiten können und das zwischen Fee und mir … keine Ahnung. Hundertpro, dass es so kommt, hatte auch Frau von Schal nie beabsichtigt. Das ist alles auf Fee zurückzuführen. Also nicht, dass ich ihr unterstellen will, sie habe das so gewollt. Aber sie war diejenige, die einen Plan hatte, die das in ihren Augen Richtige tun wollte und ein Schlachtfeld zurückgelassen hat.

Aber okay, ich kann nicht nur Fee die Schuld geben. Hätte ich einfach nicht mitgemacht, dann wäre das alles nicht passiert. Das ist klar. Ich weiß, ich bin zu weit gegangen, aber ich war so getrieben, ich stand so unter Druck, dass ich nicht mehr klar denken konnte. Vermutlich habe ich der alten Dame wirklich Angst gemacht an diesem Nachmittag oben auf dem Nordkap. Überhaupt, welche Richtung, welche Dimension das alles angenommen hatte, war schrecklich. Der Abend im Trollfjord, da war ich echt ein Aufschneider, der sich einschleimen wollte. Je mehr ich mich bemühte, umso mehr verlor ich Frau von Schal. Das habe ich an dem Abend gespürt. Denn ich konnte mich selbst kaum ertragen, alles, was ich sagte, war irgendwie so unecht! Was es nun ja auch war! Das ist nicht leicht zu beschreiben.

Als ich anfangs Frau von Schal die Suite besorgt hatte, war das wirklich ohne jeden Hintergedanken gewesen. Da wollte ich ihr helfen, weil ich sie nett fand und sie mir leidtat. Ist ja auch Mist, da buchst du eine Suite und siehst dann nur Rettungsboote. Da wollte ich ihr einfach etwas Gutes tun. Und genau so kam es vermutlich auch bei der alten Dame an. Wenn ich Vergleichbares zu späterer Zeit für sie getan hätte, dann hätten sie und ich gewusst, es wäre eben nicht mehr ohne ein Motiv gewesen. Irgendwann, ich kann nicht sagen, wann und wieso, stand plötzlich dieses bescheuerte Erbe von Hans zwischen uns. Es ging nur noch um dieses beschissene Erbe. So hatte ich das nie gewollt, und ich weiß inzwischen auch, die alte Dame hatte das so nie gewollt. Sie ist über das, was geschehen ist, genauso entsetzt wie ich und vermutlich auch Fee, und deshalb ist sie dann von Bord geflohen.

# 23

»Und woher weißt du das so genau?« Fee richtet sich auf und sieht Ben misstrauisch an.

»Weil ich bei ihr war.«

»Du warst in Genf?«, wird sie unvermittelt laut. »Ich wusste es! Bah, bist du link! Und ich habe mir solche Gedanken wegen dir gemacht. Erst hier den Moralischen geben und dann ihr nach in die Schweiz, um doch noch alles für dich allein zu haben, damit du und Jenny … Wie hast du ihre Adresse bekommen …?«

Sie wird wieder leiser und ihr Gesicht spiegelt ihre Überlegungen auf unangenehme Weise wider. »Sicher über deinen Vater. Dann hast du dich vermutlich auch deshalb nicht gegen deine Ausschiffung gewehrt. Weil du wusstest, du hast dadurch einen Vorsprung …«

»Ach Fee …«, seufzt Ben. »Du tust mir echt leid.«

»Das kannst du dir sparen«, ätzt das Mädchen ihm gegenüber. »Warum bist du überhaupt zurückgekommen? Hat sie dich dann doch nicht gewollt, oder was?«

»Sei vorsichtig mit dem, was du sagst«, erwidert Ben gereizt. »Du könntest es bereuen.«

»Ach, und wieso bitte?« Fee hat etwas Triumphierendes in ihren Augen. »Sie will dich nicht, das ist es, richtig? Aber das gönne ich dir. Dann haben wir wenigstens beide verloren. Dann bekommt keiner von uns Hans' Erbe!«

»So ist es.« Ben wartet einen Moment, bevor er weiterspricht. »Aber nicht so, wie du denkst. Denn es gibt keinen Hans.«

»Nein?«, fragt Fee entgeistert. »Aber … keinen Hans.«

»Frau Schal wohnt auch nicht in Genf.«

## 23

Als ich in Ålesund von Bord bin, da war ich zuerst total fertig. Ich habe den Bus nach Oslo genommen, von dort fuhr ich mit der Bahn weiter nach Deutschland. In Kiel bin ich zu meinem ehemaligen Chef, dem Ladenbesitzer. Schließlich wollte ich meine Heuer abholen. Nachdem er mich wegen meines Verhaltens rundgemacht hatte, fragte er schließlich, wieso ich denn überhaupt diesen Schwachsinn getan hätte. Ich habe ihm in groben Zügen alles geschildert. Seine erste Reaktion war: »Das Spiel kenne ich. Frau von Schal ... Villa am Genfer See?«

Er hat dann jemanden in der Reederei angerufen, jemanden von der Verwaltung, und was er mir anschließend sagte, hat mich umgehauen.

»Deine alte Dame hat als Heimatadresse Hanau bei Frankfurt. Und gebucht hat die Reise auch eine Frau Schal, ohne von und zu.«

Tja, da saß ich nun. Ich habe ihm noch versucht zu erklären, dass Frau von Schal aus Österreich stammen würde und man dort ja alle Adelstitel abgeschafft hätte. Er hat zugehört und mir dann mitleidig erklärt, dass ich quasi einer Hochstaplerin aufgesessen wäre. Jeder, der längere Zeit auf Kreuzfahrtschiffen unterwegs wäre, würde diesen Typus kennen. Meistens wären es Zechpreller, würden eine fette offene Rechnung hinterlassen oder noch schlimmer, sie würden sich zudem noch Geld von ihren Opfern leihen.

»Aber warum macht jemand so was?«, fragte ich.

»Weil er sich einen Vorteil verspricht. Aufmerksamkeit, besonderen Service ... dass man sich um ihn kümmert.«

## 24

»Dann war wirklich alles gelogen?« Fee sitzt bleich am Tisch und umklammert ihre Finger. »Sie hat mit uns gespielt, sie hat sich das alles ausgedacht?«

»Hans, Hans' Erbe, die Villa am Genfer See …«, erwidert Ben eiskalt. »Vermutlich sogar, dass sie krank ist und nur noch ein halbes Jahr hat. Alles gelogen.«

»Wie … warum?«

»Das wollte ich auch wissen. Deshalb bin ich nach Hanau gefahren.«

»Ich brauche jetzt einen Kaffee. Wer noch?«, fragt Martin in die Runde.

# 24

Frau Schal wohnte am östlichen Stadtrand von Hanau. Eine dieser Nachkriegssiedlungen, blassgelb gestrichene dreistöckige Häuser, dahinter beginnen Kleingärten. Auf der Fahrt zu ihr hatte ich mir im Zug überlegt, was ich sie fragen wollte. Aber je länger ich darüber nachdachte, umso klarer wurde mir, es gab letztlich nur eine Frage: Warum?

Alles andere konnte ich mir inzwischen selbst beantworten. Wenn man mit dem Wissen, dass sie sich das alles ausgedacht hatte, die Zeit an Bord betrachtete, wurde alles logisch, erklärte sich ihr Verhalten fast von allein. Als sie Fee gesagt hatte, dass sie bald sterben müsse, da hatte sie vermutlich ein zweites Spiel begonnen, denn sie konnte ja nicht wissen, dass Fee und ich uns kannten. Als sich Fee an sie herangemacht hatte, da hat Frau Schal ihr ja auch nichts von dem Nachlass erzählt. Genauso wenig wie sie mir was von ihrer Krankheit gesagt hat. Wobei ich mir sicher war, auch das war gelogen. Wie gesagt, wenn man die zwei Wochen unter anderen Vorzeichen betrachtete, ergab alles einen Sinn. Und war es vermutlich sogar so, dass Fee und ich, dadurch dass wir dieses Spiel so ernst genommen, es dramatisiert hatten, wir selbst für diesen tragischen Ausgang gesorgt hatten. Dennoch, warum hat sie nicht abgebrochen? Sie hätte doch einfach nur sagen müssen: »Ich will nicht mehr. Ich möchte euch nicht mehr sehen!« Dann hätten wir uns geärgert, wären sauer auf sie geworden, aber das wäre es auch schon gewesen. Was hätten wir ihr tun können? Warum hat sie nicht aufgehört, sie hatte doch schon gewonnen. Warum hat sie es bis zum bitteren Ende durchgezogen?

Da die Eingangstür ihres Hauses offen stand, bin ich direkt zu ihr in den zweiten Stock hoch. Ich habe geklingelt und dann stand sie vor mir. Sie war zunächst erschrocken, erkannte jedoch schnell, dass ich nicht hier war, um ihr etwas anzutun.
»Ich nehme an, du willst hereinkommen?«, fragte sie. Ich nickte und betrat ihre Wohnung. Ein kleiner Flur, eine winzige Küche, ein Wohnzimmer mit Ledersofa und Sessel sowie einem kleinem Tisch.
»Bitte, nimm Platz!«, forderte sie mich auf. Ich setzte mich in den Sessel, sie setzte sich aufs Sofa. Sie sah anders aus, älter, vermutlich nicht geschminkt und sie trug eine graue Strickjacke. Wie sie da so saß, war sie ganz klar eine Frau Schal, keine Frau von Schal.
»Entschuldige, Ben«, setzte sie an, ohne mich anzusehen. »Glaub mir, das habe ich so nicht gewollt und das war auch nicht so von mir geplant gewesen.«
»Was haben wir Ihnen getan?«, fragte ich. »Warum wir?«
Sie sah auf, suchte meinen Blick und sagte leise: »Weil ihr bereit wart.«

»Wie meinen Sie das?«, fragte ich. »Wir waren doch einfach nur nett zu Ihnen. Und Sie ... erzählen Fee, dass Sie nur noch ein halbes Jahr zu leben hätten, mir machen Sie dieses Angebot mit Hans ... Sie sollten sich schämen!«

»Ach ja?« Sie richtete sich auf, ihre Augen waren nun voller Trotz. »Wieso soll ich mich schämen? Gut, ich hatte mitunter Skrupel, ja, zwischendurch spürte ich sogar einen Anflug von Scham, aber dann nicht mehr. Nicht, nachdem ich euch durchschaut hatte. Wenn man es genau betrachtet, dann müsstet ihr euch schämen, du und deine saubere Felicitas.« Frau Schals Stimme wurde schneidend und kalt. »Eine alte Frau ausnehmen wolltet ihr, ihr beide! Ihr seid Erbschleicher, so sieht es doch aus. Spielt mir da billigstes Laientheater vor. Frisch verliebt! Da lachen doch die Hühner. Du hättest dich und Fee mal erleben sollen, da war nicht eine Spur von Verliebtheit, das hätte ein Blinder mit Krückstock durchschaut. Erinnerst du dich noch an unsere erste Begegnung zu dritt? Als Fee und ich zu dir in den Laden gekommen sind und ich euch zu mir auf den Balkon eingeladen habe?«

Ich nickte.

»Damals bin ich mit dem Fahrstuhl noch einmal zurückgekommen und da habt ihr zusammengestanden und getuschelt«, erklärte sie mir triumphierend. »Eure Körperhaltung war eindeutig, danach wusste ich Bescheid.«

»Schön, Fee und ich kennen uns schon länger. Wir sind seit über einem halben Jahr ein Paar. Aber was ändert das?«, gab ich zurück.

»Was das ändert? Ben, jetzt sei nicht kindisch. Ihr seid betrogene Betrüger! Ihr wart so wenig ehrlich zu mir wie ich zu euch. Eine Seite so schlecht wie die andere. Nur habe ich das Spiel eben besser gespielt und habe daher gewonnen.«

»Für mich war das kein Spiel«, sagte ich müde.

»Ich war so böse auf euch und enttäuscht!« Frau Schal bekam immer mehr Oberwasser. »So dreiste Lügen, ich war erschüttert, was Geld aus Menschen machen kann.«

»Sie haben es versprochen!«, widersprach ich. »Und Versprechen muss man halten. Fee und ich haben unseren Teil des Versprechens gehalten. Wir haben uns um Sie gekümmert, ich habe meinen Job riskiert, um mit Ihnen ...«

»Weil du auf das vermeintliche Erbe aus warst. Es ging weder dir noch deiner Fee um mich!«, unterbrach sie mich.

»Das ist nicht wahr ...« Ich brach meinen Satz ab, ich wollte ehrlich sein, hier und jetzt war die Stunde der Wahrheit. »Anfangs ging es uns nur um sie. Und ... sie ist nicht mehr meine Fee.«

»Gut so.« Frau Schal nickte. »Sie ist es nicht wert. Bah, was für ein falsches Luder. Ab einem gewissen Punkt war sie wirklich zu allem bereit. Wenn ich gesagt hätte, gib Pfötchen, so hätte sie das auch getan. Jeder Hund hat mehr Selbstachtung.«

»Sie sind so mies ...«, rief ich ungewollt laut. »Hören Sie auf!«

»Warte, ich muss dir etwas zeigen!« Sie stand auf und ging hinüber zu dem Tisch, auf dem neben etlichen Büchern, dem Einband nach aus der Leihbücherei, ein Stapel Papiere lag. »Hier, damit du einen Eindruck hast, wovon ich spreche.«

Sie kam zurück und streckte mir ein Foto entgegen. »Deine Fee, kaum wiederzuerkennen, nicht?«

Auf dem Bild waren Frau Schal und Fee. Die ältere Dame saß zufrieden lächelnd auf einem Hocker, hinter ihr stand Felicitas mit einer lächerlichen weißen Bluse und einem kurzen Rock. Ihre Haare waren zu zwei Zöpfen geflochten, das Gesicht so wächsern, dass es leer und bleich wirkte, trotz der vielen Farbe auf Wangen und Lippen. Fee sah aus wie bestellt und nicht abgeholt, einfach zum Davonlaufen.

»Sie sind ein Monster!«, murmelte ich und konnte doch meinen Blick nicht von diesem ekelhaften Foto lösen.

»Du darfst es behalten. Kannst es ja Felicitas schenken. Als Erinnerung an unser schönes Captain's Dinner. Ich habe noch einen Abzug.« Sie setzte sich wieder. »Und soll ich dir was sagen, Ben? Nachdem ich sie so zurechtgemacht hatte, hat sie sogar noch artig Danke gesagt.«

»Wie kann jemand so gemein sein ...« Ich war dermaßen erschüttert, dass mir wirklich die Worte fehlten. Ich wusste nicht, was ich sagen oder tun sollte. Am liebsten hätte ich sie geschlagen, aber ich war wie gelähmt.

»An Bord habe ich noch gedacht, gut, verschwindest du einfach. Die beiden haben ihre Erfahrungen gemacht, vielleicht lernen sie daraus. Aber nun hast du mich aufgespürt, fällst hier bei mir ein und beschuldigst mich.« In ihren Augen war nichts mehr von dem zu erkennen, was die nette ältere Dame an Bord ausgemacht hatte. »Phasenweise habt ihr mich echt in die Bredouille gebracht, ich musste aufpassen, da waren zwei Spiele im Gange. Aber ihr habt es mir leicht gemacht. Einfach den Bluff erhöhen und ihr habt euch so locker gegeneinander ausspielen lassen, dass es mir schon fast peinlich war.«

Ich schwieg.

»Ich habe euch immer wieder Hinweise gegeben! Euch quasi geholfen. Wenn ihr nur etwas cleverer gewesen wärt, dann hättet ihr es durchschauen können. Aber soll ich dir sagen, warum ihr es nicht merken wolltet?«

Ich zuckte mit den Schultern.

»Ihr wolltet es nicht wissen. Ihr wart so sehr damit beschäftigt, euch gegenseitig rauszukanten, dass ihr gar nicht gemerkt habt, wer hier der wahre Gegner war. Das Leben ist ein Spiel, habe ich Fee mehr als einmal gesagt. Und in der Liebe und im Spiel ist alles erlaubt. Spielen heißt mogeln, bluffen, tricksen. Eben zocken. Und zocken heißt, man gewinnt oder verliert. Anfangs mit dir war das anders, das war noch einfach so. Aber dann habt ihr, besonders Fee, das Ganze so hochgetrieben, ernst gemacht und habt geglaubt, mich abzocken zu können. Aber wie gesagt, wer blufft, kann auch verlieren. Und Fee war so naiv, so leicht zu durchschauen. Als du von Bord warst, war es echt langweilig geworden.«

»Ach ja?«, antwortete ich knapp.

»Das Captain's Dinner war der Höhepunkt, der Zenit,

der Wendepunkt. Ich hatte meinen Triumph, mehr ging nicht«, berauschte sich die ältere Frau an ihren eigenen Worten. »Was hätte ich noch aus dieser Reise herausholen können? Meinen Sieg hatte ich erreicht. Daher entschloss ich mich zu gehen. Wiederholungen sind langweilig, Fee war mir langweilig, das Spiel war ausgespielt.«

»Es war nie ein Spiel«, beharrte ich.

»Ben, letzten Endes müssen du und Fee mir dankbar sein. Ich habe Fee ihre Grenzen aufgezeigt. Ihr eine schmerzhafte Lektion erteilt, wozu sie fähig ist, und womöglich hat sie ja etwas für sich gelernt. Zugegeben, ich war am letzten Tag eine Hexe, ich habe sie schmoren lassen, ihr die Konsequenzen ihrer Entscheidung klargemacht. Ich habe dem jungen Fräulein vor Augen geführt, wofür sie sich entschieden hatte. Was das Leben mit einer alten Frau am Genfer See bedeutet hätte. Wofür sie dich geopfert hatte. Wenn du nicht schon von Bord gewesen wärst, hätte sie sich sicher wieder umentschieden.«

»Wobei Sie dafür gesorgt haben, dass ich gehen musste.«

»Wofür du ganz allein gesorgt hast«, widersprach sie energisch. »Du wolltest diesen Zettel, mein Testament, du hast mich bedrängt. Du hast dich entschieden, den Laden zuzumachen, und du musstest eben die Konsequenzen dafür tragen.«

»Es klingt alles logisch, was Sie da sagen …«, setzte ich an.

»Es ist die Wahrheit!«

»Aber es klingt nur logisch …«, fuhr ich fort, »solange man die Vorzeichen nicht beachtet. Sie können mir erzählen, was Sie wollen. Sie sind eine Hochstaplerin! Mag sein, dass wir nur zu gerne auf Sie reingefallen sind. Aber Sie haben angefangen, Sie haben mir dieses Angebot gemacht. Fee und ich dagegen wollten einfach nur nett zu Ihnen sein. Zumindest anfangs, bevor Sie Ihre Köder ausgelegt haben! Sie haben uns in Versuchung geführt, Sie haben Grund, sich zu schämen.«

»Ihr seid doch herumgelaufen und habt geschrien: Nimm mich!«

»Sie sind alt und erfahren, wir nicht. Das auf der *MS Astor* war kein Spiel zwischen Ebenbürtigen. Das, was Sie mir so großartig erklärt haben, glauben Sie doch selbst nicht. Fakt ist, Sie haben uns fertiggemacht, Sie haben unsere Liebe zerstört, Sie haben uns um unsere Jobs gebracht und all das nur, weil Sie eine größere Kabine wollten, jemand, der nett zu Ihnen ist, weil Sie umworben werden wollten. Alles nur, um am Ende einmal am Tisch des Kapitäns zu sitzen. Das, Frau Schal, ist die traurige Wahrheit.«

Nun schwieg sie.

»Wie gemein war denn eigentlich das Leben zu Ihnen, dass Sie es nötig haben, so auszuteilen?«, fragte ich und sah mich in ihrer kleinen Wohnung um.

»Ja, so lebe ich in Wahrheit«, murmelte sie, während sie meinem Blick folgte. »Sieh dich ruhig um. Ich habe vierzig Jahre in einem Kaufhaus in der Kosmetik-Abteilung gearbeitet. Meine Rente ist nicht sonderlich groß. Reisen konnte ich mir selten leisten. Was ich von der Welt weiß, habe ich aus Büchern. Mir war leider nicht vergönnt, mit reichen Eltern zur Welt zu kommen. Eine Kindheit im Heim, dann eine Handvoll Beziehungen mit Männern, die es nicht wert waren. Aber ich will nicht klagen. Ich lebe bescheiden, halte mein Geld zusammen und alle vier bis fünf Jahre leiste ich mir einen großen Urlaub. Und ja, das hast du richtig erkannt, dann hole ich mir vom Leben, was mir das Schicksal nicht zugestanden hat.«

»Dann war das also wirklich nicht ihr erstes Mal …«, nickte ich

»Nein. Ich brauche das …«

»Die Reederei weiß Bescheid«, informierte ich sie.

»Da können Sie sich nicht wieder sehen lassen.«

»Wen interessiert das.« Sie hatte nun wieder diesen Blick mit der eigenartigen Mischung aus Stolz und Trotz in ihren Augen. »Es gibt einige Orte, wo ich mich inzwischen besser nicht mehr blicken lasse. Also buche ich woanders. Ein Hotel in den Bergen, an der See, in Italien, Österreich … Willige wie du und Fee finden sich immer. Sieh es ein, Ben, mir kann nichts passieren, ich mache nichts Ungesetzliches.«

»Dennoch hoffe ich, dass Sie irgendwann dafür in der Hölle schmoren.«

»Mein Leben hier war schon die Hölle, ich kann mich nur noch verbessern.«

»Dann möchte ich Ihnen nur noch in aller Höflichkeit sagen, das freut mich.« Ich bin aufgestanden und gegangen.

## 25

»Das war's?«, fragt Martin. »Das war alles? Du bist einfach gegangen?«

»Alles war geklärt«, antwortet Ben müde. »Was hätte ich noch sagen sollen?«

»Was weiß ich ...« Martin sieht Jenny an. »Wärst du so einfach gegangen?«

Jenny schüttelt den Kopf. »Nein, natürlich nicht. Ich hätte die Frau fertiggemacht.«

»Echt dumm gelaufen, könnte man sagen.« Martin gähnt. »Also, Jenny, was ist, was machen wir mit dem angebrochenen Abend. Kino?«

»Kino ist immer gut.« Jenny steht auf. »Vermutlich habt ihr noch das eine oder andere zu klären. Könnt ihr gerne hier machen. Wenn ihr gehen wollt, einfach die Tür hinter euch zuziehen.«

»Was denn nun?«, fragt Martin schon halb im Flur. »Es ist kurz vor acht, beeil dich!«

»Ja doch, nur meine Tasche, Handy, Geld ...«

Wenig später fällt die Tür ins Schloss, Fee und Ben sind allein in der fremden Wohnung.

»Und wie geht es jetzt weiter?«, fragt Ben nach einer Weile des Schweigens.

»Mit uns?«, fragt das Mädchen ihm gegenüber.
»Auch.«
»Alles hat sich verändert …«, murmelt Fee und sieht an dem Jungen vorbei auf den Balkon hinaus. »Ich schäme mich.«
»Wir haben auch allen Grund, uns zu schämen«, seufzt Ben. »Wir haben uns nicht gerade toll verhalten.«
»Nein, das haben wir nicht.«
»Ich weiß nicht …« Der junge Mann fährt sich über das Gesicht. »Das mit uns … Also, ich denke …«
»Das mit dem Zusammenziehen sollten wir canceln.«
Ben nickt und sagt: »Sehe ich auch so. Vielleicht brauchen wir etwas mehr Freiraum … Abstand, jeder sollte sich um sich selbst kümmern und sich klar werden, was er will.«
»Klingt gut.« Das Mädchen lächelt.
»Vielleicht brauchen wir einfach etwas Zeit.«
»Ich habe mir überlegt …« Fee streckt sich. »Ich werde versuchen, ob es nicht klappt, dass ich weiter zur Schule gehe.«
»Echt?«, fragt Ben überrascht.
»Ja, das mit der Kindergärtnerin, ich weiß nicht mehr …«
»Kein Lyzeum der Schwestern von Jerusalem am Genfer See?«
»Nicht in diesem Leben.« Fee bewegt langsam den Kopf hin und her. »Ich würde einfach gerne wieder zur Schule gehen, normale Schülerin sein, mir über den Rest keine Gedanken machen müssen.«

»Diese Welt da draußen ist ganz schön heftig, nicht?«
»Ja, wirklich«
Erneut schweigen beide einen Moment.
»Wie siehst du das ...«, fragt Fee irgendwann. »War sie oder waren wir schlimmer ... Jetzt mal ganz ehrlich. Die Wahrheit.«
»Ich weiß es nicht, es gibt viele Wahrheiten«, erklärt Ben. »Du hast recht, ich habe recht und vermutlich, auf eine ganz eigene bizarre Weise, hat sogar Frau Schal recht.«
»Glaubst du das wirklich?«
»Weiß ich nicht. Aber es ist ein Weg, mit all dieser Scheiße klarzukommen. Weiterzumachen.«
»Hast du *Gripsholm* eigentlich gelesen?«, fragt Felicitas unvermittelt.
»Ja, noch damals im Laden«, antwortet Ben überrascht. »Wieso?«
»Irgendwie war unser Sommer das totale Gegenteil«, flüstert Fee. »Anstatt ein paar Wochen im Urlaub die Seele baumeln zu lassen, wie Tucholsky schreibt ...«
»... stattdessen einen Sommer lang die gemeine Realität«, übernimmt Ben den Gedanken.
»Am Ende des Romans, da gibt es eine Stelle, an die habe ich vorhin denken müssen. Warum hat es nicht einfach so sein können? Ich habe mich immer über diese Passage gewundert, sie nicht verstanden, jetzt aber kann ich nur sagen, klasse Hans!«
»Welche Passage meinst du?«, wundert sich Ben. »Ich habe keine Ahnung, worüber du redest.«
»Das Vorwort zu Kapitel Fünf. *Das war ein Wurf!, sagte Hans – da warf er seine Frau zum Dachfenster hinaus.* Hätte

er das mal mit Frau Schal getan. Und warum haben wir uns das nicht getraut.«

»Ob mehr Erwachsene so sind wie Frau Schal?«, überlegt Ben.

»Vermutlich.«

»Dann verstehe ich, warum du lieber weiter zur Schule gehen willst.«

»Die beiden in dem Buch haben am Ende ihres Sommers nicht weitergemacht. Das haben sie sich nicht getraut«, überlegt Fee laut. »Sie hatten Angst.«

»Hast du Angst?«, fragt Ben.

»Klar.«

»Was uns zurück zum Wesentlichen bringt«, wechselt Ben das Thema. »Wie geht es mit uns weiter?«

»Kann es denn mit uns überhaupt weitergehen?«, fragt ihn das Mädchen. »Nach dem, was wir getan haben.«

»Wenn nicht, dann hätte Frau Schal gesiegt.«

»Was eigentlich nicht passieren darf, oder?« Fee sucht Bens Blick. »Das Böse gewinnt doch nie. Wie sagte die alte Frau: *Auf dass es uns wohl geht auf unsere alten Tage.*«

»Da hast du recht.« Ben lächelt.

»Ich meine, wir sollten die Frage vertagen. Wie du gesagt hast, etwas Zeit …« Das Mädchen wirft einen verschämten Blick hinüber zu Jennys Zimmer. »Obwohl … die beiden sind im Kino …«

Von Thomas Fuchs u. a. bei Thienemann erschienen:

*Die Welt ist ein Fahrrad*
*Leben 2.0*

Zitiert werden Textstellen nach: »Schloss Gripsholm« aus
Kurt Tucholsky: Gesammelte Werke Band 9, 1931.
Rowohlt Verlag, Hamburg 1985.

**Fuchs, Thomas:**
Versprochen
ISBN 978 3 522 20117 9

Einbandgestaltung und -typografie: Kathrin Steigerwald unter
Verwendung eines Fotos von Getty Images © Reza Estakhrian
Schrift: Meridien
Satz: KCS GmbH, Buchholz/Hamburg
Reproduktion: Immedia 23, Stuttgart
Druck und Bindung: CPI – Ebner & Spiegel, Ulm
© 2010 by Thienemann Verlag
(Thienemann Verlag GmbH), Stuttgart/Wien
Printed in Germany. Alle Rechte vorbehalten.
5 4 3 2 1°     10 11 12 13

www.thienemann.de
www.thomasfuchs.info